ナゲキのカナリヤ―ウタエ―

崎谷はるひ

幻冬舎ルチル文庫

CONTENTS ✦目次✦

ナゲキのカナリヤ―ウタエ―

✦イラスト・ねこ田米蔵

✦カバーデザイン＝齊藤陽子（CoCo.Design）
✦ブックデザイン＝まるか工房

ナゲキのカナリヤ―ウタエ―

週末の夜は、ネオンがまぶしい。大量のひとがわさわさと動くさまは、まるで夜を泳ぐ魚のようだ。不規則なようでいて、一定の流れができあがっているのはなぜだろう。

佐光清也《さこうせいや》は見るともなしに目のまえの光景を眺めながら、粘ついた感じのする首筋を手の甲で拭《ぬぐ》った。さっきからずっと握りしめたままの携帯は、手汗でじっとりと湿っている。だがそれは、まだ残暑厳しい九月の夜気のせいばかりではない。

清也は広場にある植えこみのブロックに腰かけたまま、ちらり、目のまえのビルに表示された時刻を見る。

(あと、十五分)

待ち人の姿は、まだなかった。いっそ相手がひどい嘘《うそ》つきで、このままこの場に現れないでくれたなら——と思う気持ちと、いや、そんなひとではないと疑いを打ち消す気持ちとが、もう長いことせめぎあっている。

心臓が高鳴りすぎると、身体中《からだじゅう》がこんなにも痛くなるということを、清也はひさしぶりに思いだしていた。社会人になって三年めにもなると、いちいち心を乱したり、また過度の運動で胸が苦しくなることなども減っていく。ことに会社へ出勤する以外には自宅の部屋にこもりがちで、ネットゲームにいそしんでばかりの身ではなおさらだ。

（あと十分……）

ロータリーのベンチに腰かけたまま、清也は「はあ」と大きく息をついた。

ここは新宿駅、東口まえ。ふつう初対面同士が待ちあわせるには向かない雑多なひとごみを指定したのは、いつでも逃げを決めこめるからだ。

（臆病者）

自分をののしって、清也は持ち歩いているスマートフォンのメール画面を開いた。

【From: ダリさん】

【Subject: ダリです！】

【一応本人証明ってことで、写真送ります】

添付写真には、カタカナと英数字まじりの文字を記した紙を手にした、スーツ姿の会社員が写っていた。あかるい笑顔を見つめ、清也は唇を歪《ゆが》ませる。

待ちあわせの相手とは、今夜はじめて顔をあわせる。といって、まったく知らない相手とも言いきれない。ネットを通じて知りあい、チャットやメールで何カ月もの間、たくさんの話をしてきた男だからだ。

写真のなかでにっこり笑う青年『ダリ』とは、ファンタジー系オンラインゲーム、〈イクスプロージョン・オンライン〉――略称〈イクプロ〉で知りあった。たまたまゲーム内のコミュニティで仲間になって、チャットで話したところ気があったという、ネット上ではよくある出会いだった。

　有名なシュルレアリスムの画家をイメージさせる名前で、ぱっと浮かぶのは有名な特徴ある髭の男性だが、ゲームのアバターとして使っていたのは青年剣士。プレイ中も、パーティーメンバーをよく見守り、指示も的確で、リーダーとして頼れる相手だった。

　ダリとは、素性を明かさない程度に、プライベートの話もした。悩み相談のようなことも。ダリはいつも誠実だった。文字情報のやりとりだけでも――いや、よけいなものを排除した気持ちのキャッチボールのみだったからこそ信じたし、いつしか心の一部を預けてもいた。

　自分が肝心なことを打ちあけていないことに良心の呵責《かしゃく》を感じなくもなかったが、どうせヴァーチャルのつきあいだ。彼だって素性を偽ってもいるだろうし、ネットの落とし穴を避けるためにもフェイクはありだろう。そう思って、気持ちいい部分だけの〝友人ごっこ〟を続けていたつもりだった。

　素顔も知らない、3Dアバターを介したアンリアル世界でのパートナー。ただそれだけのつながりだった。けれど、このあと顔をあわせたらもう二度と、会話することもできなくなるだろうと思うと、心臓がちぎれそうなくらいに苦しい。

「……あんなこと、言わないでくれればよかったのに」

　つぶやいてさらに画面をフリックする。清也がいま、この場にいる原因となったメールは、すぐに見つかった。

【Subject:ダリです、さっきはごめん】

【サヤさん、いきなりチャットからいなくなっちゃったから、きっと困らせたんだと思う。でも本気だから。ネトゲでしか知らない相手に告られて、きもいって思ってるかもしれないけど、おれまじめに好きなんで、引かないでくれると嬉しいです】

もう一カ月はまえのメールだ。深々とため息をついて、清也はうめく。

(じっさい会ったら、引くのはそっちだろ)

やつあたりめいたことを思っても、自分が悪いのはわかりきっていた。引くも引かないも、告白してきた彼はゲイというわけではない。清也が〈イクプロ〉で使っていたアバターが女性キャラだったのがこの顚末の原因だ。しかもお姫さまのようなふりふりドレスを着た、剣士のパートナーキャラクター。

むろんログイン時のプロフィールでも、女性だと偽っていた。周囲もみな清也を女性だと思い、やさしくされるのがなんだか小気味よくて、嘘をつきとおした。

といっても、誰にも迷惑をかける気などなかった。リアルに疲れた二十五歳の男がネット上でちょっとちやほやされたくてついた、他愛もない嘘。ただそれだけのはずだったのに。

「なんで、好きとか言うんだ」

思わず口から低い声がこぼれ、あわてて周囲を見まわしたが、身をまるめているやせた男に注目する人間はいない。その存在の薄さに、ほっとする。

ふたたび、こっそりと画面を開き、写真を見つめてため息をつく。笑顔の青年が手にしている紙に記されているのは、彼のハンドルネームとゲームでのIDナンバーだ。

ゲーム画面で何度も見かけたそれに、疑う余地はない。だからこそ、困ってしまう。

「マジなんだもんなあ……」

先日、ゲーム中のチャットで突然告白されてから、清也はずっとうろたえっぱなしだ。ちょっとした現実逃避のお遊びのつもりだったのに、なにがどうしてこうなった？　アバターでしかビジュアルを知らない相手に、なんで惚れられる？

面と向かってツッコミたかった。ネカマにだまされて、ばかじゃねーの。そんなふうに他人だったら笑えただろう。けれど清也には笑えないし、皮肉な言葉はブーメランになる。

清也こそが、偽物《オトコ》のくせして本物《オトコ》を好きになった、大ばかものなのだ。

なにしろこの写真を見たとたんに胸が高鳴って、スマホだけでなくＰＣにデータを移して写真に保存をかけていたくらいだ。清也のほうが、よほど重症だった。

ダリの素顔は、彼の使うアバターのように、きらきらした金髪の美青年でも、むろんスペインの画家のように濃い顔でもない。画面のなかにいるさわやかで気取らない好青年の笑顔は、ネットゲームにはまっているなどと思えないほど、かっこよかった。

かっこいいと、思ってしまったのだ。胸がぎゅっと締めつけられるくらいに。何度見直しても、写真を表示するだけで、はじめてこのメールを開いたときと同じ気持ちでときめく。

（おれ、きもいよな）

最初は驚き、悩んだ。ネカマなんてやっているうちに、気持ちまで女になったらしい――などと自分をくさしてみたけれど、けっきょくのところダリに惹《ひ》かれる気持ちは止められなくて、げっそりやつれるほどに思いつめた。

どれだけ遠回しに「いまそういうことは考えられない」と伝えても、ダリはあきらめてくれなくて、「じゃあ考えて」と追ってきた。それでゲームにもログインしなくなり、スカイプをはじめとする連絡ツールも避けまくった。

ネットだけの仲とはいえ、一年近くかけて交流した相手から告白されて、まともに応《こた》えもせず逃げて避けまくったのだ。怒ってもいいはずなのに、ダリはやっぱり真摯だった。

【Subject: しつこくてごめん……】

【断られるのは覚悟してます。でもせめて、返事が欲しいです。おれの知ってるサヤさんは、ひとのメール無視するひとじゃなかった。そうさせたのはおれかもしれない。だからこれでレスなかったら、今度こそあきらめます】

何度も何度も届いたはての真摯なメールに、心がつい、動いてしまった。

よく、真夜中に書いたラブレターはだすものじゃない、などというけれど、メールもまた同じだ。深夜というのはひとをどこかハイにさせる効果がある。

ことにその時期、いろいろありすぎて疲れていた清也は、深く考えることもできないままに、ついに返事を書いてしまったのだ。

【Subject: サヤです、ごめんなさい】

【ダリさん、告白してくれて、本当は嬉しかったです。ありがとう。ただ、話さないといけないことがあるんです。打ちあけないといけないことも。それでも好きだと言ってくれるかどうかは、直接会ってそのときに、考えてください】

我に返ったのは翌日の朝だった。大あわてで撤回しようとしたが、メールソフトを立ちあげたとたん飛びこんできたダリからのメールに、すべては遅かったことを知った。

【Subject: まじですか！】

【すげえ嬉しい！　いままでどんだけ頼んでも、テレビ電話もボイスチャットもオフ会も拒否られてたから……やっとサヤさんの声聴けるし、会えるだけで嬉しいです！　ありがとう、いつがいいですか⁉　おれは今週の土曜日なら時間とれます！　どうですか⁉】

顔文字まで使って喜びいっぱいの返事をよこされてしまって、清也はさらに青ざめた。

自分から言いだした手前、やっぱりだめですとは言えず、了承の返事をしてしまったのがさらにその翌日。

【Subject: 返事ありがとう！】

【じゃ、あしたには会えますね！　嬉しいです！】

タイムラグもほとんどなく戻ってきたメールを見て、撃沈したのがきのうのことだ。

（どうしよう、いまさら無理ですとか言ってもう、おそい）

ネットですら避けていたのに、いきなりリアルで会うことを決めるなど、本当にどうかしていたと思う。しかし、後悔さきにたたず。うきうきした態度の隠せない相手が決めてきた待ちあわせの時間まで、もはやあと二分となった。

（なんで都合悪くなったとか言わなかったんだよ。ひと振りまわして、最低だよ）

この期《ご》に及んで、いったいどうすればなどと悩む場面でないことはわかっていた。けれどやはり、会えない――会ってはいけない。

そう思うのに、足が動かないのはけっきょくのところ、本心では会いたいと思っているからだ。あちらから認識されたくはない、けれどせめて、ひと目見るだけならいいだろうか。本物の彼をこっそり見てみたい。そんな下心のせいで、逃げ帰ることすらできないままだ。

（これじゃ、おれのほうがストーカーだよ……）

ぐだぐだと煩悶《はんもん》するうちに、指定した場所に、ひとりの男が近づいてきた。

彼は、がちんとかたまった清也には気づくことなく、きょろきょろと周囲を見まわす。

「ん……あれ？　ここでよかったんだよな……」

スカイプチャットで、入力は遅いから音声にしていいかと言われたときと同じ声。清也はびくっとした。おそるおそる首をめぐらすと、写真と同じ夏仕様の明るい色のスーツ。上着を腕にかけ、ビジネスバッグを持っている彼を見あげ、清也は目を瞠《みは》った。

（……うわ、すごい。本当にイケメンだ）

じつはほんのちょっとだけ、だまされているんじゃないかな、と——自分と同様に、相手もリアルを隠しているんじゃないかと、思ったことがある。いまどき写真は画像ツールでいくらでも補正できるし、なんの証拠にもならない、とうがった考えもよぎった。

けれど、彼は本物だった。そしてある意味ではちょっと違った。

清也が座っているからというだけでなく、背が高いのがわかる。手足が長く、腰の位置が高い。さらっとした清潔そうな髪、くっきりして意思の強そうな、凜々《りり》しい眉《まゆ》と目。ニキビやしみのないつやつやしてきれいな肌は、健康そうに日焼けしている。スポーツマンタイプのハンサムで、日がないちにちオンラインゲームに興じることもある男だとは信じがたいほどだ。写真を見ていなかったら、自分の知るダリではないと決めつけていただろう。

それにしても、実物の存在感はすごい。彼が動くことで、空気もまた動く。同じ場にいる気配というかオーラというか、そういうものがひしひしと感じられる。

ごくり、と喉《のど》が鳴って、あわてて手で押さえた。彼が写真どおりのイケメンだったことで、誠実さを疑う余地はますますなくなり、清也はますます追いつめられる。

「あ……」

きょろきょろする彼のポケットで、携帯電話が鳴り響いた。一瞬ぱっと顔をかがやかせたあと、「なんだ」と眉をさげる。どうやら、かなり表情豊かなタイプらしい。ちょっと口をとがらせたあと、電話を受ける。

「あ、もしもし。お疲れさまです。……はい、きょうは直帰なんでもう社外です。あっはは、だから無理ですって！」

相手は同僚か先輩らしき人物だろう、すこしくだけた敬語でほがらかに笑いながら電話する声は、ネット通信用のマイクを通したよりもさらにクリアで低くあまかった。

（このひと、しゃべって動いてるほうがいい顔するんだ）

写真で見るよりもずっとずっと、やさしげなあまい顔だちをしている。派手すぎる美形というわけではなく、言うなればクラスの人気者タイプだ。好青年ふうでやさしげで、話しかけられたらこちらもつい、笑って応えたくなりそうな雰囲気がある。

じっさい、会社でも頼りにされているのだろう。あれこれと質問されては、記憶をたどるように上目遣《うわめづか》いをしながら、てきぱきと答えていく。

「えーとその書類なら、おれのデスクの右の引きだし、うん、三段目。そそ、青いファイル。そこにはいってますから。あと、元のデータは共有サーバーの……はいそれです」

頭のなかに、自分の仕事で使う資料がすべてはいっているらしい。ときどき、いま話しているのとはべつのスマートフォンをとりだして、リストを確認したりしている。

「わかりました、その案件はまた月曜日に。……だからおれ、もう仕事終わりですって。今度ね、今度。はい、では！」
彼はさらに頼み事をしてきたらしい相手にやんわりあかるく、けれどはっきりと断ってい
た。親切にしてもグダグダにはしない。そのきっぱりした態度も、いまの清也にとっては、
うらやましく、まぶしかった。
（やばい、やばい。このひと、かっこいい）
清也の心臓が、どどどどどど、とすごい勢いで音をたてた。顔が火照《ほて》っているのがわか
る。意味もなく、最近かけるようになったフレームの太いメガネをいじって顔を隠す。うつ
むくと、伸ばしっぱなしになっている前髪が顔の半分を遮断した。
そして清也は、はっと我にかえる。
メガネを押しあげていた指さきは青白くて、気味が悪いくらいだ。そして服装も、会社が
私服でOKなのをいいことに、どんどんラフに——言い換えれば適当な格好になっている。
これといったおもしろみのないシャツにジーンズ。さすがに秋葉系とは思いたくないが、
よくてチープな大学生のカジュアルファッションだ。
この数年で、自分はすっかりだめになってしまった。というより、この一年のストレスで
ますますひどくなったというべきか。
薄っぺらい身体をあわないサイズの服に包み、目ばかりが目立つ小作りな顔をメガネと髪
で必死になって隠して、わざとダサくまでしている。

なのに、まだ〝あのひと〟に目をつけられたまま、現状はなにも変わらない。

「……っ」

思いだすだけで身体が震え、体温がさがっていく。昏《くら》く目を濁らせ、一瞬、いま自分がどこに、なんのためにいるのかも忘れかけた清也は、不意に聞こえてきた声にはっとした。

「つかしいな……サヤさん、まだかな」

おそるおそるうかがった彼は、近くで座りこんでいる清也に気づきもせず、きょろきょろと周囲を見まわしてばかりいる。胸の奥に、鋭いものが刺さったような痛みが走った。

（すぐ、となりにいるのに）

気づいてもらえないんだな、と自嘲した。あんなにやさしくしてくれて、話を聞いてくれて、好きだとまで言ってくれたのに、リアルでは隣にいたって認識もできない。

でもそれも当然だ。彼が探しているのは、ネットゲームのなかで知りあった『サヤ』。姫キャラ気取りで恥もなくネカマをやっていた、卑怯《ひきょう》な男などではない。

（やっぱり、帰ろう）

清也はもう耐えられなかった。急いでメールを作成し、隣にいる男に向けて、送信する。

【Subject: サヤです、ごめんなさい】

【きょうは会えません。こちらから言いだしておいて、ごめんなさい。　サヤ】

「え……嘘」

短いメールを送ると、はっと息を呑《の》んだ彼はがっかりしたように肩を落とした。そのあと手早く返信されて、消音にしていなかった清也はあせった。だが、自分の送ったメールが、すぐ近くのやせて憔悴《しょうすい》した男に届いたなどと思わなかったのだろう。「うーん」とうなりながら携帯をにらんでいる。

【Subject: どうしたの？】

【サヤさん、なんかびびらせた？　夜に会うとか決めたのも無神経だったかな、ごめん。女のひとには、怖いよな】

最初にくるのが、なじるよりも謝罪。本当に彼らしいとちいさく笑い、〝女のひとには〟という言葉に唇をかんだ。罪悪感と落胆のいりまじった痛みが胸をさす。

【Re: どうしたの？】

【ごめんなさい、ダリさんは悪くないです】

そっとうかがうと、隣の彼はまた「んん」とうなりながら文章を入力した。いつもこんな顔でメールを書いているのか、と清也はどきどきした。

ちょっとしかめた顔や、皺《しわ》のよった眉も、すごくかっこよかった。そして誠実そうに、わがまま女——偽物だけど——のメールに対応してくれている。

いいひとだ。こんないいひとをだましたんだ。良心の呵責は、会話がつづくほどにふくれあがり、息苦しさを覚えさせた。

【あのさ、もしかして好きって言ったの迷惑だったかな】

【そんなことないです、嬉しかった。でもごめんなさい、どうしても会えない】

食いさがられて、冷や汗がでる。胸がずきずき痛い。こらえて、どうにか返信する。ダリもまた、簡単にあきらめてくれそうにない。

【えっと、きょう返事くれとか思ってないんだけど、それでも？】

【すみません、どうしても無理です】

短文でのやりとりを何度か繰りかえしたのち、じょじょに彼の広い肩が落ちていくのがわかった。ごめんなさい。ごめんなさい。身を縮めて内心繰りかえす清也の耳に、大きなため息が聞こえ、ものすごく胸が痛くなった。

「……やっべえな、おれ、からかわれたかな」

自嘲のまじった彼のせつない声に、清也は全身を殴られたような気分になった。

わざわざ自分から会いたいと言いだして、そのくせドタキャン、理由も言わずにはぐらかしてばかりで、どんな不誠実な相手だと思っただろう。

「まあ、しゃあねっか……しつこくしすぎたかな……」

ぼやきながらメールを入力する彼の顔をそっと見ると、声のとおり哀《かな》しげな苦笑いが浮かんでいる。違うのに、そうじゃないのにと疼《うず》く指を握りしめ、浅い呼吸を繰りかえした清也は、強く思った。

「そんなこと、ないです」

「え？」

「……え」

無意識のまま声にだしていたようだ。きょとんとした顔で振り返った彼は、メールを送信したところだったらしい。ほどなく、清也の手のなかにある携帯から着信音が響く。あたふたして取り落としたスマートフォンは、ばっちり彼の目にも見えてしまった。

待ち受け画面のうえにでたヴィジェットのポップアップ。そこに表示されたメッセージは
【新着メール一件：ダリさん】――ごまかしようもない。

「え、え……？　これ、どういう」

「なんでもない、ですから！」

清也は這《は》いつくばるようにしてスマートフォンを拾いあげ、逃げようときびすを返す。だが、がくがくと震える足はもつれ、走りだすまえに転びそうになった。

「危ないって！」

叫んだ彼が、よろけた清也の肘《ひじ》をつかむ。ぶざまに転倒することは免《まぬが》れたけれども、完全に逃げそびれた。

「ちょっとごめん」

申し訳なさそうに言った彼は、背後から手にしていた携帯をとりあげる。勝手に見るな、

などと言える雰囲気でもなく、清也はうなだれるしかなかった。

（終わった）

長い指が、画面をフリックする。おそらくいままでのメールのやりとりを確認しているのだろう。最悪なことに彼のメールフォルダはすでに開かれた状態で、しかもいままでのやりとりすべてに保護をかけている。

言い逃れのしようもない。うなだれ、薄い肩を精一杯縮こまらせた清也は、もうこの瞬間いっそ、自分の身体が液体になって蒸発してくれないかと、ばかなことを思った。

「あのさ、確認したいんだけど、きみが『サヤ』さん？」

静かな声で、彼が問いかけた。清也はびくびくしながら、ごくかすかにうなずく。

「代理でこの場にきたとか、そういうわけじゃないんだよな？　いままでおれと、チャットしたりメールやりとりしてたの、きみ自身ってことでいい？」

こく、と清也はふたたび首を縦に振る。その頭上から、大きなため息が聞こえた。

「……まじかよ、やばくね？」

驚愕をあらわにした声に、全身が痛くなった。やっぱりだ。やっぱり落胆された。当然のことなのに、びっくりするくらい傷ついた。そして後悔した。

「ご……ごめんなさい」

怖くて、彼の顔が見られない。怒鳴られるか、殴られるかされてもしかたない。がたがたと震えだすのをこらえ、ぎゅっと目をつぶったまま、深々と頭をさげた。

「ごめんなさい、本当は男でした。だます気は、ほんとになかったんです」

心からの謝罪だったけれど、自分の言葉がどこまでも薄っぺらく感じられた。わざとでないにせよ、嘘をつきつづけてきたのは事実で、そのことをなにより悔やんでいるのは清也自身だった。

（泣くな）

涙声になりそうなのを、無理やり喉を動かしてこらえる。傷つけたのはこちらのほうだ。泣く権利など、ひとつもない。

「こんなやつなのに、す、好きだとか勘違いさせて、すみません。なに言われてもかまいません。お詫びの方法も思いつかないけど、気が済むなら殴ってくれても」

「や……なに、殴る？　ま、待ってちょっと、落ちつこうよ」

あわてたように、彼が清也の言葉をさえぎった。

「あのさ、なんでそういう剣呑《けんのん》な話になるんだよ。おれはほんとに、サヤさんのこと好きだと思ってたから、会いたくて、ただそれだけで――」

「ごめんなさい、ほんとにごめんなさい！」

彼の声は、どこか茫然としたように聞こえた。ショックを受けているのも当然で、我に返ったら怒り狂うに違いない。本当にずるいとは思いつつ、いままでやさしかった彼が自分を

STARBOCKS
COFFEE
新宿

ののしる言葉を聞きたくなくて、清也は口をはさませないようひたすら謝り倒した。

「きょうは、謝らないといけないと思って、会いたいって言ったんです。でも勇気がでなくて、逃げようとしたり、卑怯でした。ごめんなさい、最低ですよね、ごめんなさい！」

必死にこらえていたが、どうしてもじわじわと目が潤んでくる。ここで泣いたら本当にずるすぎる。

（でも、どうすればいいんだ。どうすれば……）

ついに声がでなくなり、震える清也が地面をにらんでいると、握ったままだった肘から肩に手をすべらせた彼が、ぽんぽん、とたたいてくる。やさしく、なだめるような力かげん。続いた声も、けっしてきついものではなかった。

「いいから落ちついて、顔、あげてくれないかな？　すっごいいま、目立っちゃってるし」

「え……」

はっとなって周囲を見まわすと、通りすぎるひとたちがじろじろとこちらを眺めていた。

「――なにあれ、けんか？」

「わかんないけど……」

近くをとおったカップルの、好奇心もあらわな会話が聞こえた。しつこいほど謝罪する姿を見て、もめごとだと思われたらしい。視線を集めている自分に気づいて、清也はさあっと青ざめ、そのあと耳まで赤くなった。

「ご、ご、ごめんなさい。もう失礼します……っ」

「ちょ、待った待った」

おたおたと意味もなく手をふりまわし、またもや逃げようとした清也に、彼は苦笑した。そして今度は両肩をつかみ、落ちつけ、というように軽く揺すってくる。

「話終わってないし、とにかく落ちつこう。はーい深呼吸」

「ふあ、は、はい……？」

反射的に言うことを聞いてしまった。すは、と呼吸を深くした清也に「うん」と微笑《ほほえ》む。

「あらためて、はじめまして。ダリです。本名は高知尾利憲《たかちおとしのり》って言います」

「あ……サヤ、佐光清也、です」

「ん、清也くんか。いい名前じゃん。よろしくね」

口といっしょに目も大きく見開いた清也を見おろし——予想通り、彼はとても背が高かった——にっこりと笑う。

その表情に性懲《しょうこ》りもなくときめきながら、清也は差しだされた手を反射的に握っていた。

＊　＊　＊

こんな場所では落ちついて話せないから。そう言った利憲に連れられ、彼がいきつけだという飲み屋へ移動した。イタリアンふうの創作料理が売りだというそこは客層のメインが二、三〇代らしく、清也たちと似たような年齢の若者でいっぱいだった。

「腹へってるんで、てきとうに頼んでいい？」

「ど、どうぞ」

かちこちに固まっている清也をまえに、利憲は慣れたふうに料理を数品と、赤ワインのハーフボトルを頼む。清也にも銘柄を問われたが、よくわからないと言えばグラスワインの白をおすすめされた。

「チリワインだから、軽いし。ジュース感覚でいけるから」

「は……はあ」

ワインとともにすぐに届けられたのは、ピクルスとチーズとハムの盛りあわせだった。にこにこしながら店員とのやりとりをすませた利憲は「さて」とつぶやき清也に向き直る。

そのとたん、びくっと身体が跳ねた。パーティションに区切られた半個室で、席についてしまえば周囲のひとたちは気にならない。その代わり、完全に向かいの席に座った利憲のみと対することになり、清也の緊張はピークに達していた。

冷や汗をかく清也に、利憲は苦笑する。

「そこまで硬くなんないでいいから。はい、まずかんぱーい」

「か、乾杯……」

よくわからないまま、グラスの縁をあわせる。飲んで、と目ですすめられ、からからになった喉に冷えたワインを送りこむと、本当にさっぱりした飲み口で驚く。目をまるくすると「ワインあんまり飲まないひと？」と問われた。

「はい、というか、お酒得意じゃないんで……チューハイくらいしか、ふだん飲まなくて」

「ああ。そういえば酒弱いって言ってたね」

ふ、と微笑んだ利憲が口にしたのは、いつぞやかチャットで『サヤ』が漏《も》らした発言だ。それは嘘じゃなかったんだな、と言われている気がして清也は目を伏せる。

「ほ、ほんとにあの、ごめ――」

「いいからいいから。さっきも謝ってもらったし」

ひらひらと手を振った利憲はあっけらかんとそう言って、名刺ケースをとりだした。

「とりあえず、こうなったら社会人のセオリーとして。わたくし、このような者です」

「あ……あ、おれも」

清也も大あわてで自分のバッグをさぐり、差しだす。不慣れな手つきを気にした様子もなく、「ちょうだいいたします」と丁寧に言って彼は名刺を眺めた。

「へえ、音楽事務所づとめか。ミュージックプロダクション……これなんて読むの？」

名刺の社名には《Music Production・Kanarienvogel》と書かれていた。よくある質問に、清也は習い覚えた説明を口にする。

「カナーリエンフォーゲル。ドイツ語で、カナリヤのことだそうです。うたう鳥だから、だとか……あ、でも音楽関係って言っても、うちは支社で、地味な部署ですけど」

「どんな仕事してんの？」

いわゆる芸能プロダクションというとうさんくさいものもある。怪しいと思われたくなくて「テレビによくでるタレントやアーティストを扱う部署も、本社にはあります」と言い添えた。

「ふうん、本社の所属って誰とか聞いてもいい？」

「あ、えっと……有名なのだと、水地春久《みずちはるひさ》とか……」

「ああ、元アイドルの。たしか大手から移籍したんだっけ」

なるほど、とうなずく利憲に「でもそれ、本社のほうですから」と清也はあわてた。

「こっちは表にでるタレントさんより、作曲、作詞家のかたのマネジメントとか、制作の提携とかがメインで……おれとかは、まあ、さらに雑用ばかりですが」

清也はその音楽事務所につとめて三年目の下っ端だ。けれど雑用以下の状況がふっと思いだされ、表情が曇《くも》る。

「どしたの？」

「あ、いえ。そちらは……《株式会社ウアジェト》？　って、なんか聞き覚えある、ような」

あまり突っこんだ話をしたくはなくて、相手の名刺に目を落とした。ちらりとうかがえば、彼は「さすがゲーマー」と笑った。

「あのね、〈シェルナの秘宝〉とか〈Raise《ライズ》〉シリーズとかのキャラデザやモーションの制作下請けやってます」

「ガチ有名ソフトじゃないですか……！　そっか、クレジットで見たことあった！」

ゲーム制作系会社では、かなりの有名どころだ。「本職だったんだ」と感心したように清也がつぶやくと、利憲は苦笑した。

「真っ昼間もログインしてること多いから、ネトゲ廃だと思ったでしょ？」

「……じつは、ちょっと」

清也はわずかに肩をすくめ、偏見を恥じた。

「ダリさんログイン時間もすごい長いから、なにしてるひとなのかなって」

「あはは、自宅警備員かと思われてたのかな」

もしかしてニートかと疑っていたことは口にしなかったが、お見通しだったのだろう利憲は、ほがらかに笑った。

「しょうがないよ。仕事のことなんか話さなかったし」

利憲が言うとおり、素性についてはお互い多くを語らなかった。ネットの知りあい、ましてオンラインゲームの仲間となれば、『職業』といったらゲーム内での設定の話になる。

プライベートチャットなどで、ごくたまに言葉のはしから私生活が覗《のぞ》いても、踏みこまないのが暗黙のルールだった。

それでも好意は持つし、共通の話題はいくらでもある。どんな年齢でどんな顔をして、どんな生活をしているのか知らなくても、心は通うことがあるのだと、清也は彼とのつながりで知ったようなものだった。

だからこそ、あえてリアルに踏みこんできた『ダリ』——利憲の気持ちが、不思議だったのだ。彼はいったい清也になにを求めているのか、まだなにも見えてこないまま、世間話をまじえた自己紹介じみた会話は続く。

「一応ね、おれ営業なんで、半分はリサーチ兼ねてたんだよね。……あ、リサーチって言えば、サヤさん、〈イクプロ〉やるまえは、なにやってた？　おれは定番だけど、〈ジェム・ファンタジア〉がネトゲことはじめ」

「あ、おれも小説読んだことはあります。でもおれ、じつは、あんまりネトゲとかやってなくて……」

お互い共通の話題がでたことで、清也はすこしうちとけた気分になった。ほっとしながら、質問に答えるばかりでなく自分からも口を開く。

「もともとはPSの〈カサルティリオ〉シリーズとかはまってたんです」

「ホラーゲーか！　うわ、あれえっぐいのに。じゃあ最新作もやってる？」

「はい、毎晩ゾンビ退治してます」

「うわ。おれホラー系は苦手なんだよね……怖くない？」

「倒せると気持ちいいですよ」

そもそもがゲームで知りあった同士、おまけに一年の間ネットを介してとはいえ親しくなった相手だ。問題の部分にふれさえしなければ、会話にはことかかない。

営業をやっているだけあって、利憲のしゃべりは立つ。合間にさりげなく、お互いの私生活についてもふれていくけれど、詮索じみたことはなく、あくまで自然な流れだった。

（やっぱり、話しやすい）

それは聞きだし上手な利憲のおかげだ。会話が途切れないように、質問を挟んでくれるからだろう。

「サヤさん、つまみ、なにか追加ある？」

「え、あ、……じゃあ、あの、これ」

おずおずと指さしたのは、エビとアボカドのサラダ和《あ》えだった。「エビすきなの？」と問われ、「シーフードはなんでも、だいたい」と答える。

「あ、じゃあ小坪《こつぼ》いったことある？　知りあいに教わったんだ。逗子《ずし》マリーナの近くなんだけど、あそこに海鮮のめちゃうまい店あるよ」

「そ、そうなんですか。逗子って鎌倉のさきですよね？　あんまり、あっちいかないから」

「そなの？　海とか気持ちいいのに。休みの日とかなにしてんの？」

「……ここしばらくはゲームばっか、ですね。弟にも、オタク扱いされて」

「弟いるんだ。いくつ？」

「二十一です。美大受験しなおすんで、いま専門と予備校掛け持ちしてて……」

「うわ、すげえ根性！　いくつ違い？」

やんわりしたところからはいって、いつの間にかプロフィールを丸裸にされていた。職業、年齢、住む場所や出身大学。

むろん利憲のほうも、自身について語った。年齢は清也より三つ年上の二十八歳。大学を卒業後、ＩＴ系につとめる予定がＩＴバブルの崩壊と重なり就職活動が難航。

一年ほど派遣で食いつないだが、高校時代の友人から誘われ、現在の会社に就職したのが五年まえだそうだ。

「ゲーマーだし、きらいじゃねえだろって言われてさ。そいつは同じ会社でグラフィック担当してんだけど、ガチオタで。高校時代からマンガとかラノベとかいっぱい貸してくれたんで、おれのオタク師匠みたいな感じ」

「師匠、ってことは、高校になるまでは？」

「ふつうにアニメとかマンガも好きだったけど、どっちかっていうと体育会系だったなあ。野球してたしね。いまじゃすっかりオタクだけど、身体動かすのはいまだに好きかな」

やっぱり、と清也はうなずいた。正直いって、オタクというのは利憲の見た目に完璧に不似合いだ。むしろ仕事のおかげではまったと言われたほうが納得する。

「ダリさんが日焼けしてるのは、じゃあ、運動かなにかしてるんですか？」

「ん、ウインドサーフィン。つってもへたくそだよ。会社にはいってからこっち、休日も仕事もインドア生活だったんで、まずいかなと思って、ちょっと身体動かそうって程度。さっき言った、小坪の店教えてくれた知りあいから一式貸してもらってね。こけてばっかだけど、楽しいよ」

罪悪感と、もともとあまりひとにうちとけない性格が相まって口が重かった清也も、軽妙な語り口の利憲と軽い口あたりのワインのおかげで、いつしか緊張をほどいていた。

口べたな人間がしりごみするのは、変なことを言って相手に引かれたり、拒絶されたりするのが怖いからだ。けれど利憲は清也がしどろもどろになってもばかにしないし、言葉につまれば「うん、それで？」とやさしくうながしてくれる。ネットで会話したときと同じ、やさしい彼がいて、そのおおらかさに何度もほっとした。

だからだろうか、すれすれで失礼かもしれない、こんな質問も口にできたのは。

「体育会系のひとと、オタク系のひとで、つるむってめずらしいですね」

「え、そう？　クラスいっしょだったし、ふつうにゲームの貸し借りしてたよ。おかげでいま、仕事できてるし、ラッキーだったな」

言葉は嘘ではないのだろう、楽しげに利憲は笑う。清也が「どんな仕事してるんですか」

と水を向けると、熱心な口調で語り出した。

「いまは完全下請け多いけど、自社でソフトから開発したいって話もあって。やっぱりオンラインとかソーシャルの携帯ゲームが強いから」

「あ、ですよね……」

「ただソーシャルゲームって根本的に、ユーザーが違うからさ。ゲームシステムそのものより、課金システムをどうするかがキモになってきちゃうわけでさ――」

社会人としても先輩だが、それ以上に楽しそうに仕事をしているのが口調からも伝わってきて、うらやましくなった。

「……好きなこと、仕事にするっていいですよね。環境がいいのも」

すすめ上手な利憲のおかげで、グラスワインはそろそろカラだ。清也の酒量としては、そろそろ限界に近づいている。ほろ酔いの状態で、ぽろりとこぼした言葉に彼はふっと目を瞠った。

「サヤさんは、好きな仕事じゃないの？　音楽関係とか、よっぽど好きなひとがつく職業ってイメージなんだけど」

「……の、つもりだったんですけど。ちょっと違ったかも、みたいな」

仕事に話がおよぶと、どうしてもいやな話を口にしそうになる。記憶をよぎる、胸の悪くなるような現実に顔をしかめそうになり、清也はあわててグラスに口をつけた。

「サヤさん、顔赤くない？　ぼちぼち冷たいものもらう？」

「あ、そ、そうですね……」

眉をよせたのは、酔いがまわったせいだと思ってくれたのだろう。すっと手をあげて店員を呼び止めた利憲は「すみません、リンゴジュースひとつ」と告げる。酔いに鈍った頭で、なぜそのチョイスなのだろうと考えていると、視線を清也に戻した利憲が「あ」と目をしばたたかせた。

「勝手に決めてごめんね。リンゴジュースって酔いざましになるって聞いたんで」

「いえ、リンゴジュース、好きですから」

ほわほわしながら、気を遣ってくれたんだなあと嬉しくなる。ゆるんだ気分は表情にもあらわれ、ふにゃりとした笑みを浮かべると利憲が目をまるくし、そのあと笑った。

「ようやく笑ったねえ、サヤさん」

「え、あ……」

ほっとしたように言われ、清也は顔をこわばらせた。思わず謝ろうとしたとたん「ああ、いいから」と先んじられ、言葉がでなくなる。せっかくほぐれた空気がまたぎこちないものになるのを感じ、沈黙が流れた。

「ほらジュースきたし、飲んで」

「……はい」

利憲にうながされ、清也はストローに口をつける。ちゅるちゅるとすすっていると、テーブルに頬杖《ほおづえ》をつき、じっとその姿を見つめていた利憲が口を開いた。

「あのさ、いまさらながらいっこだけ訊《き》いていい？」

なにを言われるのだろう。いささか身がまえつつ、こくんとうなずいた清也に、利憲はさらりとした口調で問いかけてきた。

「なんで女キャラやろうと思っちゃったの？」

きた、と清也は喉をつまらせた。含んだばかりだったジュースを噴きださないよう、慎重に飲みくだす。

「……すみません」

消え入りそうな声しかだせず、自分がひとまわりちいさくなったような気がした。利憲は、あわてて手を振ってみせる。

「あ、ごめん。責めてるわけじゃないよ。ヴァーチャルな世界だからさ、べつにネカマもネナベもありとは思うんだけど、単純になんでかなって」

意地悪で言ったわけではないらしい。清也は肩をすくめたままおずおずと顔をあげた。目があうと、力づけるようにうなずいてくれる。ほっとしつつもやはり申し訳なく、何度も唇をかんだあと、痛んだそれを舌で湿らせる。

利憲の手が伸びて、口のはしにふれた。薄い皮膚のうえを、彼の親指がすべる。ほんのか

すめるような接触だけれど、くすぐったいような痺《しび》れるような感触に、清也は震えた。

（なんで、くち、さわって）

口を半開きのまま茫然としていると、「だめだよ」とやんわりたしなめられた。

「あんまり、かんだりなめたりすると切れるからさ。……ほらやっぱり、赤くなってるし、ここ血がでてる」

「あ……」

おしぼりをあてがわれ、そっと拭われた。ちりっとした痛みを覚え、おしぼりを見るとたしかにぽつんと赤い点がある。まるで子どものように口を拭われたことに気づき、清也はかあっと赤くなった。

「あ、あ……す、すみま」

「謝るのもなし。ね？　言いづらいならいいんだから」

一瞬だけ弾力をたしかめるように押して、手は離れていく。清也はうつむき、長い前髪で顔を隠すようにしながら、その束を意味もなくいじった。そんな手遊《てすさ》びをしたところで、これ以上髪がのびるわけでもない。

視界のはしに映る利憲が、肘をついて拳《こぶし》に顎《あご》を載せ、こちらをじっとうかがっていた。乾いて突っ張る喉をジュースで湿らせ、清也はようやく口をひらく。

「最初は、単純な略称のハンドルネームのつもりだったんです。深く考えずに本名縮めただけだったんだけど」

さこうせいや、頭と最後の文字をとって『サヤ』。

「それが、女性名に見えるって思いつかなくて」

その名前をつけたのは〈イクプロ〉がリリースされるより以前、清也がはじめてファンタジー系オンラインゲームをやったときのことだ。当時は動物っぽい性別不明のアバターを使っていたのだが、やたらと『サヤさんは女性ですか？』と訊かれることが多く、女性名だと思われていることに気づいたが、とくに気にせず使っていた。

ただそのゲームにはすぐに飽きて、しばらくネトゲはいいや、と思っていたのだが。

「でも去年、ちょっとリアルで……やなことあって。気晴らしに〈イクプロ〉はじめるとき、思いつきで女性アバター選択したんです。それで、気づいたらキャラ定着しちゃってるし、コミュの仲間にも女の子だって思われて」

この言いかたは卑怯だった。プロフィールの性別を女性にしたのも、アバターにふりふりドレスのお姫さまを選んだのも清也なのだ。ちらりと利憲をうかがうと、知っている、というようにうなずくだけで、責めている気配はない。それでも胸は苦しく、うなだれた。

「正直、一年もあのゲームやることになると思って、なくて」

「すぐばっくれればいいや、くらいだった？」

「はい、でも、ゲーム楽しかったし、パーティーメンバーもいいひとばっかだったし」

なにより『ダリ』との会話がいちばんの喜びだったなどと、それこそいまさら口にもできないまま、清也は目を伏せる。

「とにかく……なんか引っこみつかなくなって、いまにいたる、わけ、です」

清也がぼそぼそと打ちあける間、じっと見つめていた利憲は、やさしく笑った。

「そっか、名前の思いつきはおれと同じだな」

「同じ？」

「うん。おれのハンドルも、名前の頭と最後の文字くっつけたんだ。たかちおとしのり。で、タリ、だとなんか間抜けだから濁点つけた。あ、これもさっき言ったオタク師匠が提案したんだよね」

「あ……そうなんですか」

細かいことを追及せず、責めることもしない彼にほっとすると同時に感謝の念がわく。ぎこちなく相づちを打った清也に、利憲は笑いながら話を続けた。

「でもおれ、ダリ――あ、画家のね――って知らなくてさ。変な名前だっつったら、巨匠を知らんのかって叱られて。しょうがないじゃんね？　芸術系科目で美術とってないし」

「あ……選択だったんですか」

「うん、美術と音楽と書道で、書道とった。いちばん楽だと思ったんだけどさ、忘れてたんだよ。おれ、字がへただって」

思わず清也は笑い「そういえばメモの字すごかったです」と言うと「象形文字かって会社でよく突っこまれる」と彼もおどけてみせる。

（いいひとだなあ）

さきほどから清也が謝ろうとするたびにさりげなく話題を変え、場をなごませようとしてくれる。やさしくて、面倒見がよくて、でもよけいなことは言わない。

気負わず、てらいもなく、自然体の自分で居続ける彼の空気はとても、心地いい。

あかるくて楽しくて、自分にないすべてを持っている彼は、まぶしい。そして顔をあわせている時間が長ければ長いほど、胸に芽生えた気持ちが錯覚ではないと思い知る。

（やっぱりおれ、このひと、好きだ）

アルコールのせいではなく、胸がざわざわ、どきどきしている。そこにまじる、ちいさな疼痛《とうつう》の名前を清也は知っている。ときめき、せつなさ。恋という現象にまつわるものだ。

低い声、穏やかな物腰と、絶やされることのない笑顔に憧れる。

もっと、ずっと話していたい。見つめていたいと思ったけれど、楽しい時間に終わりは必ずくる。

「おそれいります。ラストオーダーとなりましたが、追加はございますか？」

丁寧な物腰の店員に言われ、はっと時計を見るとすでに十一時をすぎていた。

「……あ、やばいな。こんな時間か。遅くまでごめんね」

「い、いえ。こちらこそ」

会計で、割り勘にする、いや呼びだしたのだからこちらが払う、とささやかにもめたのち、「年上だから」という言いぶんでほんのすこしだけ多く利憲のほうが金をだした。

「ごちそうさまでした」

「って言われるほど払ってないってば」

店をでて、礼を告げたあと、駅に向かう途中の道で、ふとした沈黙が忍び寄る。

「あの、えっとダリさん……」

「うん？」

長い脚で歩く彼に声をかけたものの、なにを言えばいいのかわからなくなった。さきほどまでの心やすい空気はもう霧散して、気後れのあまり歩みまでものろくなる。斜めうしろから広い背中を眺め、いったい今夜はなんだったのだろうかと清也は悩んだ。

（どうすればいいんだろ、おれ）

けっきょく、まともに詫びることができたのかどうかもわからないし、今後彼とどうすればいいのかも、うやむやのままだ。

「あのおれ、……あの」

汗ばんだ手を握ったり開いたり、忙《せわ》しない仕種《しぐさ》で動揺と緊張をまるわかりにしたまま、清也がどうにか縁を切らないでほしいと言いかけたとき、利憲がくるりと振り返った。

「ね、サヤさん」

「っは、はい」

びくっと硬直し、気をつけの姿勢になった清也に、利憲は苦笑した。

「また、ゲームにログインしてよ。いっしょにやろう。おれの言ったことはもう、気にしないでいいからさ」

うなだれていた頭に、大きな手のひらが載せられる。そっと髪を撫《な》でられ、嬉しいのに息が詰まった。

「なんかおれ、変な勘違いしたけど、……これからもともだちでいいよね？」

ともだち。その単語に、ずん、と身体が重くなる。それ以外、どうしようもないと理解していたくせに、許されただけでも僥倖《ぎょうこう》とわかっているくせに、清也は地の底まで落ちこんだ。

ヴァーチャルで芽生えた恋がリアルに発展したことを自覚したそのとたん、失恋した。

自業自得、因果応報。自縄自縛。いろんな四文字熟語が頭をよぎる。清也はどうにか痛みを呑みくだし、声を絞りだす。

「こちらこそ、そう言ってもらえるとか……ほんとにすみません……」

「だからもう、謝らなくていいって。気にしないでくれよ」

うなずきながら、涙の滲《にじ》みそうな目をどうにかこらえて清也は微笑んだ。その顔をじっと見て――彼はこうして顔をまじまじ見るのがくせらしい――利憲は言う。

「あのさ。なんか悩みとかあるなら、おれでよかったら聞くから」

「え……」

ぎくっとした清也が身がまえるまえに、彼は肩をぽんとたたいてくる。

清也は本当のところスキンシップは苦手で、なのに利憲は体育会系出身だからか、気軽にあちこちふれてくる。それがいやでないことが、不思議な気もしたし、当然の気もした。

こんなに清也の心に近い場所まで近づいたのは、目のまえの男だけなのだ。けれどそれを見せるわけにはいかない。

「ど、どしてそういうこと、言うんです？」

「サヤさん、なんか悩んだらすっごい思いつめそうな気がしてさ。あ、勝手な印象だから違ったらごめんだけど」

後半、いささか口早につけくわえた言い訳。図星をさされたからと言って怒ったりはしない。そもそも、ネカマなんてやっていた人間が鬱屈《うっくつ》していないわけがないと、多少なりネットに詳しい人間なら察しがつくはずだ。

それでも今夜、最初から最後まで利憲は礼儀正しかった。そしてやさしかった。だから清也も虚勢を張らず、礼を言うことができた。

「……ありがとう。本当に行きづまったら、話します」

「ん、おっけ」

にこ、と利憲が笑う。あかるくて伸びやかなその表情に、やはりどうしようもなくきゅんとした。好きだな、と思う。そして失恋したんだな、とも思って哀しくなる。

それでも受けいれてもらえただけありがたいのだと自分に言い聞かせた。オンオフ関係のない友人になれた。それだけでも、よしとせねば。

（だってもう、終わっちゃったんだから）

さきほどまで、あまい痛みが疼いていた胸は、ぎりぎりと絞りあげるような苦しさにきしんでいる。それでも縁は切られなかった。やさしくしてくれた。

やさしくされて嬉しい。このひとが好きだ。心臓がそんなふうに躍《おど》りあがる。でももう、彼のなかの『サヤ』を好きだった気持ちは消えてしまった。清也が消してしまったのだ。それがせつなくてたまらないけれど、顔にだすわけにはいかない。

「また会おうよ。会社も近いみたいだしさ。この次は、焼き鳥とかどう？」

「いいですね、楽しみです」

あまつさえ、次の約束までくれた利憲に、精一杯の笑みを浮かべてみせる。

「なんか恥ずかしいことしちゃったけどさ、会えてよかった。仲よくしてよ、これからも」

差しだされた手をおずおずと握りしめた清也は、自分の手がちいさく震えていることに気づかないでほしいと、必死に願った。

のろのろと重い足を引きずって家路をたどるうちに、すっかりほろ酔いもさめていた。

ひとの精神というのはアップダウンするもので、ハイになったあとの奇妙な胸騒ぎというか不安感は独特だ。ことに清也はアルコールに弱く、記憶がぼんやりすることも多いため、無意識のままなにかやらかさなかったかとおたつくことになる。

(じっさいそれで、大失敗したけど)

一年まえ、自分が人生最大に荒れるきっかけとなったできごと。悪夢のようなそれを不意に思いだし、清也はぶるっと震えた。あれと同じ失態だけは、ぜったいに避けたい。

(だいじょうぶだ、あの夜は完全に記憶が飛んで、翌朝までなにも覚えてなかった)

今夜は緊張していたぶん、酔いは浅かった。おそらく失態というほどのことはなかったはずだ――そう自分に言い聞かせるけれど、完全に気が晴れるわけもない。

(とにかく、縁切りもされなかったし、怒られなかったんだから)

それでよしとしよう。夜道を歩きながらうなずいていると、家の明かりが見えてきた。

「ただいま……」

すでに深夜遅く、ただの習慣で清也が帰宅の挨拶を口にしたとたん、玄関からすぐの位置にある台所から、弟である正廣《まさひろ》がひょいと顔をだした。

＊　＊　＊

「おう、おかえり」

「あ、え？　た、……ただいま」

まさか返事があると思っておらず、清也は驚く。風呂あがりらしく、ボトムだけを穿《は》いた正廣は、裸の上半身にタオルを引っかけていた。濡れた髪を乱暴に拭いながら、総菜パンをかみちぎり、立ったままコーヒーをすすっている。

「立ち食いするなよ、行儀悪い」

「脳味噌使ってっから、腹へってんだもんよ」

正廣は現在、四度目の大学受験の準備中だ。渋い顔をしていた父親に本気を知らしめるため、受験費用を掛け持ちのアルバイトで捻出している。その傍《かたわ》らで予備校通いと専門学校のダブルスクールをこなす根性は、おそれいるとしか言いようがない。

「糖分を効率よく摂取したいなら、ブドウ糖の塊でもなめておけばいいだろ」

「あれうまくねえじゃん」

ずず、とコーヒーをすすった正廣は、ものの三口でパンを食べ終え「まだ足りねえな」とひきしまった腹をさすった。

「夕飯食べなかったのか？」

「いや、バイトさきでまかない食った。グラタンとパスタとブルスケッタ。昭生《あきお》さんの飯、うまいんだよなあ」

まるっきり炭水化物ばかりではないかと清也はあきれた。弟の食べる量が多いのは以前からだが、最近はとみにすごい。バーの皿洗いに掃除など、基本は立ちっぱなしの肉体労働であるアルバイトのせいか、ひっきりなしに腹を減らしているようだ。

（それとも、こんなに食べるから、でかくなるのかな）

弟と会話するとき、見あげなくてはならなくなったのは、いつごろからだろうか。

正廣が小学校を卒業するころにはほとんど体格も変わらなくなり、中学、高校と進むうちにぐんぐん手足も背丈も伸びていった弟に比べ、清也はかなりはやい時点で伸び悩んだ。佐光の両親とも長身で、そのこともまた、自分がしょせんはこのうちの子ではないのだとひがむ一因にはなっていたと思う。

とはいえ佐光家と清也はまったくの他人でもなく、親同士がいとこという関係だ。一応の血のつながりはあるのがよけい、清也の気持ちを宙ぶらりんにしていた。

兄弟――じっさいにはまたいとこであるふたりに似ている部分があるとしたなら、色素の薄さだろうか。いまは褪《あ》せた金髪に染めているけれど、正廣の髪はもともと薄茶に近く、清也もまた全体に色素が薄い。

それ以外は顔だちも体格も性格も、まるっきり似ても似つかなかった。

今夜会っていた男と同じほどの長身で、正廣は清也を見下ろしてくる。

「なんだよ?」

「とりあえず、無事だったみてえじゃん」

「無事って、どういう意味」

「いや、最悪ネカマにだまされたっつって、殴られちゃいねえかと」

「……そもそもは、おまえが会ってみろって言ったんじゃないか」

自分でそそのかしておいて、その言いぐさか。じろりとにらみつけたけれど、正廣はいやみを言ったつもりはなかったらしい。驚いたように目をまるくする。

「なんで怒るんだよ。よかったなっつってんだろ」

「おまえさ、言いかたってもんがあるだろ」

ため息をついて、清也はかぶりを振った。気にした様子もなく、弟はコーヒーをすすっている。つくづく、肝の太い弟だと思う。

(殴りあいしたのも、ついこの間だっていうのに)

こんなふうに穏やかに話しているいまという時間に、なんだかまだ実感がない。それでもべつに、不仲になりたいわけではなかった。できるだけ穏やかな声をだそうと心がけ、清也は口を開く。

「受験だって言っても、あんまり夜更《よふ》かしするなよ。却って効率がさがる」

「なんだそれ、心配？　きもっ」

憎まれ口をたたかれ、せっかく言ったのに、と腹立たしくなる。しかし以前のような、むやみに暴力的な気分になることはない。じっさい、いまさら兄らしいことを言うのも妙な気がするし、清也自身、このところまるで憑《つ》き物が落ちたような気分だと感じて、落ちつかずにいるのも事実だからだ。

「まあ……そうかもな。きもいか」

ため息まじりに言うと、正廣は一瞬目を瞠った。そしてじろじろと清也の姿をうえからしたまで眺める。居心地悪く、清也は顎をひいた。

「……なんだよ」

「いや。一応は好きな男に会いにいくっつーのに、またずいぶんな格好だなと思って」

「ほっとけ!」

気にしていたことを指摘され、清也はそっぽを向く。

正廣にきょう、ダリこと利憲と会うことは打ちあけていた。現時点で、清也の抱えた複雑な感情についての唯一の理解者が、長年反目してきた弟というのはひどく奇妙に思える。

おまけにぐずぐず思い悩む清也に対し、会うことを踏み切らせたのも正廣なのだ。

――せっかく好きだっつってくれた相手だ。ちゃんと謝るなりして、終わらせないとどうしようもないだろ。

ダリとのことを打ちあけ、もういっそ罵《ののし》ってくれとすら思っていたのに思いがけず理解を示され、拍子抜けした。思いつめていた時期だっただけに、ぶっきらぼうな弟の言葉に妙な説得力を覚え、その気になって行動した結果、悪いことにはならなかったけれど。

（ほんとに、どうかしてたよな）

違う意味で悩みの種は増えてしまった。別れ際、握手したほうの手を見つめて清也はせつなく微笑む。

（おれの気持ちはけっきょく、終わらなかったし行き場もない）

しょんぼりとうなだれたとたん、長い前髪が視界を覆う。うっとうしいと払いのければ「あのさ」と弟が指さしてきた。

「アタマ。前髪長すぎだろ。なんとかなんねえの？　メガネだって、もうちょっとマシなのあんだろ」

「いいんだよ、これは。ダサく見えるように、してんだから……」

うつむき、ぼそぼそと言う清也の言葉に勘づいたのか、正廣が顔をしかめた。

「それって、例のセクハラ対策のつもりか？」

「つもりって……そのとおりだけど」

「ふーん。効果ねえだろ、ぜんぜん」

ずばりと言いきられ、驚きながら清也は震えた。

「なんで、わかるんだ？」

青ざめた清也を見おろしながら、正廣はぼりぼりと頬をかく。

「ぶっちゃけ、その髪とかメガネとか、俺のセンス的には好きなスタイルじゃねえよ。でも、モサいとかダサいって方向には、いってねえな」

「……どういう方向なんだよ」

「ビジュアル系ミュージシャンの、オフスタイル」

目を瞠った清也に「自覚なしか」と正廣はため息をつく。

「あー、兄貴に言うのもかゆいんだけどな。……色白で、顔がきれいなんだよ。ハーフの美人系っつうか」

「……弟に言われるのに、これ以上寒い台詞《せりふ》はないな」

「だからかゆいっつってっだろが！　身内としてはこれっぽっちもどうとか思わねえけど、客観的に見て、造形的に整ってるほうだっつの！」

美大をめざすだけあって、美意識の高い弟だ。彼が言うなら、たしかにそうなのかもしれない――というよりも、清也自身さすがに、不細工だなどという自己認識はしていない。

ただあまり、自分の顔が好きではないだけだ。

学生時代からずっと女顔、もしくは中性的と言われてばかりだった。繊細そう、などと表現されたこともあるが、神経質な雰囲気なのだと思う。

顎や鼻筋が細くて顔がちいさく、大きな目がひどく目だつ。逆さまつげのおかげで目を痛め、こすって炎症を起こすのもしょっちゅう。そのせいで視力も落ちた。いくら長くても、いいことなどなにもなかったまつげを伏せると、弟はやれやれと言わんばかりに頭をかいた。

「ともかくな、伸ばしっぱなしにしてボサっとさせたつもりでも、ボブレイヤーにしたビジュアル系に見える――」

「その表現はやめてくれ。なんだかいろいろ、刺さる」

仕事柄、その系統のミュージシャンたちに関わることもあるし、べつに偏見もないつもりだ。しかし、その名前のとおりビジュアルにこだわるアーティストたちと、なるだけ地味にしていたい自分が同列だと言われてしまうと、どうにも複雑だった。

せめてもの抵抗に伸ばしていた前髪をつまんで、清也はため息をつく。

「いっそばっさり髪切って、黒く染めればいいのかな」

「無駄なあがきじゃね？　兄貴の顔だと、相当なベリーショートでもそれなりに似合っちまうぞ。顔中にきびでも作ればともかくだろうけど」

体質的にそれはむずかしい。学生時代、女の子たちにうらやましがられたこともあるが、どれだけ不摂生な生活を送ろうと、吹き出物もろくにでないのだ。

――本当に、肌がきれいなのね。

ふっとよぎった、粘ついた女の声にぶるりと震える。執拗《しつよう》に頬を撫でまわしてきた湿っぽいやわらかさの手の感触まで思いだし、清也は青ざめた。

「どしたよ」

「いや……なんでもない。とにかくもう、寝る」

かぶりを振り、短くそう告げて清也はきびすを返す。足取りが、ひどく重い。

「あ、なあ、おい」

「なに？」

階段をのぼる途中で、正廣が声をかけてくる。振り返ると、ぶっきらぼうな彼にしてはめずらしい、まじめな顔で問いかけられた。

「そんでダリってやつとは、うまくいきそうなのか？」

あれをうまくと言っていいのかわからない。けれど、さきほどのお返しなのかなんなのか、憎まれ口をきいたくせして心配してくれる弟に、せめて言葉を返さなければと清也は思った。

「とりあえず、ともだちになった」

「……ふーん」

訊いておいて、興味もなさそうな顔で彼は引っこむ。足りないと言っていた夜食をまたあさるのだろう。相変わらずマイペースだとあきれつつも、以前よりは長く話せるようになった兄弟の関係が、嬉しくないわけではなかった。

ただやはり、あまり長い時間話していると、言葉が続かず苦しくなる。

「まあ、その、おやすみ」

ぎこちなくぼそぼそと言って階段をのぼる。背後から「おやすみ」と聞こえた気がした。

自室にはいった清也は、ちらりと机のうえに放置してある、仕事用の携帯を見つめた。着信を知らせるランプが何度も点滅している。しばらくじっと眺めたのち、ぶるりと震える。確認する必要もない。誰からの着信かなど、わかりきっているからだ。

ベッドに力なく腰をおろし、頭を抱えた。その指の感触に、神経がざわつく。

自分でもいらいらするくらい、たよりない細い指、細い腕、細い身体。さきほど見た弟の、伸びやかで健康そうな身体とどれだけ違うことか。

正廣とは、身長も十センチ、体重も十キロ以上は違うだろう。このところ清也はやせたうえ、まだ完全には成長期が終わりきっていない弟のことだから、もっと開きがでるかもしれない。

いまからひと月ほどまえ、殴りあいになった際に体格差は痛感した。追いつめられ、キレていたからこそ反撃もできたが、正気のいまは腕相撲ですら勘弁だと思う。

（あれに勝てるわけがないのに、よく殴りかかったりしたな）

よほどおかしくなっていたらしい、とすこし以前の自分に苦笑いするしかない。ほんのわずかに唇のはしを持ちあげた清也は、だがすぐにふっと笑いをほどき、顔をこわばらせる。

目に飛びこんできた、自室の壁の穴に胃が重たくなったからだ。清也がたまりたまったフラストレーションから部屋中を荒らしたときにできてしまった。

「……はやく、なおさないとな」

そう思うものの、弱い自分への戒《いまし》めのために、この無惨な痕《あと》があったほうがいい気もしている。とはいえ、父が稼いで建てた家だ。早急に修理するのは当然だろう。

この穴が物語るとおり、ついさきごろまで佐光家は最悪の雰囲気に包まれていた。

弟、正廣が三年の美大浪人のはて、不本意なかたちで専門学校に入学。実力があったと自負していただけに荒れて、派手な夜遊びを繰りかえし、父親とけんかばかりしていた。

清也もまた、真逆の方向で荒れていた。会社と家を往復するだけマシだが、ほぼ引きこもり、周囲に迷惑をかけるとわかっていながら大音量で音楽を流したりゲームをしては、部屋でひとり暴れたりして、母親を泣かせまくった。

この壁の穴は、当時の名残だ。

（あのころのおれは、最低だった。……どうか、してた）

清也は学生時代、優等生でとおっていた。中学、高校と生徒会長をつとめ、きまじめで、間違ったことはしないキャラクターで有名だった。ともすれば融通がきかないと言われることすらあったが、他人にうしろ指をさされるような行動をとったことなど、いちどもなかった。

それはとりもなおさず、自分の生まれについて知ったときからの防御策だったと思う。だがいいこを演じ続けたせいで、正廣のように夜遊びでフラストレーションを発散する方法もとれず、ただただ自虐的な行動をとるしかできなかった。

当時の荒れようをいちばん恥じ、疎《うと》んでいるのは誰でもない清也だ。だからいまだに、弟や家族の顔をまっすぐ見るのも、うまくできない。彼らはふつうにしようと努めてくれているのに。

（ふつうに、したいのに）

唇をかんで、清也はうなだれる。とたん、傷ついた場所がびりりと痛んだ。

佐光家の兄弟仲に亀裂がはいったのは、いまから十二年ほどまえのことだ。近所に住む幼なじみ、正廣と同い年のかわいらしい顔をした敦弥《あつや》という少年が、あるとき清也を呼び止めて、にこにことと無邪気そうな顔で爆弾を落とした。

――ねえねえ、清也くんってさ、もらいっこだってほんとなの？

あのときの、本当に心臓が止まったかのようになり、全身がひんやりと冷たくなっていく感覚はいまでも忘れられない。

中学生になるまで、清也は佐光の両親が自分の本当の親だと信じて疑わなかった。育ててくれた父と母も、清也が成人するまで自分たちが本当は〝いとこ叔父《おじ》〟夫婦にあたることを明かすつもりはなかったという。

ただ、佐光の家は父母が結婚してからすぐ、この地域に越してきていた。都内とはいえむかしながらの住宅街で、ひとづきあいも密接。当然、親を事故で亡くして親戚にひきとられた赤ん坊の話は、近所中の知るところだった。

むかしからよく言われるように、ひとの口に戸はたてられない。自分の顔を見るたび、不憫《ふびん》だとつぶやくお年寄りもいたし、同情を隠せない大人たちの目は雄弁だった。おかげで幼いころからうっすらと、清也は自分のなかに不安を飼っていた。ことさら〝いいこ〟であろうとしたのは、いまになって思えば見捨てられたくない反動だったのだろう。

また、その事実を知らせてきたのが当時小学生の敦弥だったのもショックだった。年下の子どもは嘘などつけない、悪意などない――そんなふうに清也は信じていたからよけい、身がまえもできないままに、隠されていた現実を受け止めることになったのだ。

――正廣とは似てないもんね。正廣も清也くんのこととかきらいなんだってさ。

――なんでそんなことというのかって？　だってみんなうわさしてるし。

――なんで怒るの？　違うなら違うって言えばいいじゃないか。ぼく、わからないからきいただけだったのに……。

驚き、怒り、狼狽《ろうばい》した清也に泣きべそをかいてみせたあれが、すべてこちらを陥《おとし》れるための芝居だったと、いまでは知っている。だがよもや九歳の小学生が、幼なじみである佐光兄弟、主に正廣に対して異様な執着を持ち、なおかつ徹底的におとしめるためならなんでもするという悪辣《あくらつ》さを持っていたなど、考えもつかないのがふつうだろう。

ともあれ子どもの無邪気な残酷さを装った敦弥によって清也の出生の秘密は暴かれ、佐光家の家族、とくに兄弟の仲は、険悪なものになってしまった。

だが皮肉なことに、ふたたび言葉を交わせるようになったのも敦弥の起こした事件がきっかけだ。警察沙汰にまでなって発覚したのは、長年不仲だと思っていた弟と清也の邪魔をしていたのが、幼なじみでもある敦弥の歪みきった精神と、彼が自分たち兄弟に常軌を逸した憎悪を持っていたことだった。

——ばっかみてえ。嘘の兄弟のくせしてさあ、仲よしぶって、きもい！　あー、きもいきもいきもい！

——清也くんもさあ、俺言ったじゃん！　正廣はあんたのことなんか兄貴だって思ってないって。あのとき簡単に信じたくせに、なにいまさら、いいひとぶってんの？

事件のあらましは弟から簡単に聞かされただけだ。

けたけたと嗤《わら》いながら言いはなった敦弥は、いまはとある治療施設にいる。

也はくわしく知りたいとも思わなかったし、理解してくれた正廣が「もう終わった」と言ってあまり語ろうとはしなかったが、見聞きしたことだけでも、心底肝が冷えた。

ともあれ家族に多大な変化をもたらすきっかけとなった事件から、まだほんの一カ月程度しか経っていない。お互い完全に水に流すには、こじれていた時間が長すぎて、まだなんとなくぎくしゃくしたものは残っているけれど、以前のような険悪さはない。

それもこれも、このところ、なにかを目指して駆け抜けるような速さで大人になった弟のおかげだと清也もわかっている。

(あいつは、ほんとにすごいよな)

本当の両親がいて、身体も心も強い弟は、清也にとってコンプレックスの象徴だった。まじめにこつこつ努力する以外なんの取り柄もない清也とは違い、絵の才能もある。

そしてもっともうらやましいのは、あの男らしく整ったルックスだ。やや垂れた目尻や意志の強そうな顎の輪郭《りんかく》。腕にも肩にもしっかりした筋肉がついた彼は、全身に男として完成しかけた雄の色気が漂っている。

なにより正廣は、女の扱いにも長《た》けている。彼の本命が年上の男性だと聞かされたとき心底驚いたのはそのせいだ。一時期は眉をひそめるほどに遊び歩いていたけれど、いまは好きな相手に釣りあう男になるべく、黙々と努力しているらしい。

(うらやましい)

一時期は本気で消えてほしいくらいに妬《ねた》ましく憎らしかった弟に対し、いまはただ、自分がこうであったたなら、とうらやむだけだ。

そうでなかったらいっそ真逆の立場でありたかった。なぜあんな恵まれた男と同性として比べられなければならないのか。女になってしまえば、あの自由で不遜《ふそん》な弟とは異なるものになってしまえば、自分との違いに引け目を感じて苦しむこともなかったとすら思った。

なにより、女であればいまのこの深い悩みは、根本的に味わわずにすんだのに――。

「……いつになったら、楽になるかな」

ぼそりとつぶやき、それでもだいぶ、マシになったのだと自分に言い聞かせる。

すくなくとも今夜、悩みのひとつは解消できた。嘘の重たさからは解放されたのだ。

たとえ清也の現実で、もっとも重たい問題がなにひとつ解決できていなくとも。

「！」

びいいいいいい、と耳障《みみざわ》りな音がした。頭を抱えた清也は、机の隅に置いておいたもう一台の携帯がバイブレーションしはじめたのを、必死で無視した。

仕事上重要な相手からのメールや着信については、私用携帯に転送されるよう設定してある。だから見る必要など、どこにもない。

けれど携帯は、虫の羽音のような響きを部屋にまき散らし、猛烈な存在感で清也の神経を圧迫する。びいいい、びいいい、びいいいい。

いつのまにか脈が速くなっていた。呼吸が乱れ、まばたきを忘れたせいで乾いた目がずきずきと痛む。奥歯をかみしめ、振動しながら机のうえをすべるように動いている携帯をつかんだ。画面のアナウンスには「新着メール三十二件」とある。おそらく不在着信のメールアナウンスも含まれてのものだろう。

無表情に、清也はメールの画面を開いた。一覧にずらりと並ぶ名前はすべて同じだ。確認したとたん、思考のすべてが止まる。そしてがたがたと、身体が震えだす。

「……っも、ほんと、ゆるしてくれよ……っ」

ほとばしった声はうわずり、いまにも泣きそうなものだった。なのに表情は奇妙に歪んだ笑みを浮かべているのがわかる。

頭のなかにある神経の束を、ぎりぎりとねじりあげているような気がした。もうあとちょっときつく締めあげたら、ぶちぶちと切れて戻らなくなる。

(どうしてなんだ。なんでおれだよ、どうして!)

清也は手にしていた携帯を衝動的に投げようとした。だが、はっと思いとどまる。これでは数カ月まえの繰り返しだ。ものに当たって叫んで暴れて、それでもどうにもならなかった。ただいたずらに家族や近所へ迷惑をかけただけのことだ。

母は、清也が神経を病みかけたピークの状態にいたころ、大音量の音楽を垂れ流したおかげで近所から相当なクレームをもらったという。

幸い敦弥の事件のインパクトが強く、野次馬の声はもっぱらそちらへ向いているらしいが、一時的にとはいえ清也がおかしくなっていたことは、しばらく忘れられないだろう。

(もう夜中だ。大きな物音をたてたらまた、近所迷惑になる。そして家族に申し訳ないことになる。……壁の修理だってまだなんだから、もうやるな)

じっと壁の穴をにらみ、内心で何度もそう繰りかえしながら、清也は深呼吸をした。

「なんで……こんなことになったんだ」

自室を荒らすしかできなかった時期も、自分のやっていることがいやでしかたなかった。だがそれでも、このおかしくなりそうな恐怖を発散するには、ああするほかになかったのだ。

敦弥の悪辣な策略が明るみにでたことで、幸いにして家族とは歩み寄りをはじめられたけれど、大元の問題はなにも解決していない。

「……たすけて、ダリさん」

変わったようでなにも変わらない現実に絶望しながら、この一年、ずっと心を支えてきてくれたひとの名前を呼ぶ。しかし応える声などなく、携帯の振動は止まらない。

【From: 花田左由美《はなださゆみ》】

着信画面にずらりと並んだ名前を見て、清也は震え続けるしかできない。

(いったいおれは、なにを間違ったんだろう)

徐々に麻痺してくる思考のなかで、それだけを思った。

＊　＊　＊

週があけて月曜日、会社に出社した清也は寝不足の顔を長い前髪で隠したまま、重たい口をひらいた。

「おはよう、ございます……」

胃の縮む思いをして朝の挨拶を口にしたものの、オフィス内から返ってくる言葉はなかった。毎度のことながら、土日を挟んだあとの出社がいちばんつらい。

（いつものことだけどさ）

ため息をかみ殺し、自分の机につく。異様なほどきれいなのは、なにひとつ任されている案件がないからだ。

念のためパソコンを起動し、グループウエアにアクセスする。そもそも《Kanarienvogel》は正社員数が百人程度の中小企業だ。本来、内線電話やメモで充分連絡事項はすむのだけれど、業界っぽさにこだわる部長が導入した、いまどきＩＴでも時代遅れと言われる、レンタルツールだ。

使い勝手の悪いインターフェイスで何度もクリックを繰りかえし、自分のスケジュール欄を見ると、真っ白なままだ。グループのスケジュールを確認すると、午後から会議となっていて、しかしそのメンバーのなかに清也の名前はない。

むろん、口頭の連絡も、電話もきていない。

（……また、ハブられたか）

ことさら落ちこんだ気分になるのは、その案件が新しく契約を結んだ作曲家のコンペ応募についてだったからだ。

(香川《かがわ》さんの件、ちゃんととおしてもらえるといいけど)

香川理一《りいち》――『ミンスツオル』というインディーズバンドもやっている、まだ二十代の青年には、清也が動画投稿サイトで見つけて声をかけた。メロディラインのきれいな、ロマンティックな曲を書く香川は、粗削りながら才能があると思えたし、チャンスを与えれば伸びると思ったのだ。

当時、まだここまでひどい状況ではなく、上司である左由美に報告したあと、しばらくの間は担当者として関わってもいた。けれどいまでは、香川に対しての電話や、メールを送ることも禁止されてしまっている。

(ちゃんと、仕事まわしてくれてるのかな……)

清也の紹介というだけで、握りつぶすような真似をされるくらいなら、はやいところ契約を切って違う事務所にいけと言ってあげたい。最悪の場合、左由美からくだされた命令の文言には、ツイッターに関しての禁止はなかったはずだから、あのツールをとおして連絡するしかないだろう。

胸苦しい不安を隠して社内メールのフォルダを開き、清也はぎくっと身をこわばらせた。仕事を干されているいま、全体連絡以外の社内メールはほぼゼロのはずだった。けれど送信者のリストには、やはり彼女の名前があった。

【From: 花田左由美】

【Subject: なぜ返事をよこさないの?】

件名を見ただけで心が折れそうになり、清也はそっと画面を閉じる。内容は見なくてもわかる。きのう携帯にどっさり送られていたものと大差ないものだ。

会いたいから都合をつけろ、時間をとれ、なぜ連絡してこない、あのこと、、、を忘れたのか、ばらされてもいいのか――。

言葉は飾りたてられ、執拗なくらいの心情の訴えをつづられているけれど、要約するとだいたいそういう内容ばかり。それから、あからさまな単語こそ使われていないものの、性的なニュアンスの濃い言葉も満載だろうことは、もう一通の件名を見てもあきらかだ。

【Subject: もう一度、あなたのきれいな肌にふれたいの。。。】

いったいどこのアダルト系スパムメールだ。句点じゃなくて三点リーダくらい使ったらどうだ。一応は仕事のできる上司という話だが、言語センスはお粗末にすぎると、清也は顔をきつくしかめて机に突っ伏した。きりきりと胃が痛くて、拳を握る。

(もう、勘弁してくれよ)

まるっきりサボっているようにしか見えない状態でも、とがめる人間は誰もいない。用事であれそれ以外であれ、話しかけてくるひとも、ろくにない。

いったいなんのために出社しているのかすらわからなくなり、こうして縮こまっているのはいつものことだ。

原因はわかっていた。左由美からのたび重なるしつこい誘いを、清也が拒んだからだ。そしてストーカーまがいのメールが増えるのと反比例して、清也の仕事はなくなっている。

連絡事項は清也のみを飛ばす、かかってきた電話を無視、わざとの書類ミス。手につかない、どころか左由美によってはしからとりあげられる仕事。

電話番のアルバイトだとでも思うしかないが、ほかのひとたちが忙しくするなか、一見は左由美に「なにもしなくていいのよ」とあまやかされているように見えるのか、周囲の空気も冷たい。

ぽつんと孤立しきったまま、就業時間が終わるまで椅子に座っているだけ。いっそ開き直ってネットで遊ぶなり本を読むなりできればいいのだろうが、根がまじめな清也にとっては、まるで拷問のようだった。

以前のように、呼びだしに応じればよかったのだろうか。けれどべたべたとまといつかれ、ホテルに連れこもうとする彼女を振りきるのに神経をすり減らすのはもう、ごめんだった。

（セクハラなんて、こんなこと、現実に起こるなんて思わなかった……）

ただ、無駄に給料をもらう人員を〝飼っているだけ〟の状態が許されるほど、大きな儲《もう》けがある会社でもない。もはや業務にさし支えるレベルになってきているはずなのに、なぜか左由美の上役である部長すらも清也のことを無視したままで、ただじっと、業務時間が終わるのを待つだけの日々は、もう数カ月は続いている。

「——佐光さん」

今後、本当にどうすればいいのだろう。このまま会社にいていいのか。思い悩み、痛む胃をさすっていた清也は、かけられた声にしばらく気づけなかった。

「おーい、佐光さーん。佐光さんってば。もしもーし」

「えっ……は、はい？」

驚いて振り返ると、そこには今年入社してきた新人、前川《まえかわ》つぐみがいた。

まだ二十二歳の大学でたての彼女は、やわらかい巻き髪に服装もコンサバカジュアルで、かわいらしい顔をしている。しかし見た目はいかにも平均的女の子——女性というより、女の子という表現がまだ似合う雰囲気だ——なつぐみは、とにかくマイペースだった。

「お、やっと通信可能になりました？」

誰もが避けている清也を相手に、にっこり笑ってそんなことを言う。めんくらいながら「あの、なん、でしょうか」と問えば、彼女は細い指でフロアのはしを指し示した。

「コピー機動かなくなっちゃったんですよ。佐光さん、PC担当だしメカ系強いでしょ？すみませんけど、なおしてもらえませんか？」

「ああ、いいですよ」

PC担当といっても業者がきたとき対応するだけで、べつにメカに強いわけではないが、複合プリンターのメンテナンス程度なら清也にでもできる。うなずいて立ちあがると「ありがとうございまーす」と彼女はほがらかに笑った。

(なんか、やっぱり変わった子だなあ)

こんなあたりまえのやりとりでそう思ってしまうのは、周囲がひそひそやるなか、臆さず清也に話しかけてくる彼女の肝の太さを感じるからだ。

女性にはめずらしく、つぐみは基本的に特定の誰かとつるまず、昼休みなどいつもひとりで本を読んでいる。ちいさな組織では浮きそうなものだが、いじめられたりハブられることもなく、自然体ですごしている。少々変わり者だと認識されてはいるが、仕事はてきぱきこなすし、あかるい性格で愛想がいいためだろう。

じっさい、誰に対しても態度が変わらないのはいま清也にこうして用事を頼んでくる一件だけでもわかることだ。ある意味、空気が読めないとも言うかもしれないが。

「動かなくなったって、これ?」

「はい、エラー表示でてるんだけど、どうもうまくできなくて。中身は掃除したんですが」

操作パネルでエラーを確認すると、紙詰まりという表示が消えていない。巻きこんだ用紙はすでにとりだしたと言う彼女に「もしかすると奥になにかあるかも」と、清也は本体のカバーをはずした。

「じゃあお願いできますか?」

「わかった……」

うなずいたとたん、つぐみはすたすたとその場を去っていった。言うだけ言って、あとは丸投げか？　と思いつつ、用事をくれただけマシだと清也は作業にかかる。

「……あ、やっぱり。まだ残ってる」

トナータンクをはずして奥を探ると、予想どおり、プリントミスでローラーに巻きついていた紙は二枚あった。奥に残った一枚を引きだすことで無事に複合機はもとの状態に戻った。

再起動の音を聞きながら汚れた手をティッシュで拭いていると、「できました？」と言ってつぐみが戻ってくる。

「あ、うん。奥にもう一枚はさまってたから」

「そっか、気づかなくてすみません。んじゃ、これお礼」

「え？」

はい、と渡されたのは冷えたミルクティだ。フロアにある自販機で、清也が好んで飲む銘柄に驚くと「佐光さんそれ好きでしょう」とつぐみが言う。

「あ、ありがとう……」

「お礼にお礼言うの変ですよ。じゃ、どもでした」

小首をかしげてつぐみが言ったそれが、清也がこの日会社で交わした最後の会話だった。

それでも、デスクに戻ってちびちびと飲んだミルクティは、いつもよりすこしおいしい気がした。

それからまた一週間が経過した。なにをしていたのか記憶がぼんやりするような、無意味で怠惰な会社生活にくさくさするだけの清也のもとに、利憲から飲みにいかないかという誘いがあったのは、金曜日の夕方のことだった。

＊　＊　＊

【From: ダリさん】
【Subject: 突然だけど、時間ある?】
【いきなりでごめん。おれ、予定が変わってはやくあがれそうなんだよね。で、シーフードのうまい店見つけたんだ。サヤさん好きだって言ってたよね? 飲みにいかない?】

じっさいに顔をあわせた先週から、ゲームのほうも復活した。とはいえ、正体を知られた気まずさからあまり長居はできず、小一時間プレイしたら、眠いとか疲れていると理由をつけてログアウト。利憲ともチャットで数分話した程度だった。

この数日、個人的な話はなにもできず、また具体的な約束はなにもないまま。ともだちになろうと言ったあれは、やはり社交辞令だったのか……と落ちこみかけていただけに、清也は本当に誘いがあったことに喜んで、いそいそと返事のメールを作成した。

【Subject: いきます】

【定時であがれるので、すぐn」】


しかし、途中まで携帯に文章を打ち込んだところで、鋭い声がした。

「佐光くん、私用メールはやめてください」

油断していた清也は、びくっとしながら途中までのそれを送信した。

振り返ると、フロアの入口で仁王立ちする左由美がいた。会議に出席していたはずの左由美は、いつの間にか戻ってきていたらしい。

「まだ業務中でしょう。そういうの、困るって言ってるでしょう？　どうして社内規律を守れないの？」

「す、すみません、花田主任……」

「定時まではきっちり就業時間だし、自分の家じゃないんだから、好き勝手してもらっては困るのよ」

いかにもできる女ふうのスーツに、ロングヘアをきっちりまとめて結いあげた左由美は、たっぷりとマスカラを塗ったまつげを伏せて清也をにらむ。震えあがった清也がうつむくと、左由美に同じく会議から戻ってきた周囲からも苦いため息が漏れた。

——なんかえらい目のかたきにされてるけど、いったいなにしたの？　あいつ。

——さあ。けど、とばっちりはごめんだよ。

同僚たちから無視される最大の原因は、これだ。誰も彼もが清也を敵視しているというより、巻きこまれたくないのだろう。清也がなにをしていても、左由美が飛んできてしつこい小言を言う。それをかばったり話しかけた人間も、同様の目にあう。

——でも、仕事まわしてもらえなきゃ、叱られてばっかって、変だろ……。

そうささやかれているのは知っている。理不尽で一方的な叱責を怪訝《けげん》に思っている人間もすくなくないらしいが、誰しも巻きこまれたくはないだろう。

説教が長いか短いかも左由美の機嫌次第。きょうは長そうだ、と覚悟した清也がうなだれていると、左由美の唇がひくひくと引きつった。笑いをこらえるようなそれに気づいているのは清也ひとりだ。

「身なりも最近だらしないし、いったいどうしたっていうの」

言いながら、左由美はシャツの肩のあたりをはたくふりでなぞりあげる。

「髪もそうよ。そんなに長いとみっともないじゃない、ちゃんとして」

前髪をつまんで頬をかすめる。ぞっとしながらも、清也は耐えた。

(ああ、まただ……)

たぶんこれも、左由美からするとプレイの一環なのだろう。こうしてさんざん清也に恥をかかせる態度をとった日のメールは、一段と長くあまったるく、粘ついた性的なものになる。

関わりたくもないのに巻きこまれている我が身を呪っても意味はなく、清也は無言で目を伏せたまま、意識がじわじわと遠くなっていくのを感じた。

ぼうっと頭がかすんで、目がどろりと濁るのが自分でもわかった。虫が、身体を這っているようだ。とにかくはやく、終わってくれさえすればいい。そう思って意識を意図的に遮断する、この防御策にもすっかり、慣れてしまった。

「佐光くん、あなたね、ちゃんと聞いてる――」

「しゅにーん。すみません、いまよろしいですか？」

左由美のグロスのひかる赤い唇が歪み、酷薄な笑みを浮かべた途中で引き結ばれた。怖いもの知らずのつぐみが、なにやらフォルダーをもって声をかけてきたからだ。

「……なんなの、前川さん」

不愉快そうに振り返った左由美に、つぐみはけろっと言った。

「WEB担当からサイトの仕様変更で確認はいってるんですけど、わたしじゃ判断できないので、電話変わってもらっていいですか？」

「そんなの内線鳴らしなさい」

「え、だって目のまえにいるし、いいじゃないですかぁ」

左由美のきつい視線にもめげることなく「三番お願いしまーす」と言ってつぐみは保留ボタンを押し、受話器を戻してしまう。渋々左由美が電話をとった。

清也はぽかんとしたまま、なに食わぬ顔のつぐみを見つめる。

（いまのって、たすけて、くれたのかな）

つぐみが入社してから四カ月、マイペースな彼女にはすくなからずたすけられたことはあったが、ここまであからさまに助け船をだされたのははじめてだった。

「なんですか?」

視線に気づいた彼女が小首をかしげて問いかけてくる。なんでもない、とかぶりを振ったところで終業のチャイムが鳴った。

いわゆるギョウカイ仕事には、定時退社などあってなきがごとしだ。しかし仕事そのものがない清也には、残る理由もない。いまのうちにとそそくさと荷物をまとめ、ダッシュでフロアを飛びだした。

「ちょっと前川さん、あの話急ぎでもなんでもなかったじゃないの——」

「え、そうでした? すみませーん」

そんな会話が聞こえた気がしたけれども、聞こえなかったことにしてその場を去った。

つぐみには申し訳ないけれど、いまはとにかく、利憲に会うことだけが清也にとって重要だった。

携帯を確認すると、さきほどのメールに返事がきていた。【よかった。んじゃ飲みにいくんでOK?】という単文のメールのあとに【返事ないけど、だいじょぶかな】という気遣いのメールがきていた。駅までの道を小走りになりながら、あわてて文章を作成する。

【Subject: ごめんなさい!】

【すみません、上司に呼びとめられてメール途中で送信しちゃいました。いま会社でたので、すぐにいけます】

【じゃあ、また新宿で、この間と同じ場所で待ってます】

走って、走って、待ちあわせ場所に向かう。そうしながら、ひさしぶりに気分がすこしだけ上向いているのに気づいた。

地下鉄から電車を乗り継ぎ、目的の新宿駅へたどりつく。彼のほうが会社から近いので、この間と同じ東口まえに向かえば、すでにあの長身は待ちあわせ場所に待っていた。

「お、遅くなってごめんなさい」

「んーん、そんな待ってないよ。なんだ走ってきたの？　汗だくじゃん」

汗ばんだ清也の髪を、ぐしゃぐしゃっとかき混ぜる。大きな手に、心臓ごとそうされたような気分になるけれど、息を切らせているいま、赤らんだ顔の理由は追及されることはない。

「さっさと店いって涼もうか。まだ暑いもんなあ」

「は、はい」

弟と同じほど背の高い利憲は、たぶん本当なら歩くのもはやい。それでもどこかのんびり鷹揚《おうよう》な仕種で、ぜいぜい言っている清也に歩幅をあわせてくれる。

「なに食う？　おれエビのオイル煮食べたいんだよねー。スペイン料理とかでよくあるやつ」

「た、食べたことない、それ」

「まじで？　うまいよ」

オススメ料理をあれこれと教えてくれる、端整な横顔をじっと見つめた。

つぐみが話しかけてくれて、たぶんちょっとだけ、助けてくれた。大好きなダリさんに誘ってもらえた。

すくなくともこれだけで、きのうよりきょうは、いい日だ。

＊　＊　＊

突然の誘いがあった週末から、利憲からはちょくちょく連絡がくるようになり、時間があるときには飲みにいくのが定番となった。

【きょうはこっち、出向先から直帰なんで五時には引けます。サヤさんどうですか？】

【おれも定時でＯＫです。じゃあ、いつものところで】

返事をしながら、清也は無意識に顔をこわばらせた。

最近では、彼と会えることだけが楽しみで生きているような気さえする。なにしろ相変わらず、仕事はないままだからだ。

左由美に見つからないよう、会社のトイレでメールのやりとりをしたのち、清也は個室をでた。鏡に映った自分の顔をがゆるんでいるのを見て、引き締めようと両手で頬をたたく。

（まだ社内だぞ。気、抜いちゃだめだ）

青白い顔は、最近またやせたせいでメガネばかりが目立つようになってきた。正直、顔の作りがどうであれ、ここまでくると不気味レベルだ。そうしたくてしているのだが、やはり自分のご面相が冴えない状態であるのを見るのはいい気分ではなかった。

トイレから戻って、こっそりと室内をうかがう。左由美はちょうどべつの誰かと話をしているようだったので、見つからないうちにと荷物を抱え、誰にも聞こえないような声で「おつかれさまでした」とつぶやき、またもや走って会社をでた。

ほんの一瞬、粘着質な視線に追いかけられた気がしたけれど、この日もどうにか逃げ切れたらしい。ほっとして電車に乗りこんだ清也は、プライベート用ではないほうの携帯が振動するのを感じた。

一瞬で顔が曇るけれど、渋々と着信を確認する。【From: 花田左由美】――差出人の名前を見ただけで悪寒が走るけれど、このところ、これだけは確認するようにしている。

【Subject: あなた、いったいどういうつもりなの】

件名からして剣呑なそれに胃の奥が締めつけられるような気分になりながら、震える指で本文のメールを開いた。

【わたしからのメールには返事するって約束したじゃない。そう言ってからまだ三日なのに、もう約束を破るの？　会社の人間には誰にもばれたくないって言うから、メールだけで我慢

していれけれど、これ以上無視するなら、わたしも考えるわよ】

ぶるり、と清也は震えた。まるっきり、社内恋愛をしている恋人同士で、つれない男をなじるような文面だ。左由美はじっさいに口をきくと、さばさばしたふうを装い、できる上司ふうに振る舞っているが、文章になると演歌の女もかくや、というじっとりかげんだった。

【Subject:すみません】

【おなかが痛かったので急いで帰りました。これから電車に乗りますので、以後の返信はできなくなります。申し訳ありません】

清也は悩んだ末に、それだけを返信した。とにかく、返事をしたという事実が、そして、レスできないと宣言してさえあれば、左由美はそこまで機嫌を損ねない。

【Subject:大丈夫なの?】

【具合が悪いなら、無理はしないでね。あたたかくするといいのよ。あなたはきゃしゃだからきっと冷えに弱いのね。今度よく効く漢方薬があるから、買ってきてあげる】

左由美にもらった薬など、おそろしくて飲めたものではないが【ありがとうございます、では地下にはいりますので】と返信し、電源を切った。

携帯をバッグにしまう手が、震えていた。

たったこれだけのやりとりでもどっと疲れる。だが、先日会社の休憩室でうっかりふたりきりになった際、つめよられたときのことを思えばまだ、ましだろう。

――どうして返事をしないの？　あなた、どういうつもりなの？

社内とあって、ヒステリックに声を荒らげたりはしなかった。むしろ左由美は穏やかと言っていいくらいの口調で、そのくせ目をぎらつかせていたのが怖かった。

あのときはずっと腕をつかまれて爪をたてられ、パニックのあまり、過呼吸を起こしかけた。偶然、ほかの社員が通りかからなかったら倒れていたと思う。

いっそのこと騒ぎになってくれてもいい、とやけを起こしたくなることもある。だがとにかくいまは、面倒なことを考えたくない。

（……疲れる）

はあっと息をついて、いつの間にか浮かんでいた脂汗を手の甲で拭った清也は、気持ちを切り替えようと深呼吸した。利憲に会うのだから、辛気くさい顔はしたくない。

待ちあわせ場所は、定番の新宿。出会った街で飲むことがすっかり増えた。

利憲は営業だけあって接待も多いのか、いろんな店を知っている。おしゃれな店から、ときにはひどくニッチな、ゴールデン街の変わった店まで、幅広い。先日は昭和の歌謡曲のみを流している店に連れていってくれて、新鮮で楽しかった。

（きょうは、どこにつれてってくれるのかな）

そう考えると、すこしだけ気分が浮上する。

正廣に言われたのもあって、彼と会うときはすこし小じゃれた格好を心がけるようにした。

相変わらず会社にはよれたシャツにジーンズなど、ダサイ服を着ていくようにしているが、利憲と会う日にはアウターを一枚べつに用意し、駅のトイレで着替えるのが習慣になった。

すこししゃれたデザインの上着を羽織り、髪も、ほんのすこしながらワックスで整え、メガネもすっきりしたデザインのものに変える。これだけで社内にいるときより、数倍はましなスタイルに変わる。

もともとむかしはそれなりに、ファッションに気を遣っていたほうだった。会社にはいってから――とくにこの一年で、すっかりサボりぐせはできたけれど。

きょうなどは、ひさしぶりに服を新調してしまった。細身のデザインである、ブランドものの皺加工のデニムシャツとカーゴパンツは、自分でもそこそこ似合っていると思う。

しかし、それを評した利憲の言葉は非常に微妙な感じだった。会うなり、しげしげとうえからしたまで眺めたのち、彼はこう言った。

「……なんかさ、サヤさん、日に日にかわいくなってない？」

「か、かわいい……ですか？」

あまり面と向かって言われたことのないそれにきょとんとすると「あ、ごめん。おしゃれっぽいって言いたかった」と利憲が苦笑する。

「うん、でもこの間のより似合ってるよ。かっこいい、かっこいい」

そういう彼は、毎度のスーツ姿だが、それこそ長身に似合ってかっこいい。

「とってつけたみたいですよ」

冗談めかしたそれに笑ってみせつつ、好評だったことを内心で喜ぶ自分に、清也はあせった。心臓がざわざわして、顔が赤くなるのを見られないよう、うつむく。

（かわいい、とか。ひさしぶりに言われた）

ゲーム内でのサヤ相手に、冗談めかしてではあってもダリはたくさん、やさしい言葉やあまい言葉をくれた。それはちょっと失敗したときだとか、ささいな言葉に対しての雑《ま》ぜ返しだったりしたけれど、言われるたびに本当に自分が〝かわいいもの〟になった気がしてどきどきしていた。

けれどあれはあくまで『サヤ』に対してのもので、自分――佐光清也に向けられることなどないと思っていただけに、不意打ちの言葉が胸に刺さった。

といって、照れてみせるのは変な話だ。相手は他意もなく、単にほめてくれただけだというのに必要以上に重たく受け止める清也がおかしいのだから。

顔をあげない清也に、利憲が気遣わしげな声をかけた。

「……サヤさん？　怒った？」

「えっ、いえ、まさか！　そ、それよりきょう、どこにいくんですか？」

どうにか笑ってみせながら、話題を変える。ほっとしたように利憲も微笑み「きょうは、先輩に教えてもらった店でね――」といつものようにあかるく話しだした。

この夜は、創作和食の店で飲むことになった。といってももっぱら、清也は食べるほうが専門だ。ほとんどジュースのような果実酒の炭酸割りをちびちびやりながら世間話を続けていたが、ふと思いだしたように利憲が「そういえば」と言った。

「サヤさん、インディーズバンド『ミンスツオル』の香川理一って知ってる?」

「えっ」

突然、気にかけていた若手ミュージシャンの名前を口にだされて清也は驚いた。目をまるくしていると「あ、やっぱ知ってるよな」と利憲がうなずく。

「じつは、うちの関連会社の新作ゲームで、〝音もの〟やろうって話になってさ、頭数ほしいってんであちこち声かけてたらしいんだ。おれもちょっと企画に関わることになったんで、打ちあわせに顔だしたんだけど、そこの資料で《カナーリエンフォーゲル》に所属してるって書いてあったんだけど」

「そ、それで香川さん、仕事もらえるんですか?」

すごい勢いで食いついてきた清也に驚いたのだろう、すこし目をまるくした利憲は「え、ああ」とうなずいた。

「もちろんコンペもあるし、とにかく数そろえないとだから、いまの時点ではっきりしたことは言えないけど、候補にはあがってたと思うよ」

では一応、彼についての仕事はまわっていたということだ。香川とは担当をとりあげられたきり、連絡もとれない状態になっていたし、最後の手段だと思っていたツイッターは、先日確認したらいつの間にか以前のアカウントが消えていた。

「そ……か、よかった」

ほっと清也は胸を撫でおろしたが、様子のおかしさに気づいたのだろう、利憲が「どうしたの？」と問いかけてくる。

「や、まえに担当してた……ひとで」

しどろもどろになっていると、隣の利憲がわずかに息をついた。

「あのさ、サヤさん。まえから思ってたけど、仕事のことになると異様に口重くなるのってなんでかな。守秘義務でもあんのかと思ってたけど、なんか……おびえてない？」

今度こそ、清也はびくっと身体を震わせた。

「あたりさわりのない話してるぶんには、わりと笑ってたりすんのに、仕事がらみになると、とたんに元気がなくなる」

「そんな、ことは」

あえぐように言った清也の言葉を無視して、利憲は続けた。

「ゲームにもまた顔だすようにはなったけどさ、あんまり気が乗ってないよね？」

「そ……う、ですか?」

「うん、待ちあわせとかも、三回に一回くらいしかいないし」

スカイプもオフラインばかりだと指摘され、「すみません」と謝罪する。利憲はかぶりを振った。

「謝ってほしいわけじゃないんだ。ただ、よくわかんなくてさ。いろいろあったから気まずいんかなと思ったけど、ふつうに飲みに誘うときてくれるし」

「それは……その、ダリさんには、もう正体ばれちゃったから。でもネトゲの知りあいとかは相変わらず、サヤは女だと思ってるし、これ以上だますのも、なんか……」

しかもその仲間内には利憲のキャラ、ダリがリーダーとして参加している。周囲から姫扱いされる清也をどう思っているのだろうと考えて、気まずくなる胸のうちをぼそぼそとこぼすと、「なるほど」と一応はうなずいてくれた。

「まあ、それはわかんなくないんだ。でもおれのことなら気にしなくていいよ。素性知ったからってサヤさんに対して、なにか変わったってことはないし、態度変えたつもりもない」

「それは、はい、ありがたいです」

単純に清也の自意識の問題なのだ。うなだれながら清也は、なにも変わらないという利憲の言葉にほんのすこしだけ、嘘だ、と思った。

(だってあなたの好きだった『サヤ』は、もうどこにもいなくなったのに)

気を遣ってくれているのがわかるだけに、申し訳なくなる。しかしそうしてうなだれていたおかげで、逆にまた訊かれてしまった。

「まえに言ってた、リアルであったやなことって会社がらみ？　ネトゲに逃げこむほどいやなことって、いったいなにがあったの？」

図星をさされ、いまさら違うとも言えないまま清也は唇をかむ。「ほらまた」と利憲が唇をつつき、清也はあわてて口元を手で覆った。

「なんか悩みとかあるなら、話してみない？　おれ、聞くよ」

「……ほんとに話しても、いいですか？　愚痴になるんですけど」

「酒の席では定番じゃん。それにおれのほうから切りだしたんだからさ」

親身な声に、ほっとしたと同時に泣きそうになった。これが聞きたくて、たぶん利憲と会ってしまうのだ。だましたのに、嘘をついていたのに、彼は一度として清也に否定的な態度をとらないし、冷たい声になったりもしない。

やさしさに飢えきっていたのだといまさら気づいて、清也は自分を恥じた。心がものすごい勢いで、隣にいる彼によりかかっていくのがわかる。

清也には、そもそも友人らしい友人がいない。自分が養子だと知ってからはどこかひとと距離を置くのに慣れてしまい、弟とはだいぶ関係がマシになったとはいえ、長年のいきさつもあって素直に頼りきることはできない。

悩みを相談するような相手もいないまま、この歳まできてしまった。だからこそあのころ、敦弥に揺さぶられるまま孤独感に浸りきり、ネットの関係にはまったのだとも言える。

(典型的なコミュ障ってやつだよな)

自分を嗤うと、見とがめた利憲が「どしたの」と問いかけてくる。

「なにから話したらいいか、わかんなくて」

「どっからでもいいよ、思ったことから順に。きれいにまとめて話そうとか思わなくていいからさ」

こくりとうなずいた清也は、しばし考えたのちに電源を切っておいた例の携帯をとりだした。「ん?」と首をかしげる利憲に「ちょっと、待ってくださいね」と告げ、びくびくしながら再度電源をいれる。

とたん、着信を知らせるバイブレーション。覚悟を決めて画面表示を見ると、【新着メール二十五件】とでていた。

「え、なんかずいぶんたまってない? どんだけ電源いれてなかったの」

「……ダリさんと会う直前からだけです。で、ひとりのひとから、です」

震える清也の声になにかを察したのだろう、利憲が真顔になる。見ていいの、と目顔で問われ、うなずくと、彼は着信画面を確認しはじめた。

「うわ、なんだこれ。ぜんぶ花田ってひとからばっか……」

「それが、おれの上司で、それで」

ぐ、と清也は喉になにかがつまったような感覚に声を途切れさせた。おそらく説明しなくてもわかるだろう。夜半になると左由美のメールの件数は異様に増える。もう九時をまわって自宅にいるころだろうし、パターンどおりなら内容もきわどくなっているはずだ。

「だいたい、わかった。件名だけでもすごいねこれ。【熱くて眠れないの】って……エロ系スパムかっていう」

見たくなくて清也は目を伏せていたが、おそらくもっとひどいものもあるだろうことは想像がつく。

「ねえ、これさ。まるでつきあってるふうなこと書いてあるけど、セクハラだよね？」

きっぱりした声で言われ、清也は目を伏せたままうなずいた。

「いつからなの」

「一年、まえから」

「……ネトゲに逃避したのとか、ネカマやろうって思ったの、これのせいか」

短い言葉だけですべてを察した利憲に、清也は涙ぐむのを必死でこらえた。

「なんか、あの夜のことがどうとかって書いてあるのあったけど、具体的な行為があったりしたの？」

「覚えて、ないんです。おれ一年くらいまえ、会社の飲み会ですごい酔っちゃって……起きたら、なんでか、ホテルに主任……この、花田さんといっしょにいたんです」

びくつきながら、ちらりと横目で利憲を見る。彼はうながすように「うん」とうなずき、じっと清也の顔を見つめていた。なぜかその視線に力づけられ、話を続けた。

「ふたりとも裸で、すごいぎょっとして。わけわかんない状態で、おれとにかく、逃げだすしかできなかったんです」

いままで弟以外、誰にも言えなかった女性上司のセクハラと、誘いを断るたびにひどくなるいじめについて打ちあけるのは、ひどく怖かった。男の立場というのはときどきひどくやっかいで、被害者のはずなのにそうとは扱われないことも多いと聞く。

清也の場合も、自身の記憶がまったくないため、どう言い逃れすればいいのかわからなかった。そしてパニックになっているうちに、左由美からメールが届いたのだ。

【Subject:責任をとってとは言いませんが】

【なんらかの話しあいはすべきだと思います。あなたはあの日、避妊をしていなかったし、危険性は高いと思います。ついてはこの件に関して、お話がありますので、以下の日時に指定の場所にいらしてください。もし無視された場合には、でるべきところにでることも考えています】

「ちょっと、それ、脅迫じゃないか」

「おれも、そうだと思いました。だから念のために、メールは消してないです。お金とか、要求されたらどうしようって、……そのときはそればっか、考えてたけど」

おかしくもないのに、清也はうっすらと嗤った。痛ましいとでも言いたげに、利憲が目を細める。

「とりあえず、次の日彼女の住む街のレストランに呼びだされました」

そのときの左由美はまるで、デートにでも臨むように着飾っていた。いつも会社では結いあげている髪をおろし、化粧の雰囲気も違って、ひどく上機嫌だった。

「会ったら、なんか様子が違って。脅迫って感じじゃないし、やたらにこやかに話してきて、変だと思ったんです。で、おれから切りだしました」

「それで？」

「まえから好きだったとか言われました。おれも好きだって言ったとか。だからあの日は身を任せたんだって。でもそれはおかしいと思った。おれは……ものすごい酔ってたし、そんなふうになって、女のひとと、その、そういうことできるかなんて、わかんなかったし、正直、主任のこと女性として見たことなんかいちどもない」

ほかにも行為を完遂していないと言いきれるだけの理由はあったが、さすがに口にはできず清也はぼやかして告げた。

「だからたぶん、やってないと思う、って言ったんです。好きだとか言ったのも、なにかの言葉のあやだろうって。そしたら彼女、いきなり泣きだしたんです。ひどいって。俺が酔ったから介抱してやろうとしただけなのに、無理やりやったんだ、って」

「話変わってるじゃん」

「はい。でも、それでも俺が違うって言い張ってたら、じゃあ警察に言うぞって……レイプしたんだって」

ぎゅっと清也は自分の腕をつかんだ。利憲は心配そうにそれを眺めたのち「言ってみろって言えばよかったじゃないか」とやんわりたしなめた。

「そんな無茶な言いぶん、とおるわけない。主任ってことは、サヤさんよりも年上だよね？失礼だけど、彼女の年齢、いくつくらい？」

「細かくは……でも三十代なかばは、超えてるかと。でも、そういう問題じゃないんです」

すこし強い語調で、清也は遮った。

「主任、言うことところころ変わるしどんどん、支離滅裂になっていって、なんか怖くて。ちょうど痴漢えん罪の事件とかニュースで見たばっかりで、男はこういうとき信じてもらえないものかも、って。ちょっと……むかしのこと、思いだしたり」

語尾に苦いものがまじり、利憲が怪訝そうな顔になった。

「むかしって、なにかあったの」

「……おれ、高校のころ、弟に彼女寝とられたことあったんです。ていうか、半分裸でくっついてる彼女と弟を……母といっしょに見たし、彼女も泣いて訴えたから、信じちゃって」

正廣がいくら違うと言っても、家族は誰も信じなかった。それ以来、弟はどこか斜めにものを見るようになったのだと、懺悔《ざんげ》するように清也は言った。

「でも、あとになってやっと、その彼女すごい浮気性で、本当はいきなり彼女のほうからしかかってきたんだって知ったけど、そのころにはもう、弟とは口もきかなくなってて」

あのことが、正廣にとってどれくらいショックだったのかと考えられるようになったのは、十年近くも経った最近になってのことだ。

「身内でもそうなんだから他人がどう思うかなんて、おれにはわからなかった。だって考えてみたらその当時、弟はまだ中一だった。体格はおれよりいいくらいだったけど……母親まで、中学生の弟が高校生の兄貴の彼女寝取るなんてこと、あっさり信じたのに、って」

「でもそれは現場を見たからだろう？　話だけで証拠もないのに――」

清也は目を伏せ、きつく拳を握った。利憲が「なにか撮られた？」と問う。つくづく勘のいい男だと思った。

「写真……これ……」

転送されてきた写真は、本当なら消してしまいたかった。けれど脅迫の証拠になりはしないかと悩んだ末、一応保存してあったのだ。

「サヤさんが寝てる横で、彼女がくっついて寝てるだけだろ。しかもろこつな自画撮りだし、これじゃレイプだとか言われても変だよ。会社での評判はおかしくなるかもだけど、そりゃ主任っていうこの女も同じじゃんか」

あきれたように言った利憲の言うことはもっともだ。一年もまえの件だし、これ自体がなんの脅しにもならないことは、清也にもわかる。

「毅然とした態度でいれば、どうにかなったんじゃない」

「おれも、そう思ってたんです」

弱々しく嗤って、清也はうめいた。読みがあまかったことを痛感しているのは誰よりも自分自身だ。

「呼びだされたり、メールや電話しつこくされたり、いっぱいしました。どうしても忘れてほしいなら、もう一回寝ろって。でも無視した。ほんとにでるとこでるなら、おれも受けて立つって言いました。そしたら、……仕事、干されました」

「まじで」

「ちょっとずつ。最初は連絡ミスとか多くなって、おかしいって思ってました。注意力散漫なのかなって。でも気がついたら、おれのところにだけ重要な連絡こなくなって、周りにひとがいっぱいいる状態で、何度も叱りつけられて」

しかもミスしたことを注意される際、同僚を隣に立たせたままにする。そして清也の失敗の一部始終を話したうえで「あなたならそんなことないのにね」などと比較したり、欠点をあげつらね、あからさまに、人格を非難されたりする。

「そうこうされるうちに、自分でも無気力になっていくのがわかって……」

考えることも行動することも怖くなったのだとうめくと、利憲は顔を歪めた。

「まずは気力から削いでいくって手か。かなり悪質だな。おおかた、そのミスってのも彼女がわざと仕組んでるんだろ」

「だと思います。そういうのが、すごく上手なんです……」

たとえば、左由美から清也に連絡がとれなかった、取引先からの重要な確認ができなかった、と叱られたときのことを話した。

「たまたまおれはその日、音楽スタジオに打ちあわせにいってました。スタジオって基本、電波届かないとこ多いんです、防音だし。それで、着信があったかどうかの証拠はなくって、ほんの一瞬、おれがスタジオからでたときに着歴に気づいて、コールバックしたけど」

「それで、そのときにその、確認とやらはあったの？」

「いえ……もう終わった話だから、いいんだって。なんのことなのかも言われませんでした」

結果としては、左由美は清也に電話をかけたという事実は残る。そして上司という立場上、〝連絡のつかなかった部下〟の代わりに案件についても処理したうえ、伝達しなかったのは、〝皮肉のひとつも言いたかった〟からだ、という言い訳もたつ。

「だったら、担当者さんに直接連絡とればいいんじゃない？」

「それ禁止されてるんです。上司がぜんぶ掌握していないといけないわけじゃないんですけど、その……アーティストを担当するってことはけっきょく、そのひとが売れたら担当者の功績になるでしょう？」

「うん」

「そのせいで、ちょっと縄張り意識みたいなのが担当同士にはあって。で、おれも、担当してるミュージシャンとか、何人かいたけど……最近じゃ、なにひとつできないっていうか、途中から主任がぜんぶ、自分が仕切るからとか言って、渡してくれなくなって」

自分が見つけてきた相手のことが心配でも、なにもできなかった。よしんば左由美に隠れて連絡をとったところで、なぜ自分を飛ばしたのか、ここぞとしてどういうつもりだと言われてしまえばぐうの音もでない。

「もしかして香川さんも？」

こくん、と清也はうなずいた。

「へたに契約してると、身動きとれなくなるんです。いままで、インディーズで自由に、たとえばネットに音楽発表したり、ライブやったりできたことが、場合によってはできなくなる。うちとか、ほかのところに許可とらないといけないこともでてきますから」

「ああ、音源の契約って厳しいからね。著作権とか、隣接権とか面倒くさいし」

ゲーム業界も音源使用については関わりが深い。すぐに理解したとうなずいた利憲に、清也はすがるように言った。

「お願いがあります。香川さんにもし、連絡がつくことがあるなら、うちとの契約について、期間満了時の解約をすすめてもらえないですか？」

必死の形相に驚いたのか、利憲は「え？」と顎を引いた。

「いまのところ香川さんに関しては、新人ってこともあって、包括的な契約にはなってないんです。あくまで曲ごとだから、もう納品されちゃった曲についてはともかく、これからの活動に支障はないし、いまのうちに……自由になるならなったほうがいいかもしれない」

「待って、それって、サヤさんの担当してるアーティストについて冷遇する可能性があるってこと？　まじで？」

「ほのめかしは、されました」

清也は重い口調で言い、問題のメールを探しだす。画面を覗きこみ、読みすすめた利憲が「これは……」とうめいた。

【あなたが仕事を好きなのはわかってる。ひとりひとり、大事にしてるわよね。彼らとも仲よくするように、わたしとも仲よくしてくれればいいんだけど……あんまり冷たくされると、ちょっと考えないといけないかもしれない】

「……具体的なことはなにも言わないのがいやらしいな。圧力はかけてくるけど、ぎりぎりのところで相手に想像させる余地を残してる」

「どういうことですか、って言っても、あなたはどう考えてるのって切り返されます。こっちが脅迫だと言っても、想像力が豊かなのね、って」

うつろに嗤って、清也は携帯の画面をオフにした。利憲と話しているあいだにも、数件ほどメールが舞いこんできていた。

「で、それから、どうなってるわけ?」

「会社だけはやめたくなかったから、いちど、おれ、土下座までしました。許してくださいって。でもなにもしていないのに許したりできないって言われました」

やさしげに微笑みすらして、左由美は、「あなた次第だけど」と言った。打ちあけると、利憲は声を低め、厳しい顔をした。

「もしかして、ホテルいきました。でも……できなかった」

「一回だけ、ホテルいきました。でも……できなかった」

身体中をさわられ、のしかかられても嫌悪がさきにたち、どうすることもできなかった。なにより、こうして自分の意志でホテルにきたのだからと言われて、完全に心が折れた。

「勃《た》たなかったってこと?」

真っ赤になりながら、清也はぎこちなくうなずく。そして口早にきわどい話を終わらせようとつとめた。

「ともかく、そんなんで、その……お誘いのほうは勘弁してもらいました。おれは、ああいうことはできないんだって。でも、それも曲解されちゃって」

「まあ、ぜんぶが曲解っていうか妄想っていうか、って感じだけど、……どんな?」

うんざりしたような声でいう利憲に、清也も似たような声を発した。

「わたしのこと大事だから抱かないのね、みたいな」

「……どこでどうしたら、そこにいくんだ? 最初の夜、酔ったっていうのも、おおかたその主任が無理に飲ませたりしたんじゃないの?」

あきれかえったように利憲が額に手をあてる。そのとおりだ、と清也はうなずいた。

「からまれたんです、すごく。それこそわたしの酒が飲めないのか、みたいな。でもそんなに量は飲まなかったんだけど、途中からすごく強いのに変わってて」

優等生の清也は、自分の酒量など把握できていなかった。またある特定のタイプの女性のおそろしさを、本気で知らなかった。

佐光の母が、おっとりとやさしいタイプで、清也にとっての〝おんなのひと〟はそういうやわらかな性質のものだという思いこみもあったし、高校時代、彼女の裏切りにあって以後、いちども恋人と呼べる関係の相手を作ったりはしなかった。

はじめての彼女に植えつけられたのは不信感だけでなく、認めたくはないが恐怖心もあったからだ。

「誰かに相談とかはできなかったの?」

「社内では、無理です。おれのメールは監視されてるっぽいし……」

穏やかでない単語にぎょっとしたように、利憲は「監視⁉」と声をうわずらせた。清也はうなずく。

「それってその、酔ってホテルに……って件のあと？」

「まえから、です」

最近では会社から誰かに連絡をとることもないからわからないが、一時期、左由美の言動は不審な内容が多かった。

「たとえばそれこそ、香川さんと打ちあわせするために、待ちあわせ場所決めますよね。その話、香川さんとしかしていないのに、『新人の打ちあわせなんだから、事務所に呼びだしなさい』とか『喫茶店なんてコーヒー代かかるでしょう』とかいきなり言われたり……」

ほかにも左由美から届くメールに、清也がほかの誰かにあてたメールに関してのコメント——くだらない話をするなだとか、電話が長いだとか——が書かれていたこともあった。

「グループウェアのメール機能使ったときなら、基本はオープンになってるからまだわかるんですけど、通常のメールや電話での話までばれてて……」

「……それ、サーバー覗いてるってこと？　電話も？」

「主任は管理者権限もってるんで、おそらくそうです。電話は、通話記録のチェックかも」

だがそれはあくまで、なにかトラブルなりと起きた際のために閲覧権利があるのであって、逐一言動を見張るためではないはずだ。

「怖いですよ。仕事相手になにげなく、メールで世間話……たとえば映画の話とかしただけで、『封切りして間もないのにもう見たの』とかつっこんでこられて」

最初は気づかず、自分がなにか彼女に話したのだろうか、と思っていた。だがあまりに頻繁に続くそれにおかしいと思いはじめたころ、ホテルの一件が起きた。

「だから、誰にも言えなかったんです。相談しようにも、あんなこと口で言えないし、かといってメールとか連絡ツールぜんぶ、見張られて」

わなわなと震えだした清也の腕を、力づけるように利憲が一瞬、ぎゅっと握ってくれた。どうにか声を絞りだせたのは、そのおかげだろう。

「な、情けないって自分でもわかってます。でも、ちゃんと考えて行動起こすのが、いやなんです。なんか疲れちゃうし、怖くてぼうっとしちゃって……」

ここまでなにもできない人間ではなかったつもりだった。学生時代にも生徒会長などやって、それなりに物事には対処してきたし、理屈のうえでは毅然と対応すべきだとわかっている。けれど左由美の名前を耳にしたり、彼女の姿を見ただけで、頭がまっしろになってしまうのだ。

日に日に暗くなっていくうえ、女性上司に贔屓《ひいき》される清也に周囲は遠巻きになる。周囲に相談もできず、疲れて心をむしばまれていった清也は、もう抵抗するのは不可能だとあきらめてしまった。

そう打ちあけると、グラスをかたむけつつ聞いていた利憲は、苦い顔でつぶやいた。

「完全に洗脳されてるなあ」

「洗脳なんですか？」

「というか、じっさいにあるよ。学習性無力感って知ってる？」

知らない、と清也がかぶりをふると「六〇年代に心理学者がやった実験なんだけど」と、利憲が重たい声で言った。

「ざっくり言えば、犬が逃げようとするたび電気ショックを与えてると、しまいには通電しなくても逃げだそうとしなくなる、っていうやつ。人間でも、虐待されたりすると、努力して回避できる場面でもなにもしなくなるっていうね」

「で、でも暴力受けたわけじゃ……」

「肉体的、物理的なものじゃなくても同じだよ。ひとまえで恥かかされて、なにもできなくされてるわけだろ。完全にいじめだ。おまけに相手が上司で、パワハラもくわわってる」

そう告げる利憲は見たこともないほど厳しい顔をしていた。

「土下座だって、サヤさんが自発的にしたの？」

「……一応」

うなずきかけて、清也は、違う、とかぶりを振った。

「それくらいの誠意は見せてくれないと、みたいにほのめかされました。でもじっさいにやったら『どうしてそんなことをしているの、頼んでもいないのに』って」

誘導されてやったようなものだけれど、これも確たる証拠がないことだ。踊らされ続けている自分に清也が落ちこんでいると、利憲が深いため息をついた。

「なあ、本気で解決したいと思ってるなら、それこそしかるべきところにちゃんと相談したほうがいい。社内に、コンプライアンス部署とかはない？」

「……それ、委員のひとりが、彼女なんです」

「まじで？」

だから八方塞がりなのだと、清也は当時の絶望感を思いだして涙ぐむ。現在のところ必死で逃げまわっているが、へたするとまたセクハラを受けかねない。

「いまはもう、とにかく機嫌とるためにメールだけは相手してます。返事さえ、しておけば、すこしはマシになるみたいだから」

「よく、こわれなかったね」

「こわれましたよ、とっくに」

心を病んだ自覚はあった。ふだんからぼうっとして、そのくせいらいらが止まらず、家族にあたるようになった。そんな自分がいやで、ひとと話すのも怖くなってたまらず——逃避のためのなにかを探していた。

「ネトゲはまったの、そのせいだったんです。ちょうど……知りあいにすすめられて」

清也に〈イクスプロージョン・オンライン〉をすすめてきたのは、あの敦弥だった。うさんくさいものを感じていたけれど、もともと生い立ちに関して不安を抱えていたうえに、弟とは反目しあったまま。追いつめられ、他人はおろか家族とすらろくに話すこともなくなっていた清也にとって、あの当時唯一会話をするのは敦弥だったのだ。

「なんか、自分と違うものになりたかった。それで、まえのゲームのこと思いだして……最初から、こんどは『サヤ』でいようって思っちゃったんです」

すがるモノを求めてネットゲームをはじめ、初心者を装っていると、親切にしてくれる相手はたくさんいた。そうしてゲーム内の男性たちにちやほやされるうち、自分とは違う自分でいるのが楽なことに気づいたのだ。

「そのとき思ったんです。女っていいなって。女ってだけで信じてもらえるし、やさしくされるんだなって」

「……それはそれで、違う気がするけど。女の特権であまやかされたら、やっぱりしっぺ返しは食うし、そんなつもりでなくても勘違いされるひとだっているだろ」

顔をしかめた利憲に「まえもそうやって叱られましたね」と清也は苦笑した。彼はきょとんとした顔になる。

「え、まじ?　おれ叱ったっけ?」

「はい。ていうか、それが最初に話したきっかけですよ」

覚えてないんだな、とすこし寂しくなりながら、清也はいちばんはじめに〈イクプロ〉のなかで利憲と会話したことを思いだした。

「あのころ、あちこち親切にしてもらえるのが嬉しくて、いろんなひとと仲よくしてたつもりでした。でも……」

当然ながら、女性キャラが複数の男性キャラとべったりにしていれば、誤解を生む。一部からだんだん、色恋めいたメッセージが飛んでくることが増え、しつこく音声スカイプをねだる相手もでてきた。

「ああ、サヤさんモテモテだったから」

「意地悪言わないでください。知ってますよ、一部でぶりっこだとかビッチ扱いされてたの」

いたたまれずに清也は赤くなる。じっさい、そのことをずばりと指摘したのが目のまえにいる男だったのだ。

あるとき、辻——オンラインゲーム上においては、その場の通りすがりという意味だ——で回復を頼んできた相手に応じたところ、性的な会話や質問を執拗にされてしまった。そこに通りかかったのが、『ダリ』だった。

——エロチャじゃないんだから、そういうのやめろ。相手も困ってるだろ。

——きみも、あんまり誰彼かまわずいい顔するなよ。親切はいいけど、思わせぶりな態度ばっかりとってると、あとで面倒なことになるんだ。

ナンパ男はそれで去っていったが、当時、ちやほやされてばかりだった清也はまっとうなことを言ってくる『ダリ』に驚いた。そして好感を持ち、自分からパーティーメンバーになってくれないか、と頼んだのだ。

「……そんなだったっけな、そういえば」

「ダリさん、わりとお小言多かったから。知ってました？　パーティーメンバーのなかでのダリさんのあだ名、説教兄貴っていうの」

「うっそ、知らんかった。おれうざい？　ひょっとして。体育会系が抜けてないんかな」

わざと顔をしかめる彼に、清也はすこしだけ笑った。

「うざくないですよ。みんな、そういうダリさんのこと慕ってるから」

自分も純粋に慕っているだけのあいだは、楽しくいられたのだと思う。ずきりと胸が疼き、清也は目をそらした。

「謝らなくていいからね」

「……はい」

先んじられて、どうしようもなくなる。本当にこのひとはやさしい。だましていたのに、そのことを一度として責めたりしない。だからよけい、清也は苦しい。だがこの苦しさは、清也がちゃんと味わっておくべきものだとわかっている。

——ネットの向こうでどんだけ暴れたって、なんも怖くねえぞ、ネカマ！

弟と最悪な殴りあいをしたあのとき、罵られていっそすっきりしていた。叱られる、怒られるのはある種の禊《みそ》ぎだ。罰を受けた側のほうがそれで区切りをつけることができてしまう。それではだめなのだ、と清也は思った。

（でもあいつなら。正廣なら、こんなことにはならないんだろうな）

家族の誰に理解されなくても、ひとりで進路を見据え、どれだけ反対されても説得する材料をこしらえて乗り越えてみせた。

「おれ、弟みたいになりたかった」

「……うん？　どしたの急に」

唐突につぶやくと、利憲は目をまるくした。

「あいつならきっと、こんな程度のこと気にしない。ちゃんとあしらえるし、対処もできる。背が高いし、見た感じ強そうだし、なめられたりしないんだろうなって」

なにより正廣のような野性味あふれる色男タイプであれば、女性からセクハラを受けることもなかったのではないか。つぶやくように言うと、利憲がじっと清也を見つめていた。

「ルックスだけで言うと、それはどうかなって思うよ。たまたま今回の相手は、サヤさんみたいな、美青年タイプが好きだったのかもしれないけど、弟さん――まあ見たことないからあれだけど、かっこいいんだろ？」

こくんとうなずき「モテまくってました」と言い添えれば、「それでも、どうかな」と利憲は首をかしげた。

「たとえ体格のいい男でも、ストーカー被害に遭うときは遭うし、そこでどう対処するかなんて、その場になってみなきゃわかんないんじゃない？」

「でも」

言いさした清也の目をじっと見て言葉を制した利憲は、こう言った。

「むしろそこまで弟さんにコンプレックスあるのって、やっぱり、本当の家族じゃないとかっていう、あれなのかな」

指摘され、清也はぎこちなく「かもしれない」とうなずいた。

「自分が弟だったら、もっとましな対処ができた――とかって仮定は意味はないと思うんだよね。たられればを言ってもきりはないし、現実的じゃないだろ。誰かに比べて、自分はだめだとか思うのは無駄に自分を追いこんで気力を削ぐ。それは、やめよう？」

「……はい」

「よしよし」

ぽんぽん、と彼は清也の後頭部をやさしくたたく。また説教兄貴になっている、とすこしだけおかしくなった。

（このひとには、もう隠しごととかないんだ）

自分が養子であることは、以前、利憲にチャットで話したことがあった。本名や仕事のことなどなにも知らない相手だったのに——いや、だからこそか。

本当の『佐光清也』を知る人間に対しては、こうしたコアなことは打ちあけられなかった。嘘で固めたヴァーチャルな『サヤ』だからこそ、本音もなにもかもさらけだせたのだ。

まさかその相手と、こんなふうにしょっちゅう飲みにいくことになるなど、想定もしていなかった。しかもこんなに親身になってくれるなんて考えもしなかった。

「ダリさんには、おれのこと、ぜんぶ知られちゃってるなあ……」

恥じるようにつぶやくと「ぜんぶじゃないよ」と彼は静かに言った。

「このなかは、まだいろいろ、たまってるだろ。とりあえず、ぜんぶ吐いちゃえ」

軽くつつくように、額を指で押される。こんなふうに気安い態度で他人に接せられたことがあまりなく、清也はどぎまぎしながらも嬉しく思った。だがそれが顔にでるのを防ぐように、あえて表情をこわばらせる。じっと見つめていた利憲は、やさしく問いかけてきた。

「ほかになにがきつい?」

「ほか……仕事、めちゃくちゃになって、予定も狂っちゃって。それもつらかったです」

「予定って?」

「自活、っていうか、ひとり暮らし、したかったから」

本当であれば、清也は社会人になってすぐ、金を貯めて家をでようと考えていた。すでに成人して就職もした身の上で、いつまでも親戚の家に頼っているのは間違いだということくらいはわかっていたからだ。

　しかし現在の清也はすでに二十五歳。就職して三年が経ち、自立するどころか、会社にこそいっているものの、ほとんど引きこもりの状態。かつての生徒会長、できのいい優等生がなんてざまだと自分を嗤っても、逃げ場はオンラインゲームのなかにしかなかった。――つい、最近までは。

「ひとり暮らし程度なら、すぐできる。とりあえず引っ越しの資金、敷礼金と最初の家賃ぶんあれば、どうにかなるだろ。諸雑費いれて五、六〇万ってとこかなあ」

「え……そ、そうなんですか？」

「うん、おれ大学のときから実家離れたけど、とにかく住むとこさえありゃなんとかなるよ。なんでもかんでも、きっちりやろうとするから腰が重くなる。この時期ならまだあったかいし、布団と机と鍋ひとつあれば、生き延びられるよ？」

　さらっと言われて、きょとんとしてしまった。生まれてこのかた、家をでたことのない清也にはものすごく高いハードルのように感じていたのに、利憲はものすごく簡単なことのように言ってのける。

「サヤさん、貯金ある？」

「えと、家にお金いれてるから、あんまり多くは……」

「あ、えらいじゃん。でもそしたら、そのぶんは余裕になるってことだろ？　親御さんに、ひとり暮らししたいって話して、とりあえずそのぶんを、資金にさせてもらえるように頼んだらどうかな」

ぼんやりと「やってみたい」とは思っていたが、どこから手をつければいいのかわからなかったことを、てきぱきと利憲は計画だてていく。

「家具とかも、一部は家から持っていけばいいし、荷運びはレンタルでバンでも借りてちょいちょい運べばそこまで金かかんないし」

「め、免許ないです」

「あ、じゃあおれ、車だしてあげるよ。大物あるなら、弟くんも駆りだせばいいし、うまくすりゃ、男のひとり暮らしの引っ越しなんか一日で終わる」

ほら、懸案がいっこ片づいただろ。にっこり笑って言う利憲に、ぽかんとしていた清也は思わずつぶやいていた。

「……ダリさんて、魔法使いみたいだ」

利憲はその言葉に目をまるくしたあと「あはは！」と笑った。

「ネトゲのジョブは剣士だけど？　つか、素でそういうこと言うのって、やっぱサヤさんかわいいね」

また言われてしまった。赤くなる顔を今度こそ隠せないまま「やめてください……」と清也はうなだれる。

くすくすと笑ったあとに、利憲はふっと息をつくと、真剣な声になった。

「なあ、サヤさん。まじめな話、転職を考えるのもひとつだと思うよ」

その上司との問題を解決するより、逃げたほうが手っとり早い。そう言われてうなずきながらも、清也は目を伏せた。

「でも、いまの会社も仕事も、好きで……やりたかったこと、なんです」

だからこそ、セクハラを受けてろくな仕事もさせてもらえないのが、つらい。

「社長の考えとか好きだし、扱ってるアーティストさんとか作曲家さんとか……若いバンドのひととかも。おれ、もの作る才能がないから、そういうひと、すごいって思うし」

言いながら、これも芸術に秀でた弟に対してのコンプレックスかもしれない、という思いがよぎる。だが、それがなんだと思った。きっかけは正廣に対しての複雑な感情かもしれないが、才能ある人間を応援したいのは、清也の意志でもあった。

「おれは正直、なにができるわけじゃないただの連絡係だけど、コンペのこととか相談されることもあります。一生懸命がんばりますって言ってるひと、ちゃんと応援したいし、育ててあげたいんです」

「うーん、そっか」

「なにもできないくせに、口ばかり、って自分でも思うんですけど……」

じっさいには仕事は取りあげられ、アーティストを育てるもなにもないのはわかっている。

現状を変えたくない言い訳かもしれないとすら思う。そんなふうにぐずぐずしてみっともない清也を、やはり利憲は責めなかった。

「でも、逃げたくないんだろ？　仕事、好きなんだよね？」

はい、と清也はまじめな顔でうなずいた。

「最初に担当したひとの曲がアイドルのCDに起用されたことあったんです。そのひと、キャリアはあるけどぱっとしない仕事が多くて」

親世代とまではいかないが、清也よりかなり年上の彼は、あまり売れないことにいきづまっていた。当時ぺーぺーだった清也が担当についたのも、彼の仕事量が減り、事務連絡さえしていればいいから、というのが引き継がれた理由だった。

「正直、はやりのタイプじゃなかった。でもメロディはきれいだと思ったから、もうちょっとだけライトな感じにするのもありじゃないですか、って感想言ったんです」

ベテランに対して、怒られるかと思った。だが彼はむしろ清也の素直な言葉に、なるほどとうなずいていた。

――じゃあ、きみみたいな若い子イメージして、ポップ路線ねらってみるか。

開き直った彼の作った曲は、どこか歌謡曲のノリを残したJポップだった。アルバムのなかの一曲だったが、なぜかその〝昭和ノリ〟が受けた。「懐メロっぽい、カラオケで歌いやすい」とファンから人気の定番になり、後発でシングルカットもされた。

「あとになってそのひとから、曲があたったのも嬉しかったけど、自信が取り戻せた、ありがとうって言われたんです。佐光くんがアドバイスしてくれたおかげだって。『この曲好きです』って言ってくれたから、やれるって思ったたって」

「ああ、いい話だな、それ。そういうのあると、仕事すっごいやる気でるよね」

「ほんとにおれは裏方だし、なにをしたわけじゃないんです。ただ連絡窓口になって、話し相手してただけ、みたいな感じですけど」

「でもそのひとは、ちゃんと『自分の作品の話』してくれる相手ほしかったんだろ」

「はい……あと、なんか、おれがあんまり話うまくないのも、気にいったって」

すこし複雑に、思いだし笑いをする。

――佐光くんは業界っぽくない子だねえ。苦労するかもしれないけど、おれは好きだよ。これからも、ひとの話聞いてあげて。ものづくりするやつはやっかいな人間多いけど、きみみたいな嘘つけない子は、好かれるはずだから。

売れたこともあって、年上の作曲家は上司――左由美ではないのが幸いだった――が担当することになり、清也の手を離れたが、あのひとことはとても嬉しかった。

そしてじっさい、たいして口達者でもない清也はなぜか、気むずかしいと言われる相手に気にいられることが多く、担当でなくとも、それなりにかわいがってもらっていた。

「でも、そういうひとの連絡業務も、もうぜんぶ、取りあげられました。なんにもできなくて……つらいです」

　まだ下っ端の清也は、めったなことでは正式な担当者になることはなかった。大抵は先輩や上司のフォローをつとめる程度だったが、それでもそれなりに交流したり、手助けできたと感じられる場面もあったのだ。

　いまはそれを、左由美がすべて握ってしまった。

「ちいさい会社の問題点だよな。組織がちいさいから、管理する側の人間が生殺与奪《せいさつよだつ》の権利まで握っちまう。大会社だと監視する目が多いし、もっとビジネスライクなもんだけど」

　ひととおりを聞いた利憲は、しばしうなったあとに「あのさ」と提案を口にした。

「ひとりでいいんだけど、社内に味方って作れない？　いつも誰かとつるんでるようなタイプじゃなくて、ひとりでも平気そうな子。できれば、事情に詳しそうな女子」

　言われて、同じ部署の後輩にマイペースな女の子がいると思いだす。前川つぐみ。さりげなくかばってくれた彼女だ。

「いる、と、思います。なんか、ひとりだけ無視しないで、たまにたすけてくれる子」

「おお、ならちょうどいいや。できればその子と、ともだちになってみなよ」

　ともだち、と清也はちいさく繰り返した。利憲は力強くうなずいてみせる。

「完全に味方につけるとまでいかなくても、誰かと話せるだけで楽になるし、すくなくともひと目があれば社内でからまれたり、つけこまれることはないだろ。あと……セクハラについての話、俺もちょっと調べておくから」

がんばってみて、と言われ、すこし気が楽になる。ほっと息をつくと「お、いい顔」と彼のほうがそれこそ、いい笑顔を見せる。

「あのな、しんどいとは思うけど、なるべく暗くならずに、笑って」

「え……でも……」

「たぶん、てか間違いなくだけど、相手ってSっ気あると思うんだよ。いじめっ子体質みたいな。あと支配欲が半端なく強いと思う。そうすると、サヤさんが暗くなって孤立するのは相手の思うつぼだ」

元気だせ、と頭をぽんぽんとたたかれ、清也はまた赤くなった。

利憲の手は大きくて、あたたかい。ふれる力も、おおざっぱに見せてとてもやさしい。

「めげてない、へこたれてない、って態度を見せるのが、たぶんいまできる最大の防御策なんだ。だから、がんばろ？　な？」

「……はい」

「サヤさんはひとりじゃないから。おれ、すぐそばにはいないかもだけど、味方だから。それは忘れないで」

「はい」

じんわり涙ぐんでうなずきながら、ふと、先日読んだネットの記事が頭をよぎった。

頭を撫でられると、女の子は高確率で相手の男を好きになってしまうそうだ。むろん、好きな男に撫でられるのは、幸福のいたりだとか。

(おれ、女の子じゃないのにな)

それでも『サヤ』としてすごした時間、自覚はなくても『ダリ』にべったりだった。決定打になる言葉さえ言われなければ、はっきりさえしなければ、彼のくれる好意をいいだけ貪《むさぼ》り、気持ちよくなっていた。

(本当に女の子だったらよかった。そしたらセクハラだって……すくなくともあの怖いひとからはなにもされなかったし、このひとの彼女に、なれたのに)

やさしい手に癒されながら、せつなくなる。こんな気持ちを抱えていたら、いつか破裂してひどいことになってしまいそうだ。

それでも、もうちょっとだけ、あまえていたい。頭を撫でる利憲の手を感じながら、清也は目を閉じた。

＊　＊　＊

清也は翌日の朝から、つぐみの席をちらちらとうかがうようになっていた。

思い立ったら吉日だと自分に言い聞かせ、声をかけようと決めてはみたものの、いざとなるとなにを話せばいいかわからない。そもそも高校時代の彼女がトラウマになっていたのにくわえ、左由美の一件もあり、この一年、女性とろくに話もしなかった。ある意味では女性恐怖症気味な自覚もあるため、異様なほど緊張する。

（対人スキルって、本当にあっという間にだめになるんだな）

この一年、ネットにこもって廃人になっていたツケだ。キーボードをたたけば饒舌《じょうぜつ》になれても、自分の口を動かすのがこんなに重たく困難だとは。まして年下の後輩相手に、ここまで臆している自分が、ほとほと情けない。

（でも、やんなきゃ）

ひとりじゃないから、と勇気づけてくれた利憲のためにも、がんばらねばなるまい。そう思って、なにげなさを装い——といってもかなり挙動不審だったとは思うが——観察しているうちに、昼休みの時間になってしまった。

声をかけるか、それとも……と迷う清也のまえで、彼女がいつものようにブックカバーをつけた文庫本を手に立ちあがる。ああ、いってしまう。あせりながらも動けない清也のまえで、つぐみの手から、本が滑り落ちた。

「あっ」

ばさりと音を立てて落下した本は、布製のカバーが一瞬だけめくれていた。その表紙の帯に見覚えがあり、清也は目をしばたたかせる。見覚えのあるタイトルだった。

（あれ……〈翼竜のリインカーネイション〉って、〈ジェム・ファンタジア〉の外伝？　え、恋愛小説とかじゃないんだ？）

清也もやったことのあるゲームのノベライズだ。二十代の女の子が読むには不思議なチョイスだと、ちょっと意外になって目を瞠ったけれど――これだ、と思った清也が彼女に声をかけようとした、その瞬間だった。

「……っ⁉」

首筋にひんやりとしたものを感じ、おそるおそる振り向くと、そこには左由美がいた。デスクに座ったまま、表情の読めない目でじっとこちらを見つめている。

ぐびりと息を呑んだ清也はなにもなかったふりで机に向き直り、口を閉ざしたけれど、直後に左由美の怒声が飛んだ。

「前川さん、さっきの処理終わってるの⁉」

いきなり怒鳴りつけた左由美に対し、つぐみは一瞬だけ怪訝そうな顔をしたけれど、「もうちょっとでーす」とあっさりいなした。つぐみの隣にいた同僚が、あからさまに眉をつりあげる左由美を怪訝そうに見やる。

「……ていうか急ぎじゃないってさっき言ってたんじゃ？」

「まーまーまー。花田サンのアレはいつものことで」

顔を歪めた左由美がにらんでくるのに対しても、つぐみはしれっとしていた。だが、なんのとばっちりを食らわせたか知っている清也は、冷や汗をだらだらとかく羽目になった。

（ごめんなさい……）

朝から、つぐみに声をかけねばとそればかりを気にかけていたが、左由美の目がくばられている就業時間中は不可能だ。へたをすると、彼女を巻きこみかねない。

（だめだ。あのひとが見てるまえじゃ、なにもできない）

こっそりメールをだしてみるかとも思ったが、つぐみのアドレスは、グループウェアに反映されるオープンなアカウントしかわからない。このグループウェアにはインビジブルモードというのがあって、それを選べば表面上は本来、オープンにしないまま社員同士で個人的に連絡をとることもできるが、主任である左由美は管理者権限で内容を確認できてしまう。

（やっぱり直接話すしかないか）

でもいつ、いったいどこで——と、グループウェアをいじっていた清也は、スケジュールのコーナーで救いの一文を見つけた。

【営業企画課　花田左由美】の欄に、今週なかば、二日間の出張が記されている。

（これだ……！）

この二日を逃したら、もうあとはない。ざわざわする心臓をこらえて、清也はその日付を網膜に焼きつけるかのように、じっと見つめた。

ひとまずは糸口が見つかった。ひさびさの高揚感を覚えつつ帰宅した清也は、とりあえずメールで報告することにした。

【Subject: 後輩に話してみようと思ったんですが】

【ダリさんこんばんは。きょう、例の子に話しかけようとしたんですが、主任に見張られているみたいでだめでした。でも話すきっかけはなんとか作れそうです。今週、主任は出張が二日あるみたいだし、あと彼女、ラノベ読んでて、それが〈翼竜のリインカーネイション〉だったんです】

なんとかそれを糸口にして話せたらいいと思う。そう続けて、とりあえずメールを送信したところ、すぐに【詳しく聞きたい。帰ったらスカイプつないで】という返信があった。了解をつげ、なるべく急いで帰宅する。

玄関をくぐると、きょうは母親とばったり遭遇した。一時期はろくに顔も見ない状態だったけれど、最近は比較的家族とでくわすことが増えた。おそらく、お互い意図的に避けるのをやめたせいもあるのだろう。

「た、だいま」

「おかえりなさい、お兄ちゃん。ごはんは？」

「あ、えっと、きょうはまだ、です。なにかある？」

「これから作るから、だいじょうぶよ。正廣もいまから帰ってくるって」

ぎこちなくはあるが、ふつうに話せてほっとした。「じゃあ、食べます」とひとこと言い、階段をのぼりかけたところで清也は振り返った。

「あの、おかあさん」

「なあに？」

子どものころのような呼びかけに驚いたのはお互いだった。しかし、母はすぐにその驚きを隠し、にこりと笑ってみせる。清也は気まずさに、すこし赤くなった。

「あの、いまさらだけど。いろいろ、ごめんなさい」

「……いいのよ。あのね、きょうはお兄ちゃんの好きな、トマトカレーだから」

「う、うん。あの、ごはんできるまで、部屋にいます」

ちょっとだけ涙目になっている母に気づかないふりをして、そそくさと清也は部屋にはいった。唐突すぎておかしな会話だっただろうかとも思うが、やっと、ずっと言わなければならなかったことを言えたのだと思った。

（壁の穴、はやく、直そう）

あらためて思いながらPCを起動させる。自動ログインにしてあるスカイプで『ダリ』に話しかけようとしたが、アイコンの表示が離席中だったため、チャットでメッセージだけを送っておいた。

【離席してらっしゃるみたいなんで、またあとで】

だが数秒後、【いるいる。まだ会社だからニセ離席です！】という返事が戻ってきた。

【仕事大丈夫ですか？　お邪魔では？】

【平気、いま連絡待ちなだけ。返事きたら帰れるんだけど、待機長くて暇つぶししてる】

ほっとして、清也はこの日の件をもうすこしくわしく話した。よかったじゃん、と喜んでくれる利憲の言葉に、顔がほころぶ。

【しかし、女の子で〈翼竜のリインカーネイション〉かあ……。あれラノベの体はとってるけど、けっこう本格ＳＦだよ？　萌え系じゃないあたり、けっこうディープなオタかも】

清也も危惧していたことを言い当てられ、うっと顔をしかめた。

【でも、おれじつはあんまりラノベやアニメ、くわしくないんです。ゲームはそこそこわかるけど……話続けるにも、ネタがもつかどうか】

【じゃあ、いくつかおすすめ教えるから、そのへんさらうといいよ。おれも例のオタク師匠にすすめられたやつだから、間違いないと思う】

読んでいた本の系統からして、おそらくつぐみの好みはこのあたりだ、と目星をつけた利憲が、いくつかのアニメや本のタイトルや、ＵＲＬを教えてくれた。

【ここ、課金だけど公式で安くアニメ見られるから、話題の糸口にしたら？　あと話につまったら、逆に相手におすすめなにかあるか、って聞いてみるといい。オタクは自分の得意な

話は延々語るから、会話には困らない】

【なるほど】

【あと、今期の新作アニメはこのサイト見るとあらすじ書いてある】

さすがゲーム業界の営業と言うべきか、利憲は非常に詳しかった。アドバイスを受けたログをメモにコピーし、あとでいろいろと見てまわる、と清也が答えたところで、階下から声がかかった。

「お兄ちゃん、ごはんよー」

あわてて、「はあい」と答えた清也は手早く入力する。

【すみません、夕飯みたいです。母に呼ばれたので】

【あ、いいなあ、おうちごはん。いってらっしゃい】

さらっと送りだす言葉が帰ってきたすぐあとに【よかったね】とひとことだけ追加される。微妙な家族仲についてはさんざん話していただけに、清也にとってきょうの夕飯がどういう意味を持つのか、彼はすぐ理解してくれたらしい。

【ありがとう。それじゃ、また】

【うん、また。すこしはやいけど、おやすみ】

スカイプを離席モードに切り替え、清也は階下へと向かう。台所のテーブルでは、すでに正廣が食事をはじめていて「おう」「ああ」と短い、挨拶にもならない声をかわした。

「みんなでごはんなんて、ひさしぶりね。……こういうのももう、あとすこしだけど」

嬉しげな、だがすこし寂しそうな母の声に「どういうこと？」と問えば、カレーをかきこむ正廣が言った。

「ああ、おれ、大学はいったらひとり暮らしすっから」

「えっ」

「めども立ててるし、ＯＫももらった」

目を瞠っている清也に、母が「どうしたの」と問いかけてくる。また弟にさきを越されたとも口にできず、清也はあいまいにかぶりを振って、スプーンを口に運ぶ。

なんだか奇妙な気分だった。自分こそが出ていってしまえば、この家はすっきりするんだろう、などとすねたことを考えていた時期もあったし、つい最近まで正廣の存在はうっとうしいばかりだった。

なのに、なんだか妙に頼りない気分になるのはなぜだろう。

ひさしぶりに味わう母のカレーは、むかしと同じ味がして、おいしい。そのこともまた、清也のなかに、なにとは言えないせつないものを覚えさせた。

＊　＊　＊

週なかば、朝から出張だった左由美はその日、出社してこなかった。

きょうこそは、つぐみに声をかけなければと意気込んでいた清也だったが、なかなかきっかけがつかめず、おたおたしているうちに昼休みになってしまった。

怪しまれるかもしれないと思いながらも、横目で様子をうかがっていると、つぐみは朝のうちに購入していたらしいサンドイッチを鞄からとりだした。

（よかった、きょうは外食じゃない）

片手でラップにつつんだサンドイッチをぱくつきながら、本をとりだす彼女は、めったなことでは他人といっしょに食事をしないのは知っている。

清也は備え付けのサーバーでコーヒーをふたりぶんいれ、そっとつぐみに近寄った。

「あ、あの……」

「はい？」

「これ、間違えていれちゃったんですけど、飲みませんか」

よかったら、とコーヒーをさしだせば、つぐみは「ありがとうございます」とにこやかに微笑んでくれた。とりあえず第一関門は突破だ。ほっとした清也は、ここ数日用意してきた言葉をどうにか絞りだす。

「前川さん、それ〈ジェム・ファンタジア〉外伝だよね。ラノベ好きなの？」

「お？　はい。そうっす」

不意打ちのせいかふだんはとりすましている口調が崩れた。

「……そうっす？」

「あ、いえ、なんでもないです、そうです。その、彼氏がおもしろいから読んでみてって」

しまった、という顔をする彼女が殻に閉じこもろうとするのがわかり、清也は急いで「おれもそのゲーム好きだったんだよ」と打ちあける。

「あとノベライズも持ってるよ。シリーズⅠの初版」

「えっ、初版？　まじで⁉　いま絶版じゃないですか！　いいなあ、中古も探したけど手にはいらなかったんです！　コアなファン多いから、あんまり手放すひともいなくて」

目をきらきらさせているつぐみの、予想以上の食いつきに清也は驚いた。

「そ、そんなに人気なの？　絶版って、売れない本がなるんだろ？」

「違うんですよっ。あのノベライズって、初版の挿画がいまと違って。イラスト書いたひとと版権持ってる会社がもめちゃって、シリーズⅠだけ重版かけられないんですって」

つぐみはその初版バージョンのイラストレーターのファンなのだそうだ。

「あ……じゃあ、よかったら、あげようか？」

「えっ⁉　そんな、だってプレミアついてるやつですよ？　オークションとかだすと、けっこう高く売れて」

「いやおれ、べつに売るような手間かける気ないし。処分しそこねてただけだから」

これは嘘ではない。清也はそれなりに本が好きだが、何度も再読したり批評的に考えることもなく、一度楽しめば気がすむライトな読書家だ。コレクター気質もないので、読み終えた本はわりとはやめに捨ててしまうと言うと、つぐみは「うわ、もったいない」と眉をさげた。

「じゃあ、あの、ほんとにもらっていいんですか?」

「うん、あした持ってくる」

そう言った瞬間のつぐみの顔は、喜色満面とはこのことか、というものだった。

「うわあああ、ありがとうございます、超ありがとうございます! いいひと! 佐光さんめっちゃいいひとだ!」

叫ぶように言って、清也の手をとりぶんぶんと上下に振った。ここまで喜ばれるとは思っておらず、清也は驚く。

「あの、あの、図々しいの承知で聞きますけど、同じ時期にでたコミカライズとかは……作画が、初代イラストレーターのやつ……」

「あ、う、うん。あるよ。よかったら、それも譲るけど」

「まじですか! イエッス!」

こんどはガッツポーズがでた。この異様な熱さとオーバーリアクション、言葉遣い――間違いない。清也は確信を持って、問いかけた。

「あの、もしかして前川さんて……ガチでオタク?」

ぴた、とつぐみはすべての動きを止め、グギギ、と音がしそうなぎこちない動きで首をめぐらせる。表情は仮面を貼りつけたように動かない。怖い。

「佐光さん。いまさら違いますとか、言えないですよね」

「うん、あの、ラノベ読んでるまではまだフォローいれられたけど、そこまで初版本に熱くなったり、イラストにこだわるのは、ふつうないかなと」

「ですよねー……」

がっくりとうなだれたつぐみに「彼氏がすすめてきた、っていうのは」と問えば、うつろな目になりながらつぶやいた。

「フェイクです。一応、二次元ではなくリアル彼氏がいるのですが、彼はオタ趣味ではありません」

「そ、そう」

「なので隠すのに必死なんです。自分ちのブルーレイHDDの中身は今期の新作アニメばっかりだってばれないように、毎回録画しては夜中せっせと見て消化するしかないんです。オタ本を読むのに割ける時間は、通勤と昼休みだけなんです……!」

見た目はいかにもおしゃれOLふうなのに、蓋《ふた》をあけると彼女はばりばりのオタクだった。アニメやゲーム、ライトノベルが好きで「腐趣味もちょっとばかし」と謎な笑いを浮かべる。

「あ……あんま濃い腐ネタは勘弁してくださいよ？」

「わかってますよ。っていうかですね」

そして清也をきっとにらみつけ、こう言った。

「それがわかるってことは、佐光さんも立派にオタですよね⁉」

笑ってはいるがキレ気味な彼女に、清也は「えっと」と顎を引き、なんとなく両手をあげてみせた。

「お、おれはマンガ方面じゃなくて、ネトゲ……ゲーム、大好きで」

「佐光さんネトゲ廃？　うわ、意外。常駐とかしてたりするんですか」

臆さないままオタク系スラングがでたことで、つぐみが完全に開き直ったことを悟った。

清也もどきどきしながら話を続けてみる。

「でもないけど……〈イクプロ〉やってる」

「うっわ、でた！　つか、やっぱ廃人の巣じゃないですかー！」

けたけたと笑うつぐみに、内心でほっとした。つぐみ本人はネットゲームの『馴れあい』感が好きではないためやらないが、オフラインゲームについては「コンシューマーからフリゲ、エロゲもありっすよ！」というタイプらしい。

「最近はあんまり時間ないんで、プレイできてないんですよね。積みゲーばっか増えて」

「あ、わかるかも……」

そして利憲の言うとおりだったな、と痛感した。オタクは違うカテゴリの人間に対して警戒心が強いけれど、ひとたび同類だと感じれば一気に距離をつめてくる。

(うん、これはもう、めっちゃオタクだ……)

ほっとするような、若干引きそうな複雑な気持ちのまま、清也はどうにか微笑んでみせる。

「お礼に今度、おすすめの小説貸しますよ、読んでください。あ、もちろんエロ同人誌とかBLじゃないんで、安心してくださいね」

「いや、そんな心配はしてないってば」

それから昼休みいっぱい話したけれど、冗談を言ってくる程度にはうち解けられたことにほっとしつつ、清也はひさしぶりの他人とのコミュニケーション、第一段階をクリアした。

＊　＊　＊

秋風は涼やか。だがまだ寒いというほどもなく、屋外でもっとも気持ちよくすごせる季節になった。

場所は、清也たちの会社がある社屋の、隣のビル屋上だ。室内にいると左由美がうるさいし、外に食べにいくにも同僚たちがひしめいている。オタ話を心おきなくするには、ここがいちばん——と、いつの間にか穴場を見つけてきたつぐみに教えられた場所だった。

「今期のアニメ、萌えですよね……！　イケメンキャラ満載だし、作画は崩れないし。もーほんと、ここは天国かって感じですよ！」

サンドイッチをぱくつきながら、つぐみはスマホで情報サイトをチェックしては、あれだこれだ楽しそうに話している。清也はコンビニで買ってきたおにぎりの海苔がうまくまけずにもたもたしながら問いかけた。

「作画って、そんなに大事？　おれ、崩壊までしてなければOKじゃないって思うんだけど」

「んー、そうですね。原作愛が強くて、演出や構成がそれなりなら目をつぶれる場合もありますけど、やっぱ動くものはちゃんと動いてほしいじゃないですか」

アニメーターさん、ちょうがんばれ。つぐみは拳を握ってつぶやいた。

「課金したり、円盤とかグッズ買うのはもうね、いくらでもするんで。ファンとしてガチでお金はかけたいんですよ。ただ、かけるだけのもんがあれば、なんですけど」

「な、なるほど」

話せば話すほど、つぐみはかなり濃いアニメオタクだった。清也はそこまでアニメに詳しくはないものの、彼女が楽しそうならばまあいいか、という感じだ。しかし貴重な読書時間はいいのかと思ったのだが、社内でオタ仲間ができたことのほうが嬉しいのだそうだ。

「取りつくろわなくていいのって、楽なんですよ。うっかり背中のチャック開いちゃっても、佐光さんなら気にしないでしょ？　好きな話好きなだけできるって、いいですよぉ」

深夜アニメを見たあとにつらいのが、それを語る仲間がすくないことだそうだ。ネットではむろん『お仲間』はいるけれど、つぐみは顔を見て話すのが好きらしい。

「でもまさか佐光さんがオタ仲間とはねー。意外なオドロキです」

「まあ……うん。でもわりときみ、全開だったよね、最初から」

「だっていま、リアルのオタ友すくないんですもん。それに佐光さん、わたしがオタクだとか言いふらしたりしないでしょう?」

信用されているのか、と一瞬喜びかけたが「ほかに話すひといなさそうだし」とつぐみはばっさりやってくれた。

「そ、そうだね……」

清也ががっくりと肩を落としていると、五百ミリパックの紅茶にストローをさしてすすりながら、つぐみはすっと目を細めた。清也はぶかっこうに海苔のまきついたおにぎりをひとくちかじる。

「つか、わたし入社してから半年くらいですけど、いつまであんなハブられてんですか?」

「え……」

ちらりと横目に見たつぐみは、顔色も変えずに言ってのけた。

「って、まあ、予想はついてんですけども。佐光さんもセクハラはきっぱり断ったほうがいいですよ」

まえぶれもなく切りこまれ、ひゅ、と清也は息を呑んだ。かろうじておにぎりのはしに引っかかっていた、海苔の残骸がぺろりとはがれて落ちた。

「落ちましたよ、海苔」

「え、あっ、えっ」

あたふたしながら残骸を拾う。すでにサンドイッチを食べ終えたつぐみは、「そこまで動揺せんでも」と笑った。

「だ、だって、なんで、知、って……」

言いかけて、喉の奥にものがつかえたように、声がでなくなった。思わず手のひらで押さえると、つぐみが「佐光さん？」と首をかしげる。青ざめながらその顔をじっと見つめ、清也はぱくぱくと唇を動かした。

（なんで、話せなくなるんだよ。この話を相談したかったたんじゃないか。だから切りだしてくれてよかったんだ、なのに）

ほっとしていいはずなのに、どうしてこんなに怖いのだろう。

あの脅迫的な内容を見られてしまった。秘密にしておかなければ、ただではすまないと言い続けられていたことを、ついに他人に暴かれてしまった。そればかりが頭をめぐり、まともにモノも考えられない。

――学習的無力感。

これがそうなのかもしれない。いざことがあかるみにでようとしても、まるで足がすくんだ犬のように、なにもできなくなる。

震え続ける清也をじっと見ていたつぐみは、「帰りに飲みいきますか?」と言った。

「え、……え?」

「ぼちぼち、昼終わりますし。これ長いでしょ、確実に。あと佐光さん、どうもしらふじゃぶっちゃけモードにならなそうだし」

言ったそばから、昼休み終了のチャイムが聞こえてくる。立ちあがってパンくずを払ったつぐみは「つーわけで、ほい」と携帯を差しだしてきた。

「え、えっと」

「ケーバンとメルアド、くださいよ。こっからはアレに隠れて連絡とらんとだめですし」

うながされるまま、あわてて自分の携帯を取りだし、アドレスを交換する。プライベート用携帯のアドレス帳に、女の子の名前がくわわったのがなんだか不思議な気分だった。

「んじゃ、五時半ごろいったんメールしますんで、そのころトイレにいってください。ばれないようにチェックよろしくでっす」

敬礼してみせる仕種がいささか大仰に思えるが、つぐみのかわいらしい顔にはあっていた。

しかしその目はひどく鋭い光を放っていて、清也はぐびりと息を呑む。

「わ、わかりました」

「おけおけ。へたこかないようにしてくださいね。ほいでは、おさき」

ひらひらと手を振って、つぐみはさっさと屋上から去っていく。

清也は、ざわつく気持ちをなだめるように手のひらで胸を撫でおろす。

このところずっと、心臓が騒がしい。息苦しくもあるし、ときどきはパニックになりそうにもなる。けれど一年まえからずっとこの胸の奥に巣くっていた、硬くこごって冷たく凍ったような、あのいやな塊はない。

（これからどうなるか、わかんないけど）

なにかが動きはじめたことだけはたしかだ。そしてそのきっかけをくれたのは、間違いなく利憲なのだと思う。

（がんばる、から。だからたすけて）

彼のあかるい笑顔を思い浮かべた清也は祈るように両手をあわせ、きつく額を押しつけた。

＊　＊　＊

【名前を呼んではいけないあの方に目をつけられてはまずいので、べつべつに退社のこと。わざと会社の最寄り駅からひとつ離れた駅で下車し、合流する】

五時半に送られてきたメールの指示に従い、行動するのはなぜか妙にどきどきした。

　ことの重大さを思えば、そんな考えはちょっと子どもっぽいだろうかと反省したのだが、ひとまず近場の焼き鳥屋に腰を据えたところで、つぐみが妙に目をきらきらさせているのに気づいた。

「とりあえずビールでいいですよね。すんませーん、生中ふたっつ。あとねぎまと軟骨、豚串と、揚げ出し豆腐で。あ、佐光さん、なんか食べたいのあります？」

「え、え、ししとうと、たれつきキャベツ。……ていうかあの、前川さん。なんかうきうきしてません？」

「いや、無事に出し抜けたなあと思って。ミッション・ワン、クリアってとこですね！」

「……楽しんでます？　ひょっとして」

　そういえばメールの表記も、微妙に有名ファンタジー作品から拝借されていた気がする。思わず目をすがめると、つぐみは「こんなん楽しまないと」と言ったあとでつけくわえた。

「だってほら、佐光さんのテンションにあわせてると暗くなりそうだし？」

　あっさりとまたきついことを言ってのける彼女に、清也はいささか肩を落とした。

「すみませんね……暗くて……」

「べつに謝ることじゃないですから」

　皮肉は通じず「気にすんな！」と背中をたたかれ、清也は一瞬だけ人選を誤ったか、とうなだれた。

とりあえずビールで乾杯し、それぞれ目のまえの皿をつつきながら本題にはいった。

「で、その。昼の話の続き、ですが」

「ああ、セクハラですか」

もじもじする清也と対照的に、ジョッキの中身をごんごんと喉を鳴らして飲み干したつぐみは、豚串をかじりながら「んん」と首をかしげた。

「つか、最初はただのパワハラかなあって思ってたんですよね。なんか気にいらないことあって佐光さんから仕事とりあげて、いびってんのかなとか。でも、なんべんか試したんですけど、わたしが佐光さんに話しかけるたび、すっごい目でにらむんで、これはアレかと」

「え、あれってやっぱりわざとだったんですか」

驚く清也に、「そら当然ですって」とつぐみは言った。

「じゃなきゃ、自分でできるコピー機のメンテとか、わざわざお願いしませんよ」

「……ですよね」

ここ数日話してみて、オタク系女子にはありがちだが、つぐみは相当マシンにくわしいことがわかっていた。アニメ並びに音楽が大好きな彼女は趣味を極めるため、オーディオ機器にもPC類にもそうとうに詳しく、自宅の音響設備にはかなりお金をかけ、再生音質がよくなるようにスピーカーにアンプまでつないでいるのだそうだ。

「でも、なんで？　おれの件で巻きこまれたら、前川さんも面倒になるんじゃ」

「うーん、まあそうなんですけど」

空になったジョッキをかかげて「おかわり！」と叫んだつぐみは、眉をひそめた。

「正直あのひと佐光さんについては、やりすぎちゃってるんで、みんなあきれてるんですよ」

「え、そうなんですか」

どこからどう見ても、清也に仕事をまわさず飼い殺しているのは左由美。それを、一部の人間は苦々しく感じているのだと聞かされ、清也は驚いた。

「我関せずなひとも、そりゃいますけどね。目のまえでいびり見せられ続けるのも、しんどいですし。ご本人が解決してくれれば、いちばんいいけど、それ無理っぽいし」

やはり迷惑はかけていたらしい。「すみません」と清也がちいさくなれば、つぐみはひらひらと手を振った。

「や、謝らなくてもいいですよ。佐光さんの追いつめられっぷり半端ないし、なんでかなと思ってたけど、夜討ち朝駆けのメールはきついですよね」

「……なんで、それを？」

なにもかもお見通しすぎて、気持ち悪くなってきた。清也が青ざめると「言っておきますが、わたしはストーカーじゃないですから」とにらまれた。

「セクハラの件を知ったのは、つい最近です。システム部で、サバ管理の同期がいるんです。最初はそっちから相談されたんですよ」

彼女は軽く周囲を見まわすと「一応、規則ギリの話なんでオフレコで」と小声で言った。

「夏休みまえですかね。メールサーバーのメンテのとき、送信メール一覧のリスト確認することになったらしいんです。サーバーが異様に重くなったんで、バグかウイルスじゃないかって疑われたそうです」

じっさいにはPCに慣れない嘱託《しょくたく》社員の単なる手違いで、圧縮もされていない、印刷用の画像データが、それも複数回送信されていたことがわかった。重たいメールは送信に時間がかかるのだが、年配のためメカ音痴の彼は失敗かと思いこみ、何度も送信をやりなおしたため、それが回線を圧迫していた。

たいしたトラブルではなかったことにほっとしたシステム担当者だったが、その際に思わぬ発見があったそうだ。

「一応、ほかにも似た状況があったらまずいっていうんで、社員全員のメールをざっくり洗ったんですって。そしたら、あのひとから佐光さん宛のヤツのメールの件名が微妙な感じするのに気づいたそうです」

厄介な相手だけにことを荒だてたくないと思ったサーバー管理の担当者は、清也と同じ部署にいるつぐみに様子をうかがってきたそうだ。

「ふつうのも多かったですけど、なかにはエロスパムかよってのもあったらしくて。最初はウイルス疑ったらしいんですけど、送りつけてるのが佐光さんひとりで、……佐光さん？」

つぐみが怪訝そうに言葉を切る。

「そ、それ、最初からぜんぶ、見たんですか？」

清也は真っ青になったまま、震えていた。どうにか声を絞りだすと、つぐみは「いいえ」と静かに答えた。

「その時点では、疑わしいってだけのことですから。中身はもちろん見てないですし、ぜんぶのメールを確認したわけでも、むろんないです」

「そ……そう、ですか」

がたがた震える自分に、清也は内心で、しっかりしろ、と言い聞かせていた。それをじっと見つめたつぐみは「なにがあったんですか」とまっすぐに問いかけてくる。

「わたしに声かけてきたの、その話、したかったからじゃないんですか」

こくり、とうなずく。喉が異様に渇いて、あまり得手ではないビールを無理やり喉へと流しこんだ清也は、大きく息をつくと、ことの顚末《てんまつ》を話しはじめた。

「一年まえの飲み会で……」

酔いつぶされ、ホテルに連れこまれたこと、その後の脅迫的な会話、ストレスのあまり、ネットに逃げたこと——。ネカマをやっていたこと以外のほぼすべてを、清也は打ちあけた。

それは正直、利憲に話すよりずっと怖かった。

（どう思われるんだろう……）

なによりつぐみは社内の人間でもあるし、左由美と清也の両方を知っている。日常、顔をあわせる相手に性的なネタがからんだことを打ちあけるのは、清也の性格上かなりつらかった。

それでもひととおり事情を打ちあけるあいだ、つぐみは「うへぁ」「セクハラキタコレ」とふざけたような発言を繰りかえしていたが、顔は真剣そのものだった。

「……で、知りあいに、いまの話いろいろ打ちあけたんだけど」

「知りあいって、ネトゲのですか？　佐光さん、ほかにともだちいなさそうだし」

ずけずけ言ってくるつぐみにちょっと傷つきつつも、事実なので「うん」とうなずく。

「それでその、ダリさん……ネトゲのともだちに、リアル、てか会社でも相談できる相手作ってみればって言われて」

「わたしがちょうどいいんではないか、と。なるほどなー」

「じつは、おれあんまりアニメもくわしくなくて、そのひとに教えてもらって」

こうなればとにかくすべてを話すしかないと、清也はこっそりアニメの勉強をしたことまでも暴露した。つぐみは大笑いしたあと「まじめか！」と裏手でつっこむ真似をする。

「そこまでぶっちゃけんでもいいんですよ。にわかだろうなってのはうすうすわかってましたけど、わたしも楽しく話、できたし」

「そ、そう？　なら、いいんだけど」

「ほんっとばか正直ですねえ、佐光さん。まあ、好ましいですが……なるほどなあ」

塩だれつきのキャベツをかじったつぐみは、うんうん、とうなずいたあと、清也を見つめてこう言った。

「いろいろタイミングもよかったんですな。こっちも怪しいなあって思ってたとこだったし、うん。きっと波がきてるんですよ」

「波……ですか？」

「ええ。けっこうでっかい波だと思います」

ふふふ、と笑ったつぐみの言葉にはなにか含みが感じられたけれど、清也にはよくわからなかった。

「あの、おれのこと信じてくれますか？」

「信じますよ。てか言ったじゃないですか、そもそもあっちのメールが変だって。流れ的に、どっちが被害者かわからない人間じゃないですよ」

つぐみの言葉に、清也は勢いこんで腰を浮かせた。

「お、おれ、ほんとに変なことしてないです！　ただ……意識ないときのことは、わからないですけど」

「ん、まあ、そこんとこは正直なんとも。でもよしんば関係を持ったと仮定しても、そりゃお互い大人のことですし。その後の行動がやばいのは、あきらかに名前を呼んではいけないあのひとなので」

安心させるように笑ってくれたことで、ほっとした清也は涙目になる。

「あ、ありがとう……」

「ちょっと、なに泣いてんですか、やめてくださいよ」

「すみませ、でも、会社のひとに言ってもこれ、信じてもらえるか、わかんなく……っ」

あせっているつぐみのまえで、ぐずぐずと洟《はな》をすする自分がみっともないことはわかっていた。それでも、一年ぶりに感じる安堵《あんど》に腰が抜けそうになって、清也はおしぼりで顔を拭う。あきれ笑いを浮かべつつ、つぐみは言った。

「なんつうか……ちょっとセクハラするほうの気持ちもわかりますね、佐光さんって」

「え、え、なんで?」

「いやいや。いいっすいいっす。いい萌えキャラです。天然姫系男子、ぱねえわ……女子力とか負けるわ……」

なぜか遠い目になったつぐみに小首をかしげると「まあいいとして」と彼女は話題を変えた。

「とりあえず、もうちっと仲間増やしましょっか。佐光さん、隠れファンもいるんだけど、あのお方がうっせーから近寄れないんすよね」

「隠れファン……?」

「ええ。以前はあんな暗くもモサくもなかったのに、って嘆いてるお姉さまはけっこういらっしゃいますので」

つぐみが言うことによると、左由美の目にあまるいびりに対して、女性社員らはおおむね清也に同情的らしかった。

「サユババ……おっと、名前を言っては以下略のせいだってのも、女子からは聞こえてきてます。てかこの間わたしが話しかけたでしょ。あのあと『佐光くんどうなのよ』的な感じで、何人かに話ふられましたよ」

「どうってそれはあの、どういう」

「あんまり長いことといびられまくってるけど、抵抗しないのって、もう鬱《うつ》になってるんじゃないか、とか。どんどんダサくなってんのも、気力萎《な》えてるから？　とか、ほんとにあれ、大丈夫なのかとか」

「そ、そうなのか」

てっきり悪く言われているのだろうと思っていた清也は、心配するような言葉にひどく驚いた。最近はめっきり視野狭窄《きょうさく》になっていて、自意識過剰なわりに他人の動向がよくわからない、という典型的な状態になっていたし、耳に聞こえてくるのはやはり、こちらをもてあますような言葉ばかりだったからだ。

「なんか、うざがられてるだけだと思ってたから、意外……」

「あ、まあ、うざがってるひともいますけどね、じっさい」

やはり容赦なくつぐみは切り捨て、一瞬落ちこみかけたが、「でもそれ、佐光さんに対してってより、状況に対してですから」とも言った。

「さっきも言いましたけどね、不健康な空気を共有させられてるほうも、しんどいんですってば。職場の人間関係なんて、問題なくつつがなくすぎるのがいいに決まってるでしょう」

「わ、若いのに達観してるんだね、前川さん」

「まあ、これでもいろいろそれなりに見てきてますんで」

その若さで、いったいどんな経験を積んだというのだろうか。しかしつぐみの言葉や目力にはひどく説得力があって、ただの虚勢とは思えなかった。

「つうかみんな、ふつうにきらいですよ、公私混同する人間は。主任程度の肩書きでえらそうぶるのも」

ずばずば言う彼女はすごいとも思うが、純粋に心配で清也はつぶやいた。

「でも、最近わりとろこつに逆らってるよね？　大丈夫なの？」

「ヒスですか？　あの程度、流せば平気です。正直おべんちゃらうまいだけっつーか、口さきでエライヒトの機嫌とってるだけじゃないっすか。実質仕事してんのうちらですし」

「つ、強気だなあ」

「単なる事実でしょ。とにかく対処については、いまコンプラに告発しても無駄でしょう。

社長はともかく、部長が完全にまるめこまれてるから。様子見しつつ、タイミング探しましょう」

「タイミング？」

「ぶっちゃけりゃ、セクハラの証拠は充分あるんですよ。佐光さん、メール残してるって言ってたでしょう。ただそれ、ばか正直にうえに持っていくと、どうでも大事になりますよね。それこそ、あっちがただの恋愛だったとか言ったら、おっさん連中は信じかねない」

女から男へのセクハラという事実を、年配の幹部は認めたがらないだろうとつぐみは言い、清也もうなずいた。

「そう思ったから、言うに言えなくて……」

「あと、ここ一年かけて仕事させてもらえなかったり、職場で孤立してたってのも、佐光さんにとってはマイナスポイントですよね。なんの成果もあげられなかったってことだし。そのへんの根まわしは、サユババのほうがうまいしなあ……」

んー、とうなったつぐみは食べ終えた串をがじりとかんだ。

「うん、とりあえずはセクハラ禁止のほう優先させましょう。さっきも言ったとおり、仲間増やして集団でつるんでれば、誰かがやり玉にあがるってこともないだろうし」

「ほんとに、そんなことできる？」

「平気ですよ。オンナノコは弱いほうの味方につくもんなので」

まあ見ててください。にんまりと笑ったつぐみの頼もしい言葉に、はじめて希望が持てる気がした。だが完全にとは言いきれず、清也はそっと言い添える。

「すごくありがたい、です。でももし、おれのことで迷惑かかるようならそのときは、迷わないでこっち見捨てていいですから。無理は、しないでくださいね？」

弱々しく笑って告げると、つぐみは目をまるくしたあと、しみじみとため息をついた。

「……本気で姫ですね、佐光さんて」

「えっえっ、なんで」

「ほんとおそろしいわ。つかそのキャラだと、ネトゲでも姫扱いだったんじゃないです？」

一瞬で固まった清也に、つぐみが目を光らせた。

「え、なになに図星？　どゆこと？」

「いやあの、あの……っ」

ずいずいと迫られ、しどろもどろになった清也はその後、話をごまかすのにとんでもない労力を払うことになったのだった。

＊　＊　＊

翌日の夜、清也ははじめて利憲とスカイプのビデオ通話を行った。マイクやカメラセットもこのためにわざわざ購入したのだが、画面に映った利憲の顔にひどくどぎまぎした。

『おお、サヤさんだ。だいじょぶ、セットうまくいった。見える見える。そっちどう?』

「み、見えてます」

ひらひら、と手を振ってみせる利憲に苦笑しながらも、彼の背後に見える男っぽい部屋に思わず目がいった。シンプルなモノトーンでまとまった室内だが、壁際の棚には戦闘機のフィギュアが置かれている。こういう部屋に暮らしているんだな、とちょっとだけどぎまぎする清也に、『そういう部屋なんだ』と利憲のほうが言った。

「えあ、散らかってて……」

『そんなことないじゃん、きれいにしてるし。つか、あれだね。部屋着かわいいね』

清也はかあっと赤くなった。うっかりカメラに写ったら恥ずかしいと、通話のまえに部屋を掃除し、風呂にはいって着替えたことまで見透かされた気がしたからだ。

「そ、それよりあの、きのうは連絡できなくてごめんなさい」

『いや、あれでしょ? 前川さんって子と話してきたんだよね。どうだった?』

本当はつぐみと飲みにいった日に報告しようと思っていたのだが、彼女と話しこんでいるうちに時間が経ち、帰宅は午前様になってしまった。そのため利憲に、メールで概要は説明しておいたけれども、細かい話は今夜話す、と伝えてあった。

「話、長くなっちゃうけどいいですか?」

『おっけーおっけー。そう思ってこれも用意したし』

ほら、と利憲が掲げてみせたのはグラスとワインのボトルだった。「本当にワイン好きですね」と笑って、清也はつぐみとの会話を、順を追って報告した。

『……なるほど、やっぱ変だと思ってるひとはいたわけだ』

「はい、そういうひとに、それとなく話ふってみてくれるそうです」

よかった、と喜びながらも利憲はふと苦笑した。

『でもサヤさん、女子に人気あるのか。やっぱりな』

「やっぱりって？」

『んー、男相手だと嫉妬されてそうな気もしたんだよね。サヤさん、きれい系だから』

あくまで単なる感想だとわかっていたが、きれいという言葉にどきりとする。ほんの一瞬身体がこわばり、そんな自分に苦笑いが浮かんだ。

（ばかだ、おれ）

ネカマをやっていたとき、心のなかにはたしかに『サヤ』が住んでいた。女になりきっていた。そのせいで彼に惹かれる気持ちを殺しきれないのだ。

『サヤさん？　どうしたの？』

ヘッドセットをいじるふりで赤らみそうな顔を隠し、清也はぼそぼそと言った。

「あの、いえ。サヤさんって……やめてくれないです、か？」

『なんで?』

「なんか、やっぱ女の子みたいだし」

いまさらすぎる話に利憲がどう思うかとびくびくしていた清也は、あっさり『わかった』と言われて拍子抜けした。

『じゃ、清也でいい? おれも本名でいいよ』

その名前を呼ばれたのは初対面のときとあわせて二度目だ。だがいきなり呼び捨てにされ、自分でもどうかと思うほどにどきどきした。

「えとじゃあ、高知尾さんは――」

『あー、かたいかたい。ネットとおしてとはいえ、一年もつきあいあったんだし、もう名前でいいって』

「えと、じゃあ、利憲さん……?」

おずおずよびかけたものの、利憲は『さんつけるんだー。なんか他人行儀じゃん』と嘆いてみせ、口を尖らせる。

「でも、年上のひと呼び捨てとかできません」

『まじめなんだなあ、そういうとこ、いいとこなんだけど、んー……』

うなった利憲は首をひねり、なにかを思いついたようにぱっと顔をあかるくした。

『わかった。じゃあ、おれも清也くんて呼ぶから、そっちも利憲くんで。ほら、アイドルグループとかさ、先輩には基本くんづけで呼んだりするじゃん。そのノリでどう?』

「え、ええ……?」

くんづけなど、小学生くらいまでしかやったことがない。いささか引いた清也に気づいているのかいないのか、利憲は『じゃあ決定』と楽しそうに笑う。

『ていうか、清也くんてまじで、アイドルとかなれそうな顔だよな』

「や、やめてくださいよ!　性格的に無理ですから!」

画面の向こうで、利憲がからからと笑っている。清也はまごつきながらも、つられて笑った。頬が、すこしひきつったような気がしている。この一年使うことのなかった表情筋を、ほんの一カ月足らずの間でずいぶん酷使させられているからだ。

『まあでも、あれだよね。今後、どう転がるかはまだわからないけど、話ができる相手できたのは、単純によかったよね』

「はい。なんか、ぼっちの中学生みたいですけど……」

『大人も子どもも関係ないよ。ひとりでいるって、よくないからさ』

はい、とうなずいて、清也は思った。つぐみの存在はたしかにありがたい。助けにもなってくれるだろう。それでも、最初に自分を〝ひとり〟でなくしてくれたのは利憲だ。

(あなたがいてくれたおかげ、です)

ストレートに伝えるには恥ずかしい言葉を胸の奥で転がしていると、彼の目がちらりと左

――利憲からするとPC画面の右下を見るのがわかった。

『ぼちぼち遅いし、きょうはこのへんにしとこうか』

言われたとたん、ひどくがっかりした。もっと話していたいとも思う。けれど時刻はすでに深夜をまわり、あすも平日。お互いに仕事だ。

「そうですね……」

残念がったのが顔にもでていたのか、利憲は『またあした話そう』とやわらかく微笑む。

『前川さんの続報に期待してるよ』

「わかりました。じゃあ、おやすみなさい」

『ん、おやすみ。またね』

お互い同時に通話を切り、その日の会話は終了した。ほっとしてインカムをはずした清也は、ふと視線を感じて振り返る。

弟がにやにやしながらドアのまえに立っていた。あわてて笑っていた顔を引き締める。

「な、なんだよ正廣。ノックくらいしろよ」

「ドア開いてたんだよ。つか、たのしそーに話してたじゃん」

にやにやする正廣に、一瞬憎まれ口をたたこうとしてやめた。からかったふうを装っているが、事情を知る弟の目が案外まじめにこちらを見ていると気づいたからだ。

「……うん、楽しい」

もそもそと、はずしたヘッドセットをいじりながらうなずく。だが、「うまくやれてるわけ?」と問われてしまえば、せつない顔をするしかない。

「まあ……うん、仲よくしてもらってる、の、かな」

さらにもじもじしながら言うと、弟はかたちのよい眉をひそめた。

「一応助言。だめもとでも言いたいことは言ったほうがいいぜ」

その言葉には、あいまいに笑うだけにとどめた。正廣のように強ければ当たって砕けることもできるだろうが、いまの清也には荷が勝ちすぎる。

「それは、無理、かな」

せめて友人ではいたいと思うがゆえに、言えないこともあるのだ。うつむいたまま小声でつぶやくと、「どうだかな」と正廣は眉をひそめる。

「つーかさ、けっこうしょっちゅうメールとかやってんよな? パソでもケータイでも」

「あ、う、うん」

「そんな、話すことあるもんなの?」

「ネ、ネトゲはだいたい連日プレイするもんだから……」

「それでも最近、ゲームはうっちゃらかしだろ。あと、おれもオタク系の知りあいが最近できたんだけどさ。そいつものすげえ多趣味だから、ちょいちょいパソの話とかいろいろ訊いたりすんだけど、それでも毎日じゃねえし」

正廣はじっとこちらを見ながら、常時持っている煙草《たばこ》をとりだし、口にくわえた。「廊下で吸うな」と小言を言えば、火はつけないと知らしめるように両手をあげてみせた。

「相手がさ。えらい兄貴のことかまってんじゃん。ネカマってもうばれてんのに、態度はまるっきりカノジョ相手にしてるみてえだと思って」

なぜかぎくりとして清也は身をこわばらせ、弟の言葉を打ち消すように、あわてて両手を振ってみせた。

「違うよ。セクハラの件心配してくれてるから。相談にのってくれて、それで」

「そんでもおはようおやすみのメールはいらんのじゃね？」

どういう意味だろう。追及してくる正廣の意図がわからず上目にうかがうと、「べつにいちゃもんつけてるわけじゃねえよ」と彼は顔をしかめた。

「ただ、朝晩ケータイにメールするってそれ、もうほとんどつきあってるヤツレベルじゃねえのって思って」

「……それは、ないよ。あのひとはほんとに、面倒見がいいんだ」

それだけだ。沈んだ表情でつぶやき肩を落とした清也の内心を察したのだろう。正廣は、ため息をつき、首に手をあててこきりと鳴らした。

「音はヘッドホンしてっから聞こえなかったけど、ちらっと画面見えた限りじゃ、あっちも案外、まんざらでもない気がすっけど？　やったらやさしい顔してたじゃんよ」

「よせよ、そういうの。言っただろ、あのひとは誰にでもやさしいんだよ」

期待を持たせるなと清也が顔をしかめれば「そういうもんかね」と正廣は肩をすくめる。

「ダリとかいうんだっけ？　そいつ、誰彼かまわず、あんなあまったりー顔すんの？　だとすりゃ、とんだタラシなんじゃね？」

「失礼なこと言うなってば。おまえみたいに年中コワモテぶってるわけじゃないだけだっ」

「ぶってるって、こりゃ地顔なんだからしょうがねえだろ」

顎を撫でる弟に「利憲くんも地顔がやさしいんだよ」と清也は口を尖らせる。かたくなな清也にため息をついて、正廣は「ま、いいけど」とまた首を鳴らした。

「それよか、問題のセクハラババアはどうしてんだ？」

「あ……うん。最近、いろいろ対策考えてて。きょうも、その話、してたんだ」

利憲の助言からはじまり、つぐみとの会話、社内の状況までを正廣にぽつぽつと打ちあけた。以前よりは孤独感は減ったこと、だがなかなか対処はむずかしそうなこと。

正廣はドア脇の壁に腕を組んでもたれたまま、静かに、ときにうなずいたり、目でうながしながら清也の話を聞いてくれた。

（変な感じだな）

こんな話を、あの正廣相手に素直にする日がくるなどと、想像したこともなかった。そう思って、清也はすぐに、違うか、と思い直した。

（いや……むかしは、ふつうより仲がよかったんだ）

本当の兄弟でないと知るまでは、ごくふつうにやんちゃな弟と、それをたしなめる優等生の兄でいられた。敦弥の横やりや、その後の顚末で関係がこじれなければ、お互いに穏やかに距離を保ち、それなりに成長したのかもしれない。

しかし逆に、あのままの平和な関係であったなら、いまほど内面を打ちあけられる仲になれただろうか。お互い、めちゃくちゃになって本音をさらしたからこそ、セクハラだのいじめだのという、ある種の恥を伴うトラブルについても相談できるのかもしれなかった。

いずれにせよ、いまでは正廣が家庭内でも清也のいちばんの理解者のは間違いがない。

「——なるほど。やっぱ相変わらずか。うぜえばばあだな」

ひととおりを聴き終えて、舌打ちした弟は、意外なことを言いだした。

「なんだったら、俺がそのオバサンに言ってやろか？」

「そんなわけにいかないだろ」

ぎょっとした清也は、あわてて無理だと言うけれど、正廣は納得したふうでもない。

「でもそいつ、兄貴みたいなおとなしそうなのがいいんだろ。おれみたいな、それこそDQN《ドキュン》とか、すっげきらいそうじゃん。身内にいるって言えば引かねえかな」

顎に手をあて、まんざら冗談でもなく言う弟を清也はたしなめた。

「DQNとか、おまえはそんな、変なのじゃないだろ。見た目は派手だし怖そうだけど、根はまっとうじゃないか」

そうでなければあんなに何度も受験をやり直したり、そのために努力などできないだろう。

清也がまじめに言うと、ひねた弟は鼻白《はなじろ》んだ顔をした。

「まっとうって、あんま言われたくねえんだけどな」

「なんでだ？　まともなのはいいことだろ」

「アート系の人間にとっちゃ、ほめことばになんねえんだよ」

本気で侮辱を受けたような顔をするから、清也は顔をしかめた。正廣には特有の感性があって、それについてはやはり、理解しがたいものがある。

「まあ、いいけどさ。まじでなんかあったら言えよ。手段問わねえってなら、どうにかできるし。すこーし金いるかもだけど」

「なにそれ。金って」

「バイトのおかげで、深い世界のオニーサンと知りあったんでな。いろいろ、あったし」

どこまで本気かわからない発言にさすがに引いた顔をすると、正廣は見たこともない顔でふっと笑った。凄味《すごみ》のある表情に、清也はぞくりとする。

「ちょっと、怖いこと言うなよ。だいたいバイトって、ふつうのバーだろ？」

「そっちもあるけど、ほかにも紹介されてんだよ」

「どんな？」

問いかけに、正廣は軽く肩をすくめて笑った。なぜか清也は背中に走る悪寒《おかん》が止まらない。

夏の間に起きたトラブルの果て、敦弥によって命まで危ういことになっていたという事実が発覚した弟は、ひとまわり大人になった。かつてよく見かけたすねた荒《すさ》みではなく、ある種の諦念《ていねん》に似た、達観した表情を見せる彼は、清也の知らない男のようだ。

目のまえにいる男が黙して語らないときは、なにか心を決めたときだ。受験をやりなおすと言った数カ月まえもそうだった。不平不満を口にしなくなって、ただ黙々と努力をはじめるとき、正廣は本気でなにかをかなえようとしている。それが美大合格だとか、そういう、わかりやすい目標の場合はかまわないと思うのだが。

（おまえ、なにしてんの？　ほんとに。やばいの？）

いつしか正廣が手の届かない場所にいってしまうような、理由のない危機感を覚え、清也は思わず口走っていた。

「……おれのことは、いいよ。ただおまえ、危ないことは、あんまりするなよ」

正廣は目をまるくし、そして笑う。利憲のあけっぴろげなそれとは違う、翳《かげ》りの、そして色気のある微笑だった。

「兄貴にそういうこと言われんの、ひさびさだな」

「茶化すなよ」

「茶化してねえよ。心配すんな。あんたに迷惑もかけねえし、自分に……羞《は》じるような真似をする気もねえから」

　真摯な声に、清也は「信じるぞ」としか言えなかった。

「ともあれ、なんかあったらまじで言え。それなりに顔広いひとも知ってるし、バイトさきの店長のおかげで、弁護士にもツテができてっし」

「オタクに深い世界に弁護士って……おまえ、どれだけ人脈広いんだ？」

　あきれて言うと「まだまだ俺はちっちぇーよ」と謎の言葉を吐く。その目がやけに遠くを見ている気がしてぞくっとした清也は「あの」と声をかけた。

「ん？」

「……いや、あの、煙草。吸いすぎるなよ」

　けっきょく口からでてきたのはそんな言葉でしかなかったが、「気をつける」とちいさく笑って、弟は自室へと去っていった。

　大柄な体格が視界から消えたというだけでなく、妙な圧迫感から解放され、清也はおおきくため息をつく。

「いったい、ナニモノになろうとしてるんだ、あいつは」

　いささか怖い気がしたけれど、かけてくれた言葉は純粋にありがたい。机に向き直った清也は、手のなかでいじっていたヘッドセットをスタンドにかけ、目を閉じる。

（ダリ——利憲くん。前川さん。正廣。母さんとだって話せるようになった）

ひとりきりで怯えていたころからしたら、格段の進歩だ。

もうすこし、まだすこしだけ、がんばれそうな気がする。ほっと息をついた清也は、口元が自然とほころんでいることに気づき、笑みを深くした。

＊　＊　＊

清也《せいや》はつぐみの提案で、まずは社内の『お昼仲間』をじわじわと増やすことになった。

「オタネタはしばらく封印します。非常に残念ですが、そこは目的のためということで！」

「それ前川《まえかわ》さんが語りたいだけじゃん……」

「漏《も》れてたらフォローはお願いしますよ！」

などと言っていたつぐみにのっけから「顔こわばりすぎです」とだめだしを食らったりもしたけれど、お弁当組の女性パートふたりが食堂に向かおうとするのに声を――むろん清也でなくつぐみが――かけたところ、彼女らは意外そうな顔をみせた。

「え、お昼いっしょに、ですか」

「天気もいいし、おふたりともお弁当ですよね？　穴場あるんですけど、よかったら」

「えっと……お邪魔じゃないなら」

なんだかそわそわしながら承諾された理由は、すぐに判明した。例の屋上でそれぞれ持ち寄った弁当を食べていたところ、肘《ひじ》で相手をつつきあったふたりに、こんなことを問われたからだ。

「ね、あの、前川さんと佐光《さこう》くんって、最近いっしょにいるよね？」

「つきあってるの？」

清也は飲みかけのお茶を噴きそうになって咳《せ》きこみ、つぐみは遠慮なく大笑いしたのちに、真顔で「その話、どのへんまでいってます？」と切りだす。

「どのへん、てか、同じ部署の人間はだいたい……」

「あ、でも経理の子もなんか言ってたよ。サユバ……えーと、あるひとがものすごい機嫌悪くなってるし、あれはまた乗りかえられたのか、とか」

「……また、というと？」

しゃべりすぎたと思ったのか、うわさ話を口にしたほうは気まずそうに顎《あご》を引く。清也はうんざりとうなだれ、つぐみは目を輝かせ、手にしていたフォークの柄をマイクよろしく相手に向かって差しだした。

「ちょっとそのへんの話、くわしくお願いできます？」

パートふたりは目を見あわせたのち、つぐみと同じように目を輝かせてうなずきあい「じつはね……」と話しはじめた。

そんな調子でちょこちょこと声をかけては『事情聴取』をおこなった結果、わかっていたことながら、左由美《さゆみ》に対して反抗心がある女性社員はひとりやふたりではなかったのが判明した。そしてそのおかげで、入社半年のつぐみや、この一年ひとの輪からはじかれていた清也では知り得なかった情報も飛びこんでくるようになった。

「Vさまに関しては、みんなたまりまくってるし」

「つかマキガミ、主任程度でなんであんなえばるの？」

「他部署にきてまでうえからもの言うなってのよ、Sめ」

会話ちゅう、社内のためにアルファベットで左由美を示すまではわかるのだが、そのあだ名のバリエーション豊富さ、そしてきらわれっぷりはすさまじいものがある。

「だってあいつほんと感じ悪いよ!? ちょっと気にいらないことあると無視するし、ちくちくいやみ言うし」

「そのくせ、『あたしが、あたしが』だもんねえ。社内ではいいけど、相手先にいってまであの調子ってのはちょっと恥ずかしい」

でるわでるわの不平不満に、清也は青ざめた。集まってくるのは主に事務関係の平社員やパート、派遣の若手だが、左由美に関しての悪評はとどまるところを知らない。

（女三人集まれば……っていうけど、ほんと、すごい）

さしものつぐみもいささか引き気味になっているようだったが、さすがの彼女はがんばって笑顔を作っている。

「マキガミ……はなんとなく髪型からかなって思いますけど、あのひといつもひっつめてますよね？　あとVってなんですか？」

「なに言ってんの。Vは前川ちゃんが『名前のだせないあのひと』とか言ってたから、あのキャラクターの頭文字じゃん」

「あとマキガミってのは、三年まえの新年会で、銀座のママかってくらい巻き巻きの夜会巻きにしてきたから。そんで手当たり次第、男にアッピールだったから」

なるほど、酒の席での彼女はやはり、あまり態度がよろしくないらしい。

「そのくせ『あたしは安い女じゃないから、簡単には落ちないし』とか言われたし！」

新婚の中堅社員が、結婚を発表するなり左由美からいやな態度をとられた件を吐き捨てる。

そののちも昼休みは不平不満大会となり、清也はつぐみに対して、思わず小声でこぼした。

「前川さん、おれ胃が痛い……」

「女の悪口はおやつみたいなもんですが、ちょっと予想以上にすごいすね。踏ん張りなはれ」

清也は基本的に女性が苦手な部分もあって、いままで関わってこなかったが、井戸端会議というのはここまですさまじいものだったのかと痛感した。

だが、あまりに悪評ばかりしかないのも、いささか解せない話ではある。

「あの、ここまで評判悪いのに、なんであのひと役付なんですか？　じっさい、仕事できるタイプなのかどうか、わたしよくわかんないんですが」

つぐみの問いかけに、人事で古株の女性社員、内野《うちの》が「知らないんだ？」と不思議そうな反応をした。

「そうか、前川ちゃん、まだはいって半年だっけ」

「佐光くんは……うわさに疎そうよね」

微妙な笑いにいやな予感を覚えていると、聞き流せない話がでてきた。

「S女史に肩書きついたのって部長の平木《ひらぎ》の愛人だからでしょ」

「マキガミねー、よくあんなおっさんと……って思うよね。まあ、だから佐光くんに目ぇつけたんだろうけど？　若いきれいな子で毒消ししてんじゃない？」

ぎくりと肩をこわばらせた清也をフォローするように、つぐみが「目ぇつけたって？」としらばっくれる。内野と同期の益田《ました》は、「とぼけなくていいってば」と苦笑した。

「最近の『佐光くんを囲む会』って、マキガミからのセクハラ対策なんでしょ？」

「……ばれてます？」

「ていうか、暗黙のルールをついに破ったか、って話よ。だから女性陣みんな協力的でしょ。ここ一年、あんまりひどいんでどうにかしないと、とは言いつつ、きっかけもなくてさ」

悪かったわね、と謝られて、清也は恐縮してしまった。

「へたにかばうとエスカレートする感じもしたし、なにもできなくて。うえに言おうにも、その『うえ』があいつの言うことに左右されてるからさあ。へたうつと、またまえみたいなことになっちゃうかもだし」

「……まえみたいな、って」

どういうことですか、と問いかけると、内野と益田は顔を見あわせ「こうなりゃぶっちゃけますか」とため息をついた。

「じつは、マキガミの新入社員へのセクハラってまえにもあったんだ」

「えっ」

「だからうちら、佐光くん、このままだとまずくないか、って言ってたのよ」

いやな予感を覚えつつ、清也は固唾《かたず》を呑む。つぐみもまた同じような気分なのか、顔をしかめている。

「まずいって、どういうことでしょうか……」

「四年くらいまえの話だけど、当時いた吉井《よしい》っていう若い子にちょっかいかけたんだ。で、当時も佐光くんと同じ感じに囲いこみっていうか、ベタベタしまくってたんだけど、やっぱり酔ってお持ち帰りしてさ」

その際の男性社員は、清也とは違い左由美と関係を持ってしまったらしい。そのため、清也に対するようないじめやいびりこそなかったが、あまりにあからさまだったそうだ。

「業務中もボディタッチやら、ろこつでさ。それが平木部長の目にとまっちゃって、嫉妬のおかげでパワハラざんまい。けっきょくは自主退社に追いこまれたわけ」

当然、相手はその扱いを不当として、でるところまででるという話になったらしい。だがじっさいに左由美と関係してしまったうえ、それなりに途中は恋愛的なやりとりもあったらしく、圧倒的不利と見こんだ弁護士が「このままでは次の就職にも不利になる」とひきさがるよう説得して終わったそうだ。

「それ、主任のことは問題にならなかったんですか？」

「……わかるでしょ、保身に関しては天才的にうまいからさ」

無理に関係を結ばされたのだと上層部のまえで泣きの涙、それに社長までもほだされ左由美に関しておとがめなしだったと聞かされ、つぐみはげんなりと首を振った。

「社内風紀、どうなってんですか、この会社……」

「うちらが聞きたいわよ。マキガミ、そうでなくても色仕掛けで仕事とっただの、トンデモな話はいくらでもあるからさあ」

「酒はいるとタガはずれるのは、見ててもろこつだからね。接待のとき、どんななんだよって、想像するのも怖いわ」

ますますうんざりとしてくる清也をよそに、内野は「前川ちゃん、なんとかしてよ」と、彼女の肩をたたいてみせる。怪訝《けげん》に思った清也は首をかしげた。たしかに今回の件で協力してもらってはいるが、彼女はあくまで平社員、それも入社一年めだ。

「え、前川さんがって、なんで……」

「あーそれ言っちゃだめですってば、内野さん」

つぐみは唇のまえに指をたて「しーですよ」とやってみせる。内野ははっとしたように口を閉ざし、あわてて周囲を見まわした。益田がそんな彼女の肩を小突く。

「いま、うちらしかいないからって、あんた気ぃ抜きすぎ。まずいでしょ」

「面目ない……」

うなだれる内野の言うことも、目のまえのやりとりの意味もわからず清也がきょとんとしていると、張本人のつぐみが大きくため息をついた。

「わたし、博通堂《はくつうどう》に父がいるんです」

「えっ⁉　それ、うちの本社のトップ取引先……」

さらに細かく聞いたところ、つぐみは各種のテレビＣＭスポンサーもやっている大手広告代理店の、取締役の娘だった。

しかし、ごく一部にしかその話は知らされておらず、社内で把握しているのは社長と専務、人事のトップである課長と、その直属である内野のみ。特別扱いがいやなつぐみが厳重に伏せるよう言っておいたそうだ。

「言っておきますけど、入社に関してはコネは関係ないですよ？」

「知ってます、ファイル見たし」

益田は内野と大学時代からのつきあいもあったので「内緒で」と教えられたらしい。

「トップシークレットなんですから、頼みますよ内野さん」

「ほんっとごめん。口がすべった。もうぜったい、言わない」

心底反省しているらしく、うなだれている彼女に、つぐみは「今度おごってください」と苦笑した。

「ま、いいですけど……どっちにしろ、なにもできないですからね。うちの父上引っぱりだすと、会社絡みの大事になるし。水戸黄門の印籠ってわけにいかないですから」

わかっといてくださいね、と念を押され、内野と益田は神妙な顔でうなずく。清也も、いま知った事実に驚きながら「わかってる」と告げた。

「いま、やってくれてることだけでも充分です。ありがとう。内野さんも益田さんも、気にかけてくださって、ありがとうございます」

頭をさげると、先輩社員らは「いいこよねえ」としみじみつぶやいた。

「うちらも、もうちょっと話まわしておくわ」

「うん、四年まえみたいなことになるの、後味悪いしね」

さり気なくガードしてあげると約束されて、昼食会はお開きになった。

つぐみと連れだって戻る途中、彼女は清也の肩を軽くたたいて「さっきの話は、オフレコよろしくです」と言ってくる。真剣な目に、以前彼女がつぶやいた言葉を思いだした。

――これでもいろいろそれなりに見てきてますんで。

彼女の聡明さは、いわゆる門前の小僧、ということもあるだろうが、父親が立場ある人間だということに起因していて、つぐみ当人にもそれなりになにやらあったのかもしれない。

清也はうなずいた。

「わかったってば。どうせばらす相手いないって言ったの、前川さんじゃないか」

「なはは。ま、そうなんですけどね。念のため」

ふざけて笑ってみせたあと、「ただね」と彼女はつけくわえた。

「思ってた以上に、主任、よくないですね」

あだ名で呼ばなかったことに、つぐみが事態を重く見ていると知らされる。こくりとうなずいた清也に、「今後も気をつけていきましょう」と彼女は告げる。

「印籠はないって言いましたけど、相手が無茶したら、それなりに筋とおすことができなくは、ないです。あくまで、最終手段だけど」

「この場合、ご隠居さまの出番があるほうがいいのか、ないほうがいいのか」

微妙なところだね、と清也は深々ため息をついた。

＊　＊　＊

それからしばらく経つころには、地道な草の根作戦が功を奏したのか、清也はじわじわと社員らにガードされはじめた。

まず、なにもまわしてもらえなかった仕事に関しては、同じ部署である須々木《すすき》という男性社員が、なにくれとなくアシスタント作業を言いつけてくれるようになった。

彼は肩書きこそ左由美の次、副主任になるが、部署内でもっとも仕事をまわしている男だった。担当しているアーティストのひとりが、ドラマのタイアップ曲でいきなりブレイクしたり、ネットの口コミで再評価されたりという『アタリ』が続いたため、この一年は外部での打ちあわせやマネジメントに明け暮れ、内勤の状況はほとんど把握していなかったらしい。

「ごめんな、なんか面倒なこと、なってたんだってな。おれ気づいてなくて」

男子トイレではちあわせた須々木に、いままで見すごしていたことを詫びられ、清也も恐縮しながら礼を言った。

「須々木さん、外にでてること多いですから、気づかなくてもしょうがないです」

「いや、おれの目が行き届いてなかったってことだし。仕事させるぶんには、うえも文句言いようがないだろうから」

そう言ったあと、須々木は男子トイレだというのに周囲をうかがうように視線をめぐらし、小声で耳打ちしてきた。

「とりあえず主任の神経逆撫でするのはまずいんで、ちょっと根まわししないとだけど。できるだけそとに連れまわして、ついでに、何人かおれの担当したひと紹介するから」

「えっ、ほ、ほんとですか」

「うん。ちょっと最近、いっぱいいっぱいだから、サブ担当みたいな感じで連絡とか引き継いでくれると助かる。で、慣れたら任せることにすっからさ」

いったいどうしてそこまで、と清也は不思議だったが、益田と同期のうえ、じつはつきあっていると聞いて納得した。

「彼女に『ことなかれもいいかげんにしろ』って怒られてさ。最初まじで意味わかんなかったんだけど。吉井のときもめたってのに、あのひとも懲《こ》りないよなあ……」

げんなりしたようにつぶやく須々木は、背も高いしけっこうな男前だ。年齢的には三十になったばかりと若い。

「須々木さんは、その、そういうのなかったんですか？　後輩ですよね？」

もしやと思って問いかけると「ない、ない」と須々木は一笑に伏した。

「おれはたぶん、女史の好みから言うとでかいっていうか、雑なんだろ。吉井も、佐光と似たタイプだったよ。キレイ系っていうの？　あのひとそういうのが好きっぽいんだ」

「そ、そうなんですか」

「うん。証拠に『ミンスツオル』の香川《かがわ》さん、おまえからとりあげたろ。彼もわりと、線が細くてしゅっとしてるじゃん。あーまた悪いクセでたな、って思ったもん」

清也は目を瞠《みは》った。香川の担当をおろされたのは、いやがらせの一環かと思ってばかりいたのだが、そういう思惑もあったのか。もし立場をかさにきて、左由美がなにか要求したら、香川はどうなるのだろう。清也はわがことに照らしあわせ、青くなった。

「もと担当だろ。もし香川さんに連絡できる手段あったら、ちょっと気をつけるように言ってくれん？」

「でも、それ……」

直接、香川に連絡するのは禁じられている、そう言いかけた清也は、はっと気づいた。

「あの、もしですけど。おれのともだちが、『こんなうわさ聞いたんだけど』ってかたちで香川さんに話するぶんにはＯＫですか」

おずおず問いかければ、須々木は一瞬目をまるくしたあと、ぴんときたらしい。

「おお、そりゃおっけーでしょう。だってただのうわさだし。固有名詞さえださなければ」

「で、ですよね。うわさだから」

こくこくとうなずいた清也に、須々木は「がんばれよ」と拳《こぶし》を握ってつきだしてくる。

「部長の〝お気に〟だから、おれもろこつに表だってはかばってやれんけど、なんとかうまくやってくれ」

はい、とうなずきかけたところで、ポケットのなかの携帯がバイブレーションした。個人用ではなく仕事用のそれが震えるのを感じ、さっと顔をこわばらせた清也に「呼びだしか」と須々木も顔をしかめる。

【どこなの。はやく戻ってきなさい！】

確認すると案の定、左由美からのものだ。須々木と連れだってトイレからでると、室内に戻ったとたん叱責が飛ぶ。

「佐光くん、ちょっといらっしゃい」

ぎくっとなった清也の肩を軽くつかんで、須々木が「がんばれ」とささやいてくる。ちいさくうなずくと、左由美の目がその一瞬の接触を睨《ね》めつけているのがわかった。

「……なんでしょうか」

「なんでしょうか、じゃないわよ。いつまでトイレにいってるの」

そんなことを大声で、ひとまえで怒鳴るものだろうか。いらだちをあらわにする左由美から目をそらしたまま、清也は「すみません」と目を伏せる。

「すみませんって、謝ればいいってものじゃないでしょう。だいたいあなた、最近どうかしてるんじゃないの⁉　このあいだだって、こっちが連絡つけようとしてもいなくて――」

がみがみやりはじめた左由美の言葉を清也は聞き流すようにつとめる。背中にささる視線が痛い。誰もが、この実のない説教を聞きたくないと顔をしかめているのがわかる。

（はやく終わってくんないかな……）

胃が痛い、と思いながらうなだれていると、左由美がかっとなったように「聞いてるの⁉」と怒鳴って手元のファイルを垂直にして清也の腕をたたいた。ちょうど肘のあたり、神経を刺激したのだろう、びりっという痛みが走って清也はうめく。

「いっ……」

「な、なにおおげさな声だしてるの」

しまった、という顔をした左由美は、はっとしたように清也の背後に目をやった。つられて振り向くと、室内の白い目がいっせいにこちらに向けられている。瞬間、自分へのものかとひるんだ清也だったが、誰を見ても目があうことはない。

「主任、いまのはまずいでしょ」

顔をしかめてみせたのは須々木だ。表だってはかばえない、などと言っていたけれど、さすがに暴力は見すごせなかったらしい。

「なにがよっ。ちょっとぶつかっただけじゃない」

あせった顔をした左由美は、いま清也をぶったファイルを机にたたきつけ、せかせかした足取りでその場から逃げだした。

（なんだ、あれ……）

呆然としていた清也は、無意識に肘をさすりながら自分の席にもどる。その肩がぽんとたたかれ、振り返ると須々木が立っていた。

「おつかれ。悪かったな、さっきは引き留めて」

「あ、いえ。でも主任、なんか……変ですね」

「お気に入りの佐光さんが言うことときかなくなってきて、いらついてんでしょうけど」

口をはさんできたのは、つぐみだった。いつになく険しい目つきをしている彼女に「どうかしたのか」と問えば、つぐみは「んん」と顔をしかめる。

「ちょっと思ってたより余裕ないふうなんですよね。ひとめのあるところで、ああいう行動にでるとか」

「……やばいかな」

「逆にいえば、問題を可視化しやすくはなりましたけど……気をつけてくださいね。会議室連れこまれたりしないように」

いやなことを言うな、と清也は顔をしかめたが、茶化しているわけではなく本気で心配しているらしい。横から聞いていた須々木が、顎に手をあててつぶやく。

「なあ、まじでおれ、はやめにうえにかけあうわ。佐光、手があいてるみたいだから、おれのアシスタントにくれって」

「え、でも根まわし必要って……」

「だめだろ、これは。そんな悠長に言ってらんない。佐光、ちょっと袖めくってみろ」

言われて、清也は長袖シャツをめくった。そこにあらわれた筋状のくろずみに、つぐみが顔をしかめる。清也も、案外強くぶつかっていたことにぎょっとなった。

「な。ちょっと急いだほうがいいわ。かげんできなくなってるもん、あのひと」

重たい声を発した須々木に、つぐみもうなずく。清也はなんだか妙な胸騒ぎがした。状況は好転してきたかもしれないが、それで左由美を追いつめているのだとしたら、このさきいったい、どんなことが起こるのだろう。

無意識のまま、いつもの携帯を探る。てっきり、またあの愚痴とあまえをつらねたメールが届いているかと思ったけれど、左由美専用機と化したそれは沈黙したままだ。

それがなんだかやけに、不気味だった。


その日の夜、清也はいつものように利憲《としのり》に会社でのできごとを報告した。

「……って感じで、最近は須々木さんに仕事まわしてもらえるようになりました」

『んん、そっか。まずは第一段階クリアかな』

「はい、それで香川さんの件、なんですけど」

『おれがいきなり伝えるとあれだけど、ちょっと様子見しながら、注意するよう言ってみる。それか、間にはいってるやつに、それこそうわさで流してもらうよ』

「助かります」

『……でもよかったじゃん。日に日にお仲間増えてるね』

そう言ってはくれるものの、なんだか利憲は歯切れが悪かった。おまけに彼がはあっとため息をついたので、清也はとまどう。

「な、なんですか？」

『んー、いや。ちょっと悔しいかなと思ってさ』

苦笑する利憲に、いったいなにがと首をかしげた。

『おれが同僚だったら、もっとたすけてやれんのにって。前川さん、話を聞くにかなりオットコマエなお嬢さんだし、須々木さんだっていろいろ頼りになりそうでさ。それに比べると、おれ、してあげられること少ねえなって――』

「そんなこと、ないです！」

清也は思わず腰を浮かせ、画面に向かって顔を近づけていた。そして、さきほど恥ずかしくて言いそびれたことをどうにか言葉で絞りだした。

「前川さんと話せたのも、そうしたらって言ってくれたダリさ――利憲くん、の、おかげだし。おれひとりだったら、いまもずっとぐずぐずしてた。会社で、最初に彼女に話しかけるときも、利憲くんが応援してくれたからがんばるんだって、そう思ったからできて、だから」

『……あー、うん。わかった。わかったから、清也くん。その位置にいると顔が』

「え？」

『フレームアウトして、その、胸……つか、鎖骨《さこつ》からした、しか、見えません』

くっくっと笑う声がヘッドセットから伝わってきて、清也は真っ赤になる。言われて気づいたが、モニタ横にくっつけたカメラの位置からは、清也の胸元しか写らない。もそもそと椅子に座り直すと、画面の利憲は机に突っ伏していた。

「利憲くん？　どうしたんですか？」

『いや……、ちょっとツボに、いろいろと』

何度かむせた利憲が顔をあげると、笑いすぎたのか、彼の顔は赤かった。

『まあ、その、おれが力になれたんだったら嬉しいよ、うん』

「そ、そんなに笑わなくてもいいじゃないですか」

清也もまだ赤らんだ顔でむくれると、ふふ、と吐息まじりの笑い声が聞こえた。ヘッドセットをとおすと、まるで耳元で笑われているようでくすぐったい。

『ツボって、まあ、おかしくて笑ったわけじゃないんだけどね』

「え？」

もぞりと身体を揺らす清也に、利憲は『こっちの話』と言った。なんのことだと追及するよりさきに、彼が口を開いた。

『そうだ、あのさ。おれ、会ってみたい』

「え？　だ、誰に」

『誰って前川さん。そこまでキャラ立ったひとってあんまり会ったことないしさ』

反射的に頭に浮かんだのは、いやだ、という言葉だった。けれど清也がそのあまりの強い拒絶感にためらっているあいだに、にこにこした利憲は断りようのないことを言ってくる。

『うちの清也くんもお世話になってるし、パートナーとしてはご挨拶？　しときたいなって』

「パ、パートナーって、それゲームの話ですよ……」

変な含みを感じるのは自分の考えすぎだろう。わずかに赤くなった顔を隠すようにうつむいて言うと、『だめかなあ』と利憲が食いさがってくる。

『あ、それともあれ？　もしかして、前川さんといい感じだから、紹介したくないとか』

笑いながらの利憲の言葉に、ざっくりと胸になにかが刺さった気がした。ついでに血の気も引いてくる。

（そんなんじゃない、のに）

だがそれも当然だった。ただの友人なら、紹介しても当然だし、そもそも趣味的な分野では、付け焼き刃のアニメ知識しかない清也より、話題が豊富な利憲のほうがつぐみと気があうに決まっている。

でも、じっさいに顔をあわせてしまったらどうなるのだろう。〝偽物の姫〟だった清也より、ずっと魅力的で趣味もあう、〝本物の女の子〟に、利憲が惹かれてしまったら——そう考えて、清也ははっと思いだした。

「あの、で、でも、言っておきますけど前川さん、彼氏いますからね?」

言ったとたん、利憲は『え、そうなの?』と目をまるくした。

「はい。だからオタ趣味、ばれるのまずくて、オタ友ほしいって必死だとか……」

言ったあと、しまった、と思った。格好の口実を与えてしまった。案の定、利憲はますますにっこりして『じゃあ、いいじゃん』と画面ごしに告げる。

『べつにおれ、変な下心とかないしさ。ともだち増やしたいだけだから』

いいよね、と念押しをされて、うなずく以外清也にはなにもできなかった。

＊　＊　＊

翌日、清也はつぐみに、利憲が会ってみたいと言っていたことを告げた。

頼まれてしまったからには、伝えないわけにいかない。ごまかしてうやむやにする、ということも考えたが、これ以上利憲に嘘《うそ》をつくことはしたくなかった。

「え、佐光さんのともだちと飲み?　いっすよ、いっすよ。例の、オタ友さんですよね?」

都合が悪いとか、会いたくないと言ってくれれば——などと他力本願なことを考えていた清也の思惑は、つぐみのあかるい声に蹴散らされる。

「いつにします?　きょうとかあいてますよ?」

「え、き、きょうはどうだろ。訊《き》いてみないとわかんないけど」

「ほいじゃ、訊いてくださいな」

大変カジュアルな了承の言葉に、ひっそりと肩を落とした。折しも週末、会社員が飲みにいくにはほどよい日程ではある。利憲にメールをすれば、速攻で【ＯＫＯＫ、そいじゃ店予約しとく。あ、あれなら会社までいくよ】と、これまたライトな返事が返ってきた。

その文面がどうにもうきうきしているように見えて、清也は胸苦しさを覚える。

（不毛だ）

彼氏がいると言っておいたのに、それでも、女の子と会えるのは嬉しいのだろうか。自分とふたりだけで会っていたのは、やはりつまらなかったのだろうか——そんなことを考えて、うじうじしていると、「佐光くん」と声をかけられる。

「はい？」

やわらかい声音で、一瞬誰のものかわからなかった清也は、警戒もせずに顔をあげ、固まった。

そこに立っていたのは左由美だった。とっさに、メール画面を開いたままだった携帯を手で覆うが、彼女はマスカラをたっぷり塗ったまつげを伏せていて、見られたかどうか定かではなかった。

「あの、なんでしょうか」

てっきりまた、私用メールはどうのと小言を言われるのかと思い、身がまえる清也を見下ろしたまま、左由美は思いがけないことを言った。

「うん……須々木くんからの要請があって、あなた今後、彼のアシスタント業務がメインになるそうだから。引き継いでくれるかしら」

「……え？　あ、はい」

ヒステリーも起こさず、怒鳴ってもこない左由美が不思議で不気味で、清也はぎこちなくうなずく。「よろしくね」と微笑《ほほえ》みかけさえして、いったいなにがどうしていきなり、ととまどっていた清也のうなじを、つうっとなにかが撫《な》でていった。

左由美の爪だ。気づいたとたん、全身の毛穴がぶわっと開き、冷や汗が流れてくる。首筋を手で押さえて彼女を見ると、目の奥だけが笑っていない。

「なん、でしょう？」

ひきつりながら問いかけると「べつに」と無表情に告げて去っていった。ふれられたあとがいつまでもむずむずと心地悪く、清也は乱暴に首をこする。

（なんなんだ）

眉《まゆ》をひそめてうなっていると、頭をぽこんとまるめた書類でたたかれた。

「佐光。引き継ぎの打ちあわせしろとさ」

見上げると、須々木がそこにいた。彼もまた不可解そうな顔をしていた。

「根まわしの件、うまくいったんですか」

「まあ、一応。ただすんなりいきすぎて不気味っつーか……うえに言うまでもなく、主任がOKしたんだよ」

須々木もやはり違和感を覚えているのだと知らされ、清也の胸騒ぎはひどくなった。

「このあいだ、おまえのことぶったりしたのをみんなに見られてるだろ。全員が佐光サイドについたのは気づいてるだろうし、自重しようと思ったのかもしれんけど」

「だと、いいんですけど」

ただその程度のことであっさり引きさがるものなのか、という思いは晴れない。

先日、いきなり手をあげてきたことといい、このところの左由美はやはりおかしかった。メールに関しても、テンションが異様に高かったり、かと思えば事務的だったりというのは相変わらずだが、以前より頻度はさがっている。

ただ、引っかかることもある。左由美からのメールは、精神衛生上よくないため読まずに最近はフォルダをわけて受信だけしている。着信拒否すれば、さらにエスカレートするのは経験上わかっているためだ。

しかし、念のためパソコンにも〝証拠〟として転送しておけとつぐみに言われ、そのように処理したところ、以前よりもそのメールのバイト数が大きいことに気がついた。添付ファイルらしきものはなく、純粋にテキストのみ。つまり数行の単文メールが頻々と届いていたころにくらべ、十倍近い長さになっていることになる。

いったい、なにを書いてきてるんだろう。気になるものの、読んでしまったらメンタルダメージはいまの比ではないことも予測できるだけに、ふれられないままでいる。

「とにかく、やらなきゃやらんことを、やりますか」

「はい」

いまは仕事だと切り替えて、清也は須々木から渡された書類に目を落とした。


定時を迎えた清也は約束どおり利憲と会うため、帰り支度をはじめた。しかし、つぐみへ声をかけようとしたところ、彼女はなにやら長い電話につかまっている。

「はい、……はい、大変申し訳ございません。こちらの担当者が不在で……はい、むろん、すぐに折り返しにさせていただきますので」

視界にはいる位置まで近づき清也が電話を指さすと、肩に受話器を挟んだつぐみは、片手を顔のまえにたてて『ごめん』と声をださずに詫びた。

「いえそのようなことは。わたくしでよろしければ、うかがいますので……え？　ええ」

両手をつかってゴムを引っ張るようなジェスチャーをするつぐみに、『どうする？』と問う意味で眉をさげ首をかしげてみせると、彼女は手早く付箋紙にメモを書きつけた。

「ああ、そうなんですね……本当に重ねて申し訳……はい」

【トラブル発生　さきにいって　あとでれんらくよろ】

了解、とうなずいた清也に、いらいらしていると告げるために顔をしかめたのち、口では大変丁寧な口調で謝罪を繰り返しつつ、次のメモを清也にみせた。

【サユババ　打ちあわせバックレ　相手かんかん‼　ぶちょーもいないし！】

「えっ？」

思わず声がでた。あわてて口を手でふさいだ清也に、つぐみは『いけ』というように顎をしゃくってみせる。こくこく、とうなずき指で『電話する』のサインをした清也に、つぐみもまたうなずいた。

（わ、遅れちゃった）

清也は小走りにフロアをでて、エレベーターが動くのを待てずに階段を駆けおりた。エントランスでタイムカードを押していると、携帯に着信がある。プライベート用の着信音にほっとしつつもあせり、電話にでると案の定利憲だった。

『もしもーし。おれ間違えた？　もう会社のまえにいるんだけど』

「すみません、ちょっとでがけにいろいろあって。おれももうでます！」

すぐですから、と言いながらドアを開けると、社屋まえの路上、ガードレールに腰かけ、長い脚を軽く組んだ利憲が待っていた。

「ご、ごめんなさい遅くなって」

「いやいや。そっちこそ走らせちゃってごめんね。清也くん、髪乱れてる」

「え……あっ」

はっとして、清也はあわてて髪を撫でつける。

（しまった、身支度するの忘れて……）

相変わらず左由美対策のため、会社では髪型をもっさりさせ、服も地味なままでいるのだが、利憲と会うときにはそれなりに整えていた。余裕なく飛びだしたうえ、社屋まえで待ちあわせとなればそんな時間もとれなかったのだ。

「す、すみません、みっともないかっこで」

「んや、カジュアルでかわいいけどさ」

また利憲の『かわいい』がでた。この調子で女の子にもさらっと言っているのか、と清也がほろ苦く思ったタイミングで「前川さんは？」と問われたのは、ちょっとせつなかった。

「あ、すみません。それが、でがけに電話につかまっちゃってて」

さきにいくよう言われたため遅くなった、と口早に説明し、重ねて詫びる清也に「よくある、よくある」と利憲は鷹揚《おうよう》に笑った。

「待ってたほうがいいの？　それとも長引きそう？」

「さきにいっててくれ、ってメモ渡されましたので、店きめてからメールすれば……」

じゃあそれで、と話をまとめ、歩きだそうとした清也は、前方の人影を見つけてぎくっと身体をこわばらせる。

「どしたの」

「……や、あの」

無意識にあとずさったことで、利憲が怪訝そうな顔をした。その間にも、どんどん問題の相手——左由美は近づいてきた。

「佐光くん、もうあがりなの」

「は……はい」

戸惑いながら見つめた彼女は、いつものように髪をひっつめておらず、ゆるやかなウェーブのかかったそれを肩と背中に波打たせている。

午後からずっと姿を見なかったけれど、いったいどこにいたのだろうか。打ちあわせの相手が激怒していたらしいことを、いま伝えるべきか。口を開きかけた清也は、だが左由美の視線が利憲に向けられたことに気づき、ぎくりとした。

「おともだち?」

「あ、えっと」

どうしよう、へたに素性を教えたらまずいのでは、とためらった清也を察したのか、利憲が「友人です」と微笑みながらさりげなく清也のまえにでて、名刺をだした。

「佐光くんにはいつもお世話になっております。わたくし《株式会社ウアジェト》の高知尾《たかちお》と申します」

「あら、ご丁寧に」

はたから見ていても、左由美の態度はずいぶんなものだった。片手で受け取った名刺をちらっと一瞥《いちべつ》したのち、「ゲーム……」と小ばかにしたようなつぶやきを漏《も》らしたうえ、返礼どころか名刺を渡すことも、名乗りもしなかったのだ。

「それじゃあね、佐光くん」

「あ、あ……」

社会人としてあまりに失礼な左由美に唖然《あぜん》としていると、彼女はさっさと社屋へはいっていった。おかげで打ちあわせの相手が怒っていたことも伝えそこねたが、もうどうでもいい。

「上司が失礼な態度とって、すみません!」

「んー? 気にしてない。ま、とにかくいこうか」

うながしてくる利憲と連れだって駅へと歩きだす。情けない気分の清也は口数もふだん以上に少なくなっていたが、隣を歩く彼がさらりと毒のある言葉を吐いて驚いた。

「ってかあれでしょ? さっきのが問題の、名前を言ってはいけないあのひと」

わかる? と上目遣《うわめづか》いに問えば「わかりやすすぎ」と利憲が苦笑した。

「ただ予想よりは美人系だったけど、……あのひと仕事できなそうだよねえ」

ずばっと言ってのけた利憲に「え、なんで」と清也は驚いた。

「だっておれの会社の名前知らないうえに、ゲーム会社ってだけであからさまになめてんだもん。おれ、なにもえらそうぶって言うわけじゃないんだけど、音楽業界のひとにあんな態度とられたのはじめてだ」

ごもっとも、と清也はうなずいた。なにしろゲームに音楽は欠かせない。楽曲数も多く、うまくすれば相当なヒットも見こめるため、関わりも深いジャンルのはずなのだ。

「そうでなくてもね、社会人としてあれはないでしょ。まえに、《サンダー・ミュージック》の取締役さんと会ったことあるけど『なにかあったらぜひ』って頭さげてきたよ」

「えっ、そ、そうなんですか」

サンダー・ミュージックといえば、音楽業界でも老舗の最大手のレコード会社だ。最近は音楽業界も低迷しているが、九〇年代には人気のアーティストを抱え、ミリオンヒットを頻発していた。いったいどういう伝手《つて》で、と一瞬清也は驚いたが、そういえば利憲の会社は大ヒット作ゲームの関連会社だった。

「まえに〈シェルナの秘宝〉のサントラ作るときに、おまけＤＶＤつけたいって話になって、打ちあわせに呼ばれたんだ。相手の会社の会議室だったんだけど、途中でひょこっと顔だしてね。でかい会社のえらいひとほど腰低いってほんとだなあ、って思った。あとそのゲームのなにがあたってたのかも、還暦すぎたおじさんなのに、ちゃんと把握してたよ」

近年ではメガヒットと言われた人気シリーズ〈シェルナの秘宝〉は、利憲の会社が手がけたCGのクオリティの高さとキャラクターデザインで人気を博した作品だ。ゲームマニアは当然知っているけれど、孫がいる年齢の男性がしっかり勉強しているのに驚いたと利憲は言った。

「んで、その取締役さんに、うちみたいな弱小に丁寧にどうもって言ったら『誰がどこでどうつながって、縁をもたらすかわからない。だから出会いは大事にしないと』って」

——もしきみを若いからとなめてかかり、不愉快にさせたとする。その後きみの会社がいまよりもっと、爆発的に大きくなったあとで、わたしがのこのこ『仕事しましょう』と言ってきたとき、気持ちよくうなずけると思いますか？

「それ説教するでもなく、さらっと言うんだよね。かっこよかったよ。実るほど、頭《こうべ》を垂れる稲穂かな、だっけ？　あれの典型だなって思った」

「えらいひとには、えらいなりの理由がちゃんとあるんですねえ」

はあ、とため息をついた清也の肩を軽くたたき、「そうでもない上司ってのも、世のなかには案外多いけどね」と利憲が言った。

ちょうど駅につき、会話がいったん途切れる。きょうも新宿に向かうのはわかっていたので疑問も持たずについていった清也は、利憲がむずかしい顔で腕を組んでいるのに気がついた。

「あの……どうかしましたか」

「や、さっきのあのひとのこと。あのさ、ふだんからあんな髪型してるの？」

「え？　いえ、そういえばふだんはひっつめで……パーティーなんかのときは、夜会巻きとかにしてたらしいですが」

豊富なあだ名についてては、悪口めいているため清也は教えていなかった。軽くさわりだけ説明すると、「んん」と利憲はうなる。

「気のせいかと思ったんだけどさ。あれ、洗い髪だった気がするんだよね」

「えっ？」

「あとなんか、香水じゃなくて、石けんのにおい、した。もう夜になるっていうのに」

清也は眉をひそめて利憲を見つめた。彼も同じような表情で「たぶん想像してる内容はいっしょだと思うけど」とつぶやく。

「きょう、主任、午後から姿見かけなかったんです。それで、打ちあわせもすっぽかして、そのクレームを前川さんが受けてて……」

「午後からいままで、どこでなにしてたんだろうなあ」

「なんか……不倫のうわさのある平木部長も、たしか午後からいなかったとかって……」

追及するとなまなましい話が浮かびあがりそうで、ふたりとも口をつぐんでしまった。

「あー、もう、やめやめ。とりあえずこの話はおいておこう。それより前川さんに連絡しないと」

「あ、そ、そうですね。新宿ついたらメールします」

どんよりしそうな空気を振り払うためか、あかるい声で話題を変えた利憲に、清也も調子をあわせるようつとめた。

電車に乗りこむと、利憲が「そうそう」と思いだしたように口を開いた。

「あのひとの話はやめ、って言っておいてあれだけど。例のうわさ、香川さんに伝わるように流しておいたから」

「あ……ありがとうございます」

「こっちも又聞きになってるけど、うすうす、なんか変な気がしてた、って言ってたらしいから。たぶんだいじょうぶじゃないかな」

よかった、と清也は胸を撫でおろす。

そんな話をしているうちに新宿に到着し、利憲の言った店の名前と電話番号をつぐみにメールしたところ、【いま電車のなか、あと十分で到着します】という返事があった。

それなら待つか、という話になり、十分後、駅前で無事につぐみと合流したとき、清也はなんとなく自分の身体がすくむのがわかった。

「あっ、うわさのダリさんですね！　前川です、はじめまして！」

「そっちこそうわさの前川さんですねー。よろしく、ダリこと高知尾です」

お互いにこにこしながら名刺交換をしたふたりは、ひと目で似たもの同士の空気を感じとったらしい。

「うちの佐光さんがお世話になってます」

「こちらこそ、うちの清也くんがお世話になってます」

にやっと笑うなり、しらじらしい挨拶をかわしたふたりの間で、なにか見えない会話がかわされた気がした。しかしいくらなんでも、その切りだしはないだろう。

「ちょ、やめてください、なにそれ」

どうして自分をネタにするのだ、と清也があわてれば「なにって」「ねえ」と初対面とは思えないノリで息をあわせてくる。

「いやもう、会ってみたかったんすよー。ネトゲ廃なのにスポーツマン系男前とか、どんなこゆいキャラなのとかって」

「あっはは、おれもおれも。女子なのにぼっち飯上等、それもラノベ読むためとか、どんな豪傑だよって」

けらけらと笑いながら「じゃ、いこうか」と夜の街を指さした利憲に「はーい」とつぐみは挙手し、清也はやはり複雑な気分であとをついていった。

西口方面に向かい、ガードしたを通り抜け、すこしくねった道を奥へと向かったさきに、目的の店はあった。

女の子がいるから、ということできれいめのイタリアン系をチョイスしたのは利憲で、こういう気の配り方はさすがだと思いつつ、清也はなんだかもやっとする。

「わ、こんな店あったんだ……おしゃれー」

「わりといいっしょ」

「今度ともだちときます！」

嬉しそうなつぐみも、それを眺めてにこにこする利憲にもじんわりと嫉妬するのを止められなかった。そんな自分が情けなくて、なんだか哀《かな》しくなってくる。

だがひとりだけテンションの低い清也に、利憲が気づかないわけがない。

「どしたの清也くん、しょぼんとして」

「あ……もうちょっと、ましな格好してくればよかったなって……」

つぐみはファッション誌のコーディネートかのようなかわいらしいワンピース、利憲はいつものようにスーツ姿。比べてチープな大学生のようなチェックシャツにデニムというういでたちで、浮いていることこのうえない。

「おれ、いっしょにいて平気ですか？」

卑屈になるというより心配になって問いかけると、利憲は目をまるくし、つぐみは「なに言ってんですかあ」とあきれた声をだした。

「きょうは佐光さんを囲む会なんですから、主賓《しゅひん》がいないと」

「そうそう。それにこの店、ドレスコードなんかうるさくないし、カジュアルな店だから」

ほらはいる、とふたりに背中を押され、その息のあいかたにも、なんだかまたもやっとする自分が、清也は心底情けなかった。


つぐみは、食べて、飲みまくった。昼休み、いっしょに食事をしていてわかっていたことだが、彼女は顔はかわいいのに豪快に食べる。といって、食べかたはとてもきれいなので、とにかく見ていて気持ちがいい。

そしてなにより、酒が強かった。利憲もいささか驚いたように、三杯目のおかわりをするつぐみに目をしばたたかせる。

「ぐいぐいいくねえ、前川さん」

小エビのアーリオ・オーリオをフォークできれいに巻き取り、ぱくぱくと食べながら、白ワインをがぶりとやったつぐみが言う。

「ワインなんてジュースみたいなもんじゃないですか」

「そのジュース一杯目で、すでにへろっとなってるひとの立場は？」

「……え？」

利憲の隣に腰掛けた清也は、半分も飲みきれていないグラスを手に、ほわんと間延びした声をだした。その赤らんだ顔を見て、こんどはスモークサーモンに手をだしたつぐみが苦笑した。

「まえに飲みにいったときも思いましたけど、しみじみ酒弱いですね、佐光さん」

「前川さん、このひと飲みに連れていくときは、手かげんしてあげてくれる？　あと飲み会とかあるなら、気をつけてくれるとありがたいんだけど」

まるで保護者のようなことを言う利憲に「自分で気をつけます」とすねたように言えば、ふたりがかりでたしなめられた。

「そんなこと言って、酔いつぶされたせいで変なことになったの、誰っすか」

「飲めないなら無理しても意味ないだろ？　正気なひとがいるなら、たすけてもらったほうがいいじゃん」

「う……」

なぜこんな子ども扱いを受けねばならないのだ、と清也はむくれ、やけになったようにグラスの中身を一気に飲み干す。

「ああっ、言ったはしから」

「姫キャラのくせして、へんなふうに意地張るのやめろっつうのに」

「誰が姫キャラですか。まだそこまで酔ってませんってば。ただ顔にでるだけですからっ」

むっとしたように言うと、利憲がため息をついた。自分が言っておきながら、不愉快にさせただろうかと、清也は顎を引く。だが、彼は怒るどころか心配そうな声をかけてくる。

「あのね、ほんとに真っ赤だよ？　隣にいると体温あがってるのわかるし」

「あ……」

そう言って、利憲は手の甲を頬《ほお》にあててきた。驚いて固まる清也に「ほら、熱い」と言って顔をしかめ、その手はすぐに離れていった。

「飲むなとは言わないけどさ、休憩しながらにしよう。水飲んで、配分考えて」

はい、とうなずいた清也は、やんわり叱られた恥ずかしさと、そして突然ふれられたことへの恥ずかしさもあってなおも赤くなる。なにより、このやりとりを見ていたつぐみはどう思っているのかと怖かった。

（過剰反応しすぎだよ、おれ……）

うつむいている間にも、どんどん顔が熱くなってくるのがわかり、どうしたら——とうろたえていると、つぐみが「なんか、見てて思ったんですけど」と言いだし、ぎくりとした。

「ネトゲでの相談相手ってのが、高知尾さんですよね。パーティー組んでたときも、そうやって面倒見てたんですか？」

予想と違った質問にほっとして、清也は「あ、うん」とうなずく。だが利憲のほうは、言わなくていいことまで口にした。

「面倒は見まくったかなあ。なにしろ清也くん、姫だったし」

「ちょっ……！」

「あはは、やっぱゲームでも姫キャラだったんだ？」

気づかず、つぐみはけらけら笑っている。一気に血の気がひき、酔いもさめた清也に気づいているのかいないのか、利憲は楽しそうに語った。

「大人気だったからね、うちのお姫さま。ゲーム内の求婚者もあとを絶たなくて」

「あれ、〈イクプロ〉って同性婚、システム的にOKでしたっけ？」

「もっ、もうその話はいいじゃないですかっ」

わたわたと手を振って、清也が話を止める。つぐみはけらけらと笑った。

「佐光さん、あせりすぎー。なんかまずいことでもあるんですか？」

「え、や、ない、ないけど……っ」

酒のノリなのだろうけれど、つぐみの追及がうまくかわせない。

（な、なんだろ。さっきから、なんか探りいれられてる気がするけど、気のせい？）

まさか、言葉の端々でネカマの件がばれたのだろうか。おたつく清也の様子で、なにかを察したのだろう利憲が、するりと話を変えてくれた。

「ところでさ、前川さんは〈ジェム・ファンタジア〉好きなんだっけ？　あれ、プロトタイプのほうはアニメになったけど、見た？」

「ああ、はい。あれもう最高ですよね！」

好きな話になり、一気につぐみが食いつく。話題がそれてほっとした清也だったけれども、そのあとゲームやラノベ、本の話で意気投合するふたりに、本格的についていけなくなった。

「へえ……じゃあもともとは、ラノベよりSF系好きみたいな？」

「いや、くわしくはないですよ。ハインラインとか基本のジュブナイル系は押さえてますけど。あとマニアックなとこで、『ダーコーヴァ年代記』とか好きですよ。……つっても『惑星壊滅サービス』からはいったんで、相当邪道ですけども」

利憲は「あー」と納得したような声を発した。

「そこは腐女子なチョイスだなー。あれ両性具有ネタだしね」

「へっへへ、そこがいいんですよぉ」

「作者のマリオン・ジマー・ブラッドリーって、当時にしては相当過激な女流作家だったみたいだしね。おれ、読むほうはミステリが多いからなあ……」

利憲もつぐみも、見たことがないくらいにいきいきとした表情で話しているけれど、清也はちんぷんかんぷんだった。

（言ってることが、さっぱり、わかんない……）

オンラインゲームにはまっていたし、基本的にオタクなのだろうと自分を思っていたけれど、彼らのレベルはそういう程度のものではない。古今東西の文学や小説、映画にも詳しく、「あのアニメのオマージュもとはあの映画」だの「あのラノベの種本は六〇年代の冒険小説で」

だのと、引き出しがすさまじすぎる。

「なに、前川さんロマンス小説も好きなん？　だったら横溝《よこみぞ》の『三つ首塔』いいよ、あれ思いっきり恋愛小説だよ」

「まじでー！　今度読んでみますよ！」

完全に取り残され、口をはさむことすらできない。あいまいにうなずいてみせながら、ちびちびと料理をつつき、おかわりしたワインをなめるだけ。

勝手に疎外感を覚える自分が悪いのだとわかっていても、清也はじんわりと哀しくなった。

（なんか、やっぱりお似合い……なのかも）

自分はそこまでオタク趣味ではないし、もともと趣味があうのは彼らのほうだ。そして、中身はオタクでも見た目はそれなりにスタイリッシュなイケメンとかわいい子。

なにより、ちゃんとした男性と女性だ。この店にはいるとき感じた場違いな気持ちは、まんざら的はずれではなかったのかもしれない。

――だめもとでも言いたいことは言ったほうがいいぜ。

弟の助言がよみがえるけれど、こうして現実をまのあたりにすると、自分の気持ちなど本当におかしなものなのだな、と痛感するばかりだ。

（やっぱりおれ、正廣《まさひろ》みたいに思いきれないんだな）

自分の情けなさにもしょんぼりとしていると、気づいた利憲が声をかけてきた。

「あ、ごめん。清也くんついてけない話題だったかな……」

「す、すみません。最近、佐光さんとも会社の話ばっかだったし、オタクまるだしにできたのひさびさで、つい」

ふたりともあわてたように気を遣ってくれて、清也は却って申し訳なくなった。

「ううん、ちょっと酔ったせいでぼんやりしてるだけだから」

「え、やっぱり？　平気？」

「佐光さん、お水頼みますか？」

心配して、やさしくしてくれる。ふたりともいいひとたちで、なのに哀しい。いささかやけな気分になった清也は「平気ですよ」と弱く笑ってみせた。

「それより、ふたりともあれだよね、そうしてるとお似合いだよね」

「……はあ？」

へらへらと赤らんだ顔で口走ると、利憲は微妙な顔になり、つぐみもまた変な顔をした。気づかないまま、清也はなおも自虐的な気分で言葉を続ける。

「なんか、仲よしだし、つきあっちゃうとか？」

冗談めかして言ったつもりだった。しかし完全に空気は冷えこみ、いつものようなつっこみも返ってこないことに、清也はとまどった。

「な、なに？」

凝視されてたじろぐと、利憲が深いため息をつき、かぶりを振りながら低い声で言った。

「……ないよ、それは」

「ないっすわ、佐光さん。いろんな意味で。ないっすよ。第一あたし、彼氏いますよ」

そしてつぐみもまた、似たようなトーンでたしなめてくる。理由はわからないものの、なんだか責められているような空気は感じられて、清也はどんより落ちこんだ。

「冗談、のつもりだったんだけど。ヘタでごめん……」

しゅん、としょげた清也をまえに、利憲とつぐみは目を見交わし、苦笑した。

「いいんです、佐光さんは、かわいいやさんだから」

「あー、うんうん。かわいいやさんだ」

「なにそれ？」

「そのまんまでいいってことですよー」

ふたりがかりでなだめられているのはわかる。わかるのだが、意味がわかるような、わからないようなことを言われ、どうにも納得できない。清也はますます不可解になったが、それを無視するかのように利憲がメニューをとりあげた。

「いいから気にしないで。なんかあまいもの食べる？」

「あ、そうっすね。デザートピザとかいきます？」

しかしそこでも意気投合するのは利憲とつぐみで、清也はふたたびすねた気分になるしかなかった。

＊　＊　＊

けっきょくそのあとも会話にはいりそびれたままの清也は、気がつけばへろへろに酔っぱらっていた。

酔いざましにと利憲が頼んでくれたリンゴジュースを飲んでも追いつかず、頭がふわふわして身体が重たい。ろれつもまわらず、顔が熱くて、自分が立っているのか寝ているのかすら判別できなかった。

「ねえ佐光さん、だいじょぶですか?」

「んー……わかんにゃ」

かくん、と頭が落ちる。このまま寝てしまいそうだとぐらぐらする清也の耳に、遠くで誰かがしゃべっているような、あいまいな音が聞こえてきた。

「まじで飲ませないようにしないとですよねえ、これ……」

「でもさあ、グラスワインたった一杯、あとサングリア一杯でこれって相当弱いですよ?」

「根本的に飲ませないほうがいいってことかも」

どうやら心配されているらしいが、夢うつつの清也はどこまでが現実なのかよくわからない。うらうらと揺れながらどうにか立っていると「ああもう、危ない」とぼやいた大きな手に腰を支えられた。

「……としのりくん？」

かすむ目をこらして見あげると、なかば抱きしめるようにした利憲が眉をひそめている。

「うん。ほら、ちゃんと立って。無理ならこっちもたれて」

「としのりくんは、だりさん？」

「はいはい、そうですよ」

肯定されたとたん、清也はぱあっと顔を輝かせて「だりさんだあ」と広い胸にもたれかかる。ぎょっとしたように相手が身をこわばらせた気がしたけれど、スーツの胸元から漂う香りに夢中で、そんなことはどうでもよかった。

「ちょ、なんで清也くん、におい嗅《か》いでんの」

「ふふふー。なんか、いーにおいする」

「身だしなみに、ふつうに香水つけてるから……って前川さん、このひとやばくない⁉」

べったりとへばりついた清也の後頭部に、細い指がふれた。

「なんか主任に食われたんだか食われかけたんだかの理由が、よくわかった気がするっす。てかほんとにいるんですねえ、よっぱでかわいさが増すひと」

どうやらつぐみに、頭を撫でられているらしい。よしよし、とされているようで気分のいい清也はふにゃりと笑ったが、なぜかその細い手はすぐに遠ざけられ、大きな手に入れ替わった。なんで、と清也は首をめぐらせようとしたが、固定されて頭が動かせない。

「おう……うすうすわかってましたが、そういうことですか」

「まあ、そういうことですよ」

こりゃ失敬、とつぐみが笑った気がしたあと、ほんの一瞬、清也の意識は途切れる。


「……あれ？」

そして気づくと、見知らぬ天井を眺めながら、ぼんやり床に転がっていた。

「お、起きた？　清也くーん。意識ある？」

「ふぁい……？」

「まだへろってんなあ。わかる？　ここ、おれのうち」

なんどか微妙に不毛なやりとりをしたのち、清也は利憲の家に泊めてもらうことになったらしいと知れた。

「としのりくんち、はじめて、きました」

「まあね。てか清也くん。お水飲んでお水……あああ、こぼしてるこぼしてる！」

「ごめんらさい……」

とにかく水分をとれ、と渡されたコップの水を見事にボトムにぶちまけていた。

「ちょっとほら、あー動かないで、たれるからっ」

ひんやりした感触にも反応できず、ぐらぐらする首をこてんと倒して、利憲に問いかける。

「ずぼん、脱いれいい？」

「……しかないでしょ。ほらさっさと……って寝るな！　ほらメガネ、危ないからとって！」

ボトムを引き下ろしたところで、清也の電池は切れてしまう。顔からメガネをはずされ、こてんとフローリングにひっくり返った身体が不意に浮きあがる。どうやら、誰かに抱えられたらしい。

（あれ、これって）

お姫さま抱っこのポーズだ。けれどもしかしたら夢かもしれない。だってなんだか抱きしめられている時間が長い。

そしていつの間にかベッドに転がっているし、なぜか隣に、利憲が寝ている気がする。

「……としのりくん」

「はいはい、なんですか」

ぽんぽん、と肩をたたかれ、寝つかされていることはわかった。ころりと寝返りを打つと、利憲の顔と向かいあう。

ぼうっとした目で見つめても、やっぱり彼はハンサムだ。そしてアルコールで全身が鈍っているのに、どきどきする心臓だけはやけに鋭敏だった。

「あのね、おれね、さびしかったれす」

「ん？」

なにが、という顔をする彼をじっと見つめたまま、ひく、としゃっくりをしてつぶやく。

「まえかわさんも、いいひとれ、なかよくしてて、うれしいけど……さみしかった」

「……清也くん？」

「おれも、としのりくんともっと、なかよく、した……」

いよいよ舌が重くなり、意識がどろんと鈍っていく。

（ああ、また寝ちゃう……）

泥酔している状態と、夢うつつの状態はひどく似ている。ずっと頭を撫でられているような気がしてとても心地よく、清也はくふふと笑った。

「……それ、すき」

「それ？　って、これ？」

なでなで、と髪を撫でつけられて、目を閉じたまま「うん……」とうなずく。

「気持ちいい。それしてくれると、もっとすきになるから、困るけど」

「……頭撫でられると、好きになっちゃうの？」

「うん。だりさん、やさしくて、だいすき……」

これくらいなら口にしてもかまわないだろう。あまったれた声でつぶやくと、近くにいる大きな身体がこわばったような気がした。

まぶたが、糊《のり》づけされたように開かない。身体がすうっとどこかに落ちていく感じがあって、ああ、寝た、と清也は思った。

とてもいい気持ちだった。左由美のことがあって以来、こんなに酔ったことなどない。

(酔っぱらって寝るのって、気持ちいいんだなあ)

今度から眠れないときには酒に頼ろう。ゆるみきった頭で危険なことを考えていると、なにかにぎゅっと圧迫される。

いやな重さではなく、酔いで血流のよくなった身体がちょうどいい感じに締めつけられて、ほっと息をついた清也は、あまい声を耳にとらえた。

「……おれもサヤさん、好きだよ」

利憲が、そうささやいて抱きしめてくれている。あり得ない、と思ったあとで、ああそうか、と思った。彼はもう、自分をサヤとは呼ばない。だからこれは現実ではなく、願望が見せたものなのだ。

(なんだろこれ、すっごい、いい夢……)

利憲の大きな身体に抱っこされていると、なにも怖いものはない気がした。安心できて、護《まも》られていて、身体中の力が抜けていく。ずぶずぶと、底なしの沼に落ちていくような墜落感。それを強い腕がしっかり支えてくれている。

「サヤさん、酔っぱらってるとくにゃくにゃでかわいいね」

「ん……、おれ、かわい？」

「かわいいかわいい。舌っ足らずなのとか、すげ萌える」

不意に、唇にやわらかいものがふれた。キスだと認識して、清也は驚く。

「ちゅーした？」

「うん、した。サヤさんかわいいから」

耳をくすぐりながらささやかれ、ああ、やっぱり夢なのだという確信を深める。

（都合よすぎだ。どんだけなんだろ、ほんとに）

起きたらきっといたたまれなくなっているだろう。それでもいまはこの、自分の願望まるだしの夢に酔っぱらっていたいと、清也は抵抗なく唇を受けいれた。

「ん……」

ちゅ、ちゅ、と何度も唇をついばまれてくすぐったかった。それよりも、ひさしぶりに聞いたかわいいという言葉が嬉しかった。

「うれし……」

「んー、なにが？」

「かわいい、って。まえはいっぱい、言ってくれたから」

頬を撫でられ、手のひらに顔をこすりつけるようにしてあまえる。抱擁が強くなり、さらに距離が近づいた。全身があたたかいものに包まれていて、いいにおいがする。安心しきった清也の耳に、低いささやきが届けられた。

「かわいいって言われるの好き？」

「……うん、おれは、かわいくないから」

しゅん、と眉をさげてつぶやく清也の髪を、あたたかな手が何度も撫でる。

「なんでそう思うの？」

「ほんとにかわいかったら、素直だったら……おとうさんたちも、おこらせなかった。まさひろにも、きらわれなかったのに」

夢特有の脈絡のなさで、清也はいきなり哀しくなった。肩を落としていると、さきほどまでのあまやかす響きとまるで違う、詰問するような声がした。

「……マサヒロって誰？」

思いがけない厳しい口調に、清也はびくっとした。そして身をこわばらせ、広い胸に腕を置き、距離をとろうとする。

「だりさん……おこってる？　おこらせた？　ごめんなさい」

怯えたような清也の声に、彼はすこしあわてたらしかった。逃げるように縮こまる清也の身体をつかまえなおし、もういちど抱きしめてくる。

「あ、いや、怒ってない。ただ、誰かなって」

「弟……ずっと仲悪かったんだ。でも、おれがわるいから」

べそべそと洟をすすった清也に、なぜか彼はほっとしたように息をついた。「なんだ、弟か」と聞こえ、思考回路がとっちらかったままの清也はますます哀しくなる。

「なんだって、なに？　まさひろ、おれのことをきらいなんだよ？」

「いや、この間の話だと仲直りしたんじゃ」

そんなことはどうでもいい。思いだして哀しいのはいまなのだ。すねたように唇をかんだ清也は、どうしてわかってくれないんだ、と涙ぐむ。

「ダリさんだって、おれのこときらうよ……」

唐突で、意味もつながっていない。ふつうなら、しつこい、と言ってもいいはずの酔っぱらいの繰り言だ。けれど叱りもあきれもせず、ぎゅっと抱きしめてくる相手は、さすが夢としか言いようがない。

「きらわないよ」

「ほんと？　ほんとに？」

念押しをすると「ほんと、ほんと」と言いながら頭を撫でられた。嬉しくて抱きつき返すと、くすくすと笑う気持ちいい声が耳元に吹きこまれる。

「あまったれなんだなあ、サヤさん」

「え？　おれ、あまえたことないよ……？」

いつもいいこで、いいお兄ちゃんでがんばってきたんだよ。まるで幼児のようなたどたどしさで清也はつぶやく。

「でも、弟はわるいこでも、きらわれないんだ。だって本当の子どもだから。おれは、おにいちゃんだし、いいこにしてないといけなかったから……本当はきらわれてるから……」

かつて敦弥《あつや》に投げつけられた言葉は、存外深くまで刺さっていたらしい。

――正廣とは似てないもんね。正廣も清也くんのこととかきらいなんだってさ。

中学生のとき、真実を突きつけられて哀しくてたまらなかったときと同じ気持ちがよみがえり、清也は洟をすする。

「あれからずうっと、なに信じていいか、わかんない。おれって、なんだろ」

自分がもらわれてきた子だと知ったときのショック、敦弥に言われた「本当はいらない子」という言葉、荒れて反抗した自分を見つめる家族たちの目――。

「でも、けっきょく、いいこにもできなかった。だから、みんなにきらわれてもしょうがないんだ……」

いっぺんに襲ってくるマイナスの記憶に泣きそうになっていると、震える身体をさらに強く抱きしめられた。

「……寂しかったんだ？　でも弟くんも、ご両親もきっと、サヤさんのこと好きだよ」

「そうかなあ？　でもおれ、迷惑かけちゃったし」

いいこでもなくなっちゃったし、変なひとには好かれてるし。

酔っぱらい特有の理屈で思考が飛んだ清也は、左由美の恐怖を思い出してぶるっと震えた。

「こわいことばっかりで、もうやだな……」

いっそ消えたい――そうつぶやいたとたん、大きな身体が清也の気持ちをつなぎとめるように、しっかりと抱きしめなおしてくる。

「消えたらだめだよ、せっかく、いろいろがんばってるだろ」

「うん、でも、あのひとずっと怖いまんまだよ」

最近はとくに、なにを考えているのかわからなくて怖い。ひんやりとする胸をこらえるように身を縮めると、やさしい腕がますます強くなり、冷えた身体をあたためるように、密着度も増した。

「ここにいたら怖くないだろ」

「……うん、あったかい。でも」

「でも？」

よしよし、と頭を撫でる手にそっとふれて、おずおずと指をからめた。

「ダリさんにも本当のおれのこと、知られたら、きっとこんなふうにしてもらえないんだ」

ニセモノの『かわいい』だから。『サヤ』は本物じゃないから。つぶやくと「でもきみは、サヤさんだよね?」とどこかおかしそうな声が聞こえる。

「名前をそう名乗ったってだけで、偽物じゃない。サヤさんの気持ちは、きみそのものだ」

「……そうなのかな?」

そうだよ、とささやいた声が、またあまくなる。いつの間にか手足はからんで、ぴったりと全身がくっついていた。

「サヤさんはかわいいよ。すっごく、めちゃくちゃかわいい。おれはきらいにならないよ。大好きだよ」

「ほんと?」

「ほんとほんと。だからもうちょっと、しようね」

なにを、と言いかけた唇がふわっとかまれる。「ん?」と声をあげた清也は、「いいから、そのままたるんとしてて」とキスをしたままささやかれた。

(口ふさがってるのに、なんでしゃべれるんだろ……って、そりゃそうだ。夢だこれ)

変なふうに納得したせいで、舌がはいってきても、清也は拒まなかった。ディープキスなどしたことはなかったけれど、酒のあまいにおいがする彼の舌は気持ちがよくて、熱っぽくなった口腔《こうこう》をなめまわされるとうっとりした。

「ん……サヤさん、舌だして。べーって」

「ふぁい……んむ、ん、ん、ん」

いいこだね、と笑った唇から、同じようにでてきたものが外気のなかでからみあう。くにゅくにゅと動くそれに舌の先端を押しつぶすようにされると、どうしてか勝手に脚が開いて、勝手にもじもじしはじめた。

「おなかのとこ、なんか、かたい……?」

「ん、ごめんね。生理現象だから」

「ふうん?」

よくわからない、と首をかしげる。わからなくていいよと、彼が笑った。

(あれ、これ、夢……だよな?)

ゆらゆら、意識がたゆたっている。耳にはいるすべてが、水のなかで聞く音のようにどこか不鮮明で、遠い。

目をあけても、ぐにゃりぐにゃりと光景が歪《ゆが》む。ひどく遠かったり、近かったり。光に色がついて見える気すらする。

だからやっぱりこれは夢なのだ。ひとり納得する清也の耳に、やわらかいなにかがふれた。

「脚、つるつるだけど剃《そ》ってるの?」

んーん、と清也はかぶりを振った。もともと体毛は、かなり全身の色素が薄いこともあって目立たない。すねにも産毛程度しか生えておらず、腋《わき》や股間《こかん》に至っては、ひとに見られるのが恥ずかしいくらいの状態だった。

「恥ずかしいって、どの程度？　見たい」

「あ……あ……やだ」

くるんと寝返りを打ち、背中を向ける。だが距離をとるまでには至らず、あちこちを撫でまわしてくる指からも、腰を抱きしめてくる腕からも逃げられない。

「おしり、なでたら、や……」

「いや？　きもちわるい？」

「んん……んんっ」

後頭部に息がかかるほど近い位置にいる彼がくすくす笑って、そう問いかけてくる。んん、とうなって身をよじると、裸の腹を撫でていた手がじわじわうえにあがってくる。

「おっぱいも、ちょっと勃《た》ってる。さわっていい？」

「んあ、あ、あ、……だ、だめ」

さっきから何度もだめと言っているのに、聞いてくれない。やだ、と長い前髪がぱさぱさするほどかぶりを振っているのに、うしろからまわされた指で乳首をつままれた。びり、と電流のようなものが走り抜け、清也は唇をかみしめる。

（なんだろ、これ）

こんなところが感じるなんて、自分は女の子だったんだろうか。そうかもしれない。だってずっと彼は、「サヤさん」と呼んでいる。ゲームのなかのお姫さま。女の子のアバターは、簡略化されていても胸が膨らんでいた。

(なら、いいのかな)

気づくと、背中から抱っこされたまま両方の乳首が指でいじられていた。ふ、ふ、と息を切らしながら長い指がいじる赤い突起を見つめる。つまんで、引っぱって、ときどき転がしたり、指ではじいたりして、いろんな動きをするものだな、と思う。

でもおかしい。アバターのサヤにはちゃんと、もっとふくらんだ胸があったのに。

「あのね、おっぱい、ちっちゃいよ……? これじゃ、もめないよ?」

ぼうっとしたまま、なんでかな、とつぶやくと、背後にいる大きな身体がぎくっとこわばった。そして腰のあたりに押しつけられた硬いものが、さらに硬くなった気がする。

「もんでも、いいの?」

「でもぺたんこだから、できな……ふあっ」

胸の薄い肉を、大きな手のひらが腋からよせるようにしてつかむ。ちょっと痛くて、でもそれがなぜか気持ちよくて、身体が仰け反《の ぞ》った。「ふぁああ……」と声と息が半々にまじったものが口からこぼれ、耳がちりっと痛くなる。

「声、えっろ」

「え、え、や……ごめん……?」

「いいよ、もっとおっぱいいじめるから、もっと声だして」

「う、うん」

よせたところで、せいぜい第二次性徴のはじまった少女程度にしかならない薄い肉を、ぐにぐにといじられた。中指で乳首だけ押さえつけられ、ほかの指で捏《こ》ねるようにされると、その感触そのものよりも見おろした光景がいやらしすぎて、清也は腰をくねらせてしまう。

「もまれるの気持ちいい？」

「あ……ん、ん、きも、ちい」

「じゃ、違うとこもんでもいい？」

どこ、と問うよりさきに、片方の手が背後にまわった。下着のうえからふたつのまるみの狭間《はざま》をすべり、奥に向かって撫でおろしてくる長い指が、股間の根元にちょんとふれる。

どこかふわふわしていたいままでの快感とは桁違いの、びりりという刺激に清也は怯えた。

「……や」

「いや？」

「や、だ、め、だめ」

背筋に、やわらかいものがふれる。さっき口のなかをさんざんもてあそんでいった舌で、骨のラインに沿ってまっすぐに撫でおろされる。そして指も同じで、清也のまんなかだけを彼のすべてが撫でつづけている。

「ふくふくしてるとこ、ちょっと硬くなったね」

「あぁあ、あ、あ、あ」

「声も、いいよ。もっと感じて……」

やだ、と逃げるように転がり、うつぶせになった清也はぎゅっと尻をつかまれ、びくんと跳ねる。両手の親指がふたつのまるみを拡《ひろ》げるようにして、もっと奥にある場所をつついた。

「え、や、だめ、それ、だめ」

「だめって……でも、勃ってない？」

「え……」

ほら、これ。吐息だけのささやきと同時に、妙に突っ張る下着のまえをまさぐられる。硬くしなったものを握りしめられ、清也は思わず声をあげた。

「すごく反応してる」

「――うあ、ああんっ！」

その声は、いままでのものと違ってくっきりと明瞭な響きを持っていた。濡《ぬ》れてかすれ、けれども女の子のそれのように高いものではない。

（え、なんで。男の声だし、それに……）

痺《しび》れるような熱、解放を求める欲求。これは違う。これは『サヤ』の持つべきものではない。なにより男の手に握られて、喜んでいいわけがない。

（あれ？　それとも、うしろにいるの……オトコじゃ、ない？）

一瞬、左由美のことが頭をよぎってぞくりとする。だが背中に当たる広い胸も、自分の脚にからんだ長く筋肉質な――そしてそれなりに体毛の生えたすねも、男のものでしかないと認識してほっとする。

やっぱり男性だ。それはいい。でも清也は『サヤ』ではない。これはおかしい。

ふわふわしていた意識のなか、妙に理論立てて考えたとたん、夢のなかだというのに正気づいて清也は哀しくなった。

「……おれ、おんなのこじゃないよ」

「え?」

「おとこでもいやがらないのかな……でもおかしい、よ……?」

つぶやく声は、またろれつがまわらなくなっている。そしてその言葉を発したとたんに、身体にふれていた熱いくらいの腕も、すっと離れていってしまった。

「さむい……」

ほとんど声にならない声でつぶやき、清也はちいさくまるくなる。気持ちのいい夢は霧散してしまい、あとはただ泥のような眠りに落ちていくだけだ。

――ごめんね。

どこか遠いところでささやかれた、悔やむような言葉だけが、やけに耳に残った。

＊　＊　＊

目がさめた瞬間、清也が感じたのは強烈な既視感だった。自分の部屋とは違う、まだ新しい天井。シンプルなかたちのランプシェードがついた照明器具。やけに腫《は》れぼったい気のするまぶたを何度かしばたたかせ、いったいいつどこでこれを見たのか、そしてここはどこなのか――と、ぼんやり考えたのち、コーヒーの香りで一気に頭が覚醒する。

「お、起きた？　よかった。ぼちぼち昼近いよ」

「え……あ、え？」

ひょいと顔を覗《のぞ》きこまれ、それにもデジャブを感じていたが、ほがらかな声が「コーヒー飲む？」と問いかけてきて、なにかが違うことを悟る。

「よく寝てたんで起こすのためらってたんだけど」

手にマグカップを持った利憲が「おはよ」と微笑みかけてきて、ようやく現実を認識した清也は目を見開くなり、唐突にがばりと飛び起きた。

「うお、あぶねっ」

清也の頭と激突しそうになった利憲が、上半身を反らしてよける。「ごめんなさい」と言いかけて、妙に脚がすうすうするのに気づく。

（え、なんで）

はっと見おろすと、上半身はインナーのシャツ一枚、下半身は下着のみという格好だ。「わあっ」と叫んだ清也は上掛けで腰からしたを覆ったが、とたん、ぐわんという痛みが走り、頭を抱える羽目になる。

「う、ぐ……っ」

「はは、やっぱり宿酔《ふつかよ》いか」

「あ、あ、……なん、なんで？　ここは？」

すさまじい頭痛に顔をしかめたまま問いかければ「あれ、覚えてないの」と利憲が目をまるくした。

「きのう、清也くん完全に酔っぱらって帰れないから、うちに泊めたんだよ」

酔いざまし、と渡されたコーヒーの苦みに、ゆっくりと記憶がよみがえってくる。

「あの、おれ、した……なんで……」

もぞもぞと布団のなかで脚をこすりあわせ、妙な違和感に気づいた。

「ああ、ジーンズ？　ゆうべ、清也くん、水飲ませようとしたら思いっきりこぼしてさ。なかまでびしょびしょだったんで、おれの着てないパンツ、あげたんだよ」

「えっ……えっ？」

ぎょっとしてなかを覗けば、たしかにきのう穿《は》いていたのと違う下着だ。利憲が水を飲ませようとしてくれたところまでは、うっすら記憶にある。だが、そのあと――添い寝をした利憲に抱きしめられ、キスをされ、どころかあれやらこれやら、大変なことをされてしまった気がするのは、どういうことだ。

（あれって……どっち？　夢？　現実？）

ぐらぐらしながら冷や汗をかいていると、利憲があっけらかんと言った。

「濡れた服のほうは、ゆうべ洗っておいた。自動乾燥機つきだから、もう乾いてると思うけど……どしたの？」

「も、も、もしかして、パンツ、あの、その。と、と、利憲くんが？」

あれが現実であれば、たぶん下着が汚れていたはずだ。もしかしてそのせいで洗濯をさせたのだろうかと思ったが、利憲はさわやかな顔で言い放つ。

「ああ、心配しないでも自分でちゃんと着替えたから。ただ、スウェットかなんか寝間着を貸してあげようと思ったんだけど、そのまえにベッドに倒れこんで寝ちゃってさ」

「え……」

それは記憶と違う。ということはやっぱりあれは、夢なのだろうか。そして見まわした、2LDKを続き間にしてある部屋のなか、ふたりがけのソファにたたんだ夏用上掛けが置いてあるのに気づいた。

「ひょっとして、おれ、ベッド占領しちゃったんですか」

「あー、うん。大の字で寝てたから、起こすの忍びなくて」

　青ざめた清也に「気にしなくていいから」と彼は言うけれど、長身の利憲にあのソファではとても狭くて寝られたものではなかっただろう。心底申し訳なくなりつつ、どうしても気がかりで、清也はおずおずと問いかけた。

「あの、利憲くん。きのうのこと、おれ覚えてないけど、変なこと言わなかった？」

「変ってなにが？」

「……いや、なにもないなら、いい、です」

　けろりと笑う利憲の顔が見られず、清也はまた頭を抱えた。宿酔いがひどいと思ったのだろう、「だいじょうぶ？」とやさしい声をかけられ、ますますいたたまれない。

（もう、おれ、ほんとに最低だ……！）

　いくらなんでも酔っぱらって醜態をさらしたうえに、自分に都合がいいばかりの、それも性的な夢を見るなんて、どうかしている。穴があったらはいりたい、いっそ埋めてほしいと煩悶《はんもん》していた清也に、「頭痛薬飲んだほうがいいかなあ」と利憲が心配そうに言う。

「いや、それは、平気だけど」

「でも顔色真っ青だよ」

　これは厳密にはアルコールの余波ではなく、それによって危うくなった理性と妄想に悶《もだ》えているのです、とはとても言えず、清也は押し黙ったままでいた。幸い口数がすくないのは頭痛のせいだと思ってくれたようで、あまり深くは追及されなかったが、「ただ、あれだね」

と利憲は眉をさげてみせる。

「清也くん、ほんとにお酒弱すぎる。気をつけないと」

「はい……とにかく酔うとそのときの記憶、ほとんどなくなっちゃって」

今回がいい例なので。都合よく忘れてしまいたい部分をごまかすため、しどろもどろになって言うと、利憲は「あー」と顔をしかめた。

「もしかしてまえに、あの上司ってひととホテルいったときも、こんなだった？」

「たぶん、そうです」

だらしない状態を見られた恥ずかしさから、清也はうつむいた。とたん、顎に手をかけられてぐいと顔をあげさせられる。

「な……」

「話すときはちゃんと目ぇ見て話そうね。気弱そうにしてると、またつけこまれる。ね？」

にこっと笑う利憲は、たしかにしっかりと相手の目を見て話すタイプだ。だが清也のようなコミュニケーションを苦手とするタイプにとって、そのハードルはおそろしく高い。

まして昨晩の濃密な夢を見たあととあっては、心臓が破れそうなくらい苦しくて、青ざめていた顔は隠しようもなく真っ赤になった。

「……ん？　そういえば清也くんって、メガネかけなくても目ぇ見えるの」

「あ、は、はい。すこし近視気味な程度で、そんなに悪くは」

話しながら、なぜか利憲は清也の顔から手を離さなかった。寝起きで、まだ顔も洗っていなくて、目やにとかついていたらどうしようとあせっていると、腫れぼったいまぶたのはしを親指がそっと撫でていく。

「じゃあやっぱ、ほとんどダテ？　きのうはずしてあげたとき、あんまり度がはいってなさそうな感じはしたんだけど……でもファッショングラスにしては、最初に会ったころとか、変なのかけてたよね」

「や、あの、ダサく見えるように、わざとっていうか、顔隠そうと思って……前髪も」

ああ、と利憲はため息をついて「それも主任対策？」と苦い声で言った。

「ただ、あんまり効果ないって、正廣にも言われたんですけど。なんか、オフの日のビジュアル系ミュージシャンみたいだ、とか」

「んー、弟くんの言うのに一票かなあ。多少地味な格好してるなあって程度で、顔まで変わるわけじゃないからねえ」

もう一度、ついっと頰を撫でて指が離れる。ほっとしながら、清也はいまのやりとりに微妙な違和感を覚えていた。

（あれ、おれ、利憲くんに正廣の名前教えてたっけ？）

もしかしたら、流れでいままで話したような気もするが、自信はない。なにしろゆうべの記憶は半分ほど吹っ飛んでいるし、どうやって店からここまで移動したのかもまるっきり覚えていないのだ。

「ところで清也くん、なんか食えそう？　適当に、ピラフでも作ろうと思うんだけど」

もやもやと思い悩んでいた清也は、その言葉で顔をあげる。

「え、利憲くん、料理できるんですか」

「料理ってほどじゃないよ、ひとり暮らしだから自分用のめし作るだけ」

「でもすごい。おれ、母にぜんぶやってもらってるから……」

なんだか恥ずかしくなってぼそぼそと言うと「必要に迫られればやると思うよ」と利憲はあかるく笑い、台所にたった。なにかできることはないかと問えば「じゃあ野菜洗って」とタマネギとジャガイモを渡される。

「あと冷凍庫にシーフードミックスあるから、このボウルに塩水作って、つけてくれる？」

「は、はい」

子どものお手伝いだ、と思いながら、言われたとおりシーフードを塩水につけ、米をとぐ利憲の隣でもたもたと野菜を洗い、タマネギの皮を剝《む》いた。

「そういえば、ひとり暮らししたいって話、どうなったの？」

「弟のほうがさきに、そうするって話つけちゃったみたいで。なんかタイミングなくて」

じつの息子である正廣がひとりだちし、養子の自分が残っているのも妙な話だとも思う。

しかし、せっかく歩み寄れた家からいまでていくのもどうなのだろうと、ためらう気持ちがあるのも事実だ。

「いいんじゃないかなあ。もともと、居場所ない気がするっていうんで、そとにでてみたかったんだろ？　いま、やりなおしができるならあせることはないよ」

ときおわった米をざるにあげた利憲は、手早くタマネギをみじん切りにすると深めのフライパンにバターとオリーブオイル、チューブニンニクを絞って放りこみ、具材を炒《いた》めはじめる。そのあと米をくわえたので、清也は目をしばたたかせた。

「お米……炊《た》かないんですか？」

「このまま炊くよ？　ピラフはさきに米炒めるの」

慣れた手つきでフライパンをふるった利憲は、最後に水とコンソメキューブをくわえ、沸騰させたのちに蓋《ふた》をしめ、タイマーをセットした。

「あとは炊きあがりまで待てばOK。んじゃスープ作っちゃおうか」

タマネギの残りとジャガイモ、ベーコン、キャベツを使ったスープも、こちらは清也が手だしする間もなくあっというまに完成する。「はー……」と清也がため息をつくと、利憲は「感心するようなもんじゃないから。半分インスタントだし」と苦笑した。

「おれのモットーは調理に三〇分以上かけないことだから、手抜きだよ」

「でもすごいです。フライパンでごはん炊けるとか知らなかった」

まじめに言うと「清也くん、箱入りだなあ」と利憲が噴きだした。

「ま、でもこれでいっこ覚えたろ。調理器具はフライパンと鍋といっこずつありゃ、どうにか食べていけます」

「……パン焼くのとか、どうするんですか？」

「バターしいてフライパンで焼けばいいよ。トースターと違う焼きあがりでうまいよ？」

ほー、とまた感心する清也に、利憲は微笑ましいと言いたげな目を向けてくる。そして、ふっと息をついてつぶやいた。

「ほんとに清也くん、純粋っつうか。うっかりすると悪いひとにだまされそうだなあ」

「そ、そんなことは……」

学生時代は、これでもしっかり者でとおっていたのだが、ここ数年、情けない状況が続いているのは事実だ。うなだれると、大きな手が後頭部をぽんと軽くたたいた。

「そのまんまでいいよ。てか、そういう清也くんだから、たすけようって思う人間がでてくるわけだからさ」

「でも、それじゃ情けないです」

うなだれた清也の髪を、利憲はやさしく撫でた。

「あのさ。サヤさんがなんでモテてたか、清也くんわかってた？」

「かわいこぶって、いかにもな姫キャラやってたから、でしょう」

苦い思いをかみしめながらつぶやいた清也に「ちょっと違うんだよね」と利憲は言った。

「これ悪くとらないでほしいんだけど。わりと天然っていうか、素直だったから。頼りなくてほっとけなかったんだよね」

「頼りない……ですか」

養子とはいえ長男としてやってきたつもりの清也からすると、アイデンティティが崩壊しそうな言葉だった。しかし自分が〝しっかりしたお兄ちゃん〟などではないことは、この一年あまりで思い知った。

「悪い言葉尻だけ拾わないでね。嘘つけなさそうな子だな、いいうちの子なんだろうなって、みんな感じてたから。……いやみじゃなくてね」

身をこわばらせた清也のためだろう、最後の言葉はすこし口早につけくわえられた。清也はさきんじられて、自虐を口にすることもできない。

「たしかにプロフは嘘ついただろうし、ちょっと作りはしたと思うけど、案外ね、ヴァーチャルの文字情報でも性格ってわかるもんだよ。すくなくとも一年も〝キャラ〟だけでやってけない。そのときどき会話して受け答えしたのは、誰でもない、なかのひとだった清也くんだろ」

「……はい」

「弟くんも、目標に向かって邁進《まいしん》するタイプだろ。兄弟それぞれ、そういうまっすぐな性格に育てた親御さんたちはすごいと思う。話聞いてる限りでも、きみがやりなおそうってしたら、ちゃんと受け止めてくれてるよね」

こく、と清也はうなずいた。

「いろいろあったみたいだけど、それはちょっと反抗期が長引いて、こじらせただけだと思うんだ。悪かったたって反省するところがあるなら、やりなおせばいい。あんまりあせらなくていいよ。いっこずつで。待っててくれるひとはいる」

またうなずいた清也の頭を、利憲がぽんぽんと撫でる。ああ、またそうやってやさしくするから、好きになってしまうのに。とっくに好きだから、もっと深く気持ちがとらわれてしまうのに。

「はは、すねた。かわいい」

恨みがましく上目遣いににらんだつもりだったけれど、あまやかすような目つきをして見つめてくる利憲に、心臓がきゅうっと音をたててつかまえられただけだ。

「か、かわいいはやめてください」

「ほめたのに」

くすくす笑って、大きな手は離れていく。指さきが一瞬だけ耳をかすめた気がして、清也はぶるっと震えた。

「ただね、箱入りはいいにしても、ほんとに酒にだけは気をつけて。あぶないし」

わかった、とうなずいた清也に、利憲は「じつはきのう、ケータイに電話あってね」とため息まじりに言った。

「え、誰から?」

「きみの電話に、弟くんから。何度も鳴ってて、でも清也くん起きなくてさ。なにかあったらと思って電話とったら『ダリさんっすか』って。なんか、お母さんが心配してかけろってうるさかったって」

「な……」

清也はかあっと赤くなった。いい歳《とし》をして、無断外泊のひとつもしたことがないとは、どれだけ子どもだと思われただろう。だが利憲の顔は真剣で、笑っていなかった。

「夏ごろ、弟くん事故にあったりしたんだろ。それで心配したみたいだったよ」

「……あ」

敦弥の事件については、利憲には概要しか話していない。あまりに複雑なうえに警察沙汰にまでなったあたりは、清也自身把握しきれていなかったというのもある。だがその顔を見るに、正廣はおおよそのあたりを彼に話してしまったらしい。

「清也くんが、なんでそんなに不安がるのか、ご家族がどうして心配するのかも、それでだいたいわかった。それから、あの主任ってひとにやられるがままに、孤立しちゃった理由も」

「理由?」

「敦弥、だっけ。そいつにある意味、長い時間かけてマインドコントロールされてたようなもんだよ。誰も信じるな、誰もおまえを好きじゃないって。中学生のときから十年以上だろ、弟くんとも仲違《なかたが》いするようにしむけられて」

痛い過去にふれられ、清也は反射的にびくっとした。意味もなく逃げ場を探すように目が泳ぎ、それをつかまえるかのように利憲は手を握りしめてくる。

「たぶんね、そいつと、あの主任ってのは同じタイプだ。支配欲がとにかく強い。徹底的にきみを管理したがってる。時間を縛りたがってるのが、いい証拠だ」

敦弥は自分が推奨したオンラインゲームに清也がのめりこむようそそのかし、生い立ちのことで揺さぶりをかけた。左由美は昼夜なくメールを送り、社内で叱責をあげつらうことで恥をかかせ、気力を奪った。

「どっちも、きみと他者との関わりを切るため画策してる。目的とする着地点は違うかもしれないけど、自分の言うことだけを聞かせたいのは同じだ。で、清也くんはいちど、敦弥にそれをやられちゃって、いまでもある意味そこにとらわれたまんまだ。立ち直りきれないいまだから、同じタイプに目をつけられたんだと思う」

「……なんで、そんな変なのにばっか……」

うめいた清也の手をぎゅっと握りしめ、利憲は言った。

「清也くんがきれいだからだろ」

どきりとして、とっさに身体がこわばった。目をまるくした清也に「変な意味じゃなくて」

と利憲はつけくわえる。

「顔もね、きれいなんだけど。こう、汚《けが》したくなる感じなんじゃないかな」

「え……」

「だから赤くなるなよ、変な意味じゃ……いやでも、主任ってひとの場合はそれもあるか」

ふっと苦い顔をした利憲は、うまく言えないな、と天井を見あげた。

「んん、なんていうか、性格？　さっきも言ったけど、素直なんだよ。ひねてるやつからすると、それがまぶしいんだ。だから同じにしたくなるんじゃないかな」

「でもおれだって、そんないいこちゃんってわけじゃないのに」

うじうじしているし、根が暗い。ひとりじゃなにもできないし、ものも知らない。母や弟、ものにもやつあたりした。ネガティブな部分をとりあげていけば、いくらだってできる。

そう言ったのに、利憲は「でも、がんばるだろ」とあっさりいなした。

「知らないこと知ってるふりはしない。反省もするし、ひとに助言されたら素直に聞くよね、それで努力する。前川さんのときとか、一生懸命アニメ見たり」

利憲はつぐみと仲よくやってみろと言われたときのことを例にあげた。

「あといちど信じたら、まっすぐ信じるだろ」

「それは、おれ、自分がもの知らないのは知ってるから。教えてくれるひとは貴重だし」

「そこをナチュラルに自覚できてる人間って、案外すくないんだってば」

くすくすと笑って、利憲はつないだ手のうえにもう片方の手を重ね、ぽん、とたたく。

「こういうふうにさ、頼ってくれてるなあと思うのは、気分いいんだ」

「え……わっ」

気づかないうちに、すがるように利憲の手を握りしめていた。あわてて離そうとしたけれど、彼はぎゅっと力をこめて、それを許さない。

「姫キャラ、って前川さんも言ってたけどね。なんかこの子たすけてあげたいなあってひとに思わせるのはある意味、得な性質なんだ。ただ、たぶん清也くんの場合は、『自分だけを信じさせたいって、悪くも、そう思う人間をよせつけちゃう。よくも悪くも』

「いまのところ、悪くも、なパターンが多いんですけど」

「だねえ。……おれもそうかもよ?」

ちょっと悪い顔をして笑った利憲が、顔を近づけてくる。どきりとして、清也は自分の目が一瞬で潤むのを感じた。

「ああごめん、びびらせちゃった?」

「べつに……利憲くんなら、いいですけど。悪いこととかされたことないし、信じてるから」

その言葉に、利憲は一瞬固まった。そして目を見開き「あー」とうなって天井を見あげる。

その口元は、微妙に歪んでいた。

「天然、こっわいわあ……」

「え、な、なんでですか？　なにがですか」

心底困ったように言われて、清也はうろたえた。本当にこういうところがコミュ障はまずい。相手がなにを言いたいのか、さっぱり空気が読めないのだ。

「おれ、なんか変なこと言いましたか」

おろおろと問いかければ、利憲は「いや、なんも」と眉をひそめたまま笑う。

「それより、きょう、これからどうしよっか。うちで遊んでく？　それともすぐ帰る？」

「え、あ、えっと……」

唐突に話題を変えられ、とまどいながらも「おじゃまでなければ、もうすこし」と清也は答えた。

「あー、じゃあいっそ、きょうも泊まってく？　あしたも日曜だし、用事ないなら」

「いいんですか？」

「いいよ。んじゃ、着替えは貸すけど、あとでコンビニにパンツ買いにいくか」

サイズあわないいんだろ、と言われて真っ赤になりつつ、清也はうなずいた。

「なんか、ずり落ちそうで……」

「おし、じゃあ――って、忘れてた！　ピラフ！」

会話の途中でタイマーのアラームが鳴り響き、利憲は急いで台所に向かう。どうにか無事に炊きあがったらしく、蓋をとるとおいしそうなにおいが湯気とともに立ちのぼった。

「とりあえず、めし食ったらあそぼっか。清也くん、そこにある皿とってくれる？」

「あ、はいっ」

謙遜していたけれど、利憲の作ったピラフは大変に美味だった。

風呂にはいりたくないかと言われ、図々しいついでにとバスルームに着替えまで借りる。

体格の違いすぎる利憲の服はやはりぶかぶかで、袖があまるとぶらさげて見せたところ、彼は顔を背け、口元を手で覆って必死に笑いをこらえるように震えていた。

「みっともないけど、そんなに笑わなくても」

「ああいや、うん、笑ってない、笑ってない」

目を泳がせながら言っても信憑性《しんぴょうせい》はない、と清也はすこしむくれ、機嫌をとるように利憲はさらにやさしくなった。

その日は一日、ふたりで対戦ゲームをして遊んだり、映画を観るなどして楽しくすごした。

ソファに隣同士で座り、だらだらとしゃべるだけの時間もあって、本当に充実していたのだが、その際、利憲は奇妙なルールを言いだした。

「清也くん、きょう、メガネかけないでいたら？　そんなに目、悪くないんだろ」

「字を読むときいるくらいで……ゲームも、これだけ画面大きければ見えます」

利憲は趣味がゲームと言うだけあって、テレビモニタもパソコンモニタもかなり大きなものを所有していた。

「じゃ、いいよね。ちょっとぼやっとした状態でいるのもありだと思うよ」

見たくないものは見ないままにしてみるといい。ずっと隣にいるからフォローできる。そう説得されて、ほんのすこし鈍い視界で二日間をすごした。宣言どおり、利憲はずっとそばにいてくれて、それだけでもずいぶん安心していた清也は、ちょこちょこと居眠りをしたりもした。

利憲ともっと話したいと思うけれど、それを惜しみながら睡魔に負けるのも、ぜいたくな感じがして悪くなかった。

考えてみたら、ともだちのうちにいく、おまけに泊まりがけなどということを、中学生から――思えば敦弥に『もらいっこ』と言われたときから、したことがない。

そう告げると、利憲はちょっと哀しそうに笑ったあと「いつでもおいで」と頭を撫でてくれた。やさしく髪を梳《す》く手つきに、ときどき彼には、自分がひどくちいさな子どもに見えているのではないかとすら思った。

(もうほんと、ともだち以前だなあ……)

面倒を見るしかない、面倒くさい子。そういう認識でも、もうかまわなかった。たとえ頭を撫でられるたび、やさしくあまやかされるたびに、どんどん自分が利憲を好きになっていくとしても、それが苦しくても、このあたたかい場所に座る権利だけは逃したくない。

午後の日差しがあたたかく、またうつらうつらしていると、「眠いなら寝ちゃえ」と言って、利憲がそっと頭を撫でてくる。

「……利憲くん」

「ん？」

「あたま、もっとなでてもらっていいですか」

赤くなりながら告げると、利憲はじっと清也を見つめてくる。だめですか、と上目遣いに問いかけるよりはやく、大きな手のひらが頭に載せられた。

「いいよ、いくらでも」

やさしい声に、また心臓がきゅうんと痛む。けれどこんなふうな痛みなら、ずっと味わっていたかった。

＊　＊　＊

ふわふわした休日をすごして、月曜日。出社するなり、つぐみに「大丈夫でしたか？」と問われて、心配をかけたことを思いだした。

「平気です、すみません。なんかほんとに酔っぱらっちゃって……」

「いえ、無事ならいいんですけど。けっきょくあのあと、ダリさんちにお泊まりコース？」

「はい、日曜までお世話になっちゃって」

なぜかまじまじとつぐみは清也の全身を眺めている。「なにか？」と首をかしげると、彼女は「なんか雰囲気違う気がして」とつぶやいた。

「あ……なんだろ、ストレス解消したからかな」

「じゃなくて、根本的になんか……あ！　メガネない」

「え？　あっ」

忘れていた、と清也は顔を押さえた。そもそも矯正《きょうせい》器具なしでも日常生活に困らない程度の視力はある。利憲の家にいる間はずっと裸眼でいたため、うっかりそれに慣れてしまったのだ。

「まいったな、替えのメガネ……あ、あった」

幸い、利憲と会う際に会社に着てきた服から着替えるのが習慣づいていたので、スペアのメガネは鞄にしまったままだった。ほっとしながらそれをかけようとしたとき、鞄のなかで携帯が振動するのを感じた。

あせっていた清也は反射的に手にふれたそれをつかみ、確認もしないままに画面を開いた。そして瞬時に、全身の血の気が引くのを感じる。

「……どうしました？」

つぐみが、顔色の変わった清也の手元を覗きこみ、顔をしかめた。

「これ、本気でやばくないですか」

ぎくしゃくと清也はうなずき、目をそらしたいのに怖すぎてできない画面の文字を、ぼんやりと追いかける。それは受信フォルダの件名一覧だった。差出人は、すべて左由美だ。

【ちょっとお願いがあるの】【あれは誰】【さっきのは誤解】【うちに帰っていないの】【どこにいるの？】【返事がないのはなぜ】【許さないわよ】【ねえ、なぜなの】【今日は日曜です】

……十文字程度に区切られた件名欄だけでも、異様な雰囲気が伝わってくる。

なかでも気になったのは、いくつかのタイトルに清也の不在を知るとわかるものがあったことだ。つぐみも気づいたのだろう、さっと周囲を見まわし、左由美がまだフロア内に見あたらないことを確認したのち、「これ預かっていいですか」と小声で言った。

「う、うん。いいですけど」

「サバ管の同期に確認してみますけど、日付見るに、一部、社内からじゃないアドで送ってると思います。保存かけてバックアップとりますんで……あと、佐光さん、社用ＰＣにＩＲＣいれてください。あとでホスト名とポート番号メールしますから、ログインして」

「ＩＲＣって、チャットシステムだよね？」

なぜわざわざ新規で？　と問えば「機密性高いし、画面シンプルなんで」という答えがあった。スカイプなどのようにデザイン性が高いレイアウトだと画面を見られれば一発だが、ＩＲＣはツールとログ以外ほとんどなにも表示されないらしい。

「ぱっと見、エクスプローラー開いてるようにしか見えないし、動作軽いんで。とにかくやってください。すぐメールします。それじゃ」
そそくさと離れていったつぐみの言ったとおり、自分のマシンを起動させると、ソフトのダウンロード方法が書かれたメールが届いていた。指示通りにインストールさせてチャットに入室すると、『Thrush《つぐみ》』と『Mackerel《サバ》』というふたりに遭遇する。清也は適当にＩＤをつくり、入力をはじめた。

:（saya_sei）これでいいの？
:（Thrush_tm）おっけーす。あ、つぐです
:（Mackerel_sv）おれは鯖《さば》です。管理です。はじめまして、よろしく
:（saya_sei）よろしくおねがいします

見慣れない表記にとまどいつつ、チャットそのものには慣れている。すぐにこつをつかんだ清也に、ふたりは怒濤《どとう》のように話しかけてきた。

:（Mackerel_sv）とりあえずメールの内容は確認しました。金曜の23:00くらいまでは会社から送ってますけど、その後はたぶん、自分のスマホからですね。鯖にはないっす
:（Thrush_tm）それと先週末ですけど、マキガミがいなかったとき。ハゲのほうも同時

刻だけ外出してたのがわかりました。アホなことに社用車移動だったんで、ドラレコで確認できたんですけど、なぜか円山町《まるやまちょう》あたりうろついてました
:（saya_sei）……それ、ホテル街にいたってことですか

ちなみに、ハゲ、というのは平木部長のことだ。ドライブレコーダーは社用車で事故を起こした際などの対策としてつけられている。それが作動していることもわからず、いったいなにをしているのだろうか。

:（Mackerel_sv）一般的に、事故った瞬間だけ録画されるって思われてますけど、衝撃感知時の録画だけは上書き禁止になってるってだけで、カメラって常時稼働してるんですよ。で、それはデータ消さなければ当然、残ってます。車内の会話もばっちり。で、おれ、管理ですから当然、データ確認ができます
:（saya_sei）えっと……それって……
:（Mackerel_sv）業務時間内の Go to bed な会話がモロおさまってました
:（Thrush_tm）まじでか。きも

まずすぎるじゃないか、と清也は青ざめる。そして利憲があの日言った「石けんのにおい」

の話をふたりに伝えると、「ガチでしたね」という反応があった。

:（Thrush_tm）とにかく、こんなんがコンプラ責任者ってのはまずすぎるんで、社長か専務にかけあおうと思う

:（Mackerel_sv）おれもそのほうがいいと思う。ってか気になる会話もあったし

:（saya_sei）どんな？

なんだか胸騒ぎを覚えて清也が問いかけると、サーバー管理者からの返答は想像の斜めをいくものだった。

:（Mackerel_sv）saya_seiさん、マジ気をつけたほうがいいっす。そっちに送られてるメールとか、いままでのいやがらせとか、ぜんぶ、あいつらのプレイっぽいんで

:（Thrush_tm）は!? なにそれ!?

:（Mackerel_sv）四年まえにやめたYもそうだったっぽいです。ハゲがマキガミに浮気させて、それ逐一報告するのがプレイの一環。ターゲットは誰でもよくて、完全にNTR《ネトラレ》属性つーか、マゾッホの真似してるらしいですよ

:（Thrush_tm）ちょま!? おかしくね!? まじへんたいじゃん！

: (Mackerel_sv) だからやばいんですって。いくらハゲがボスのヨメ弟っつっても、こりゃやべーでしょ。つかあのおっさん、ふつうに妻子いるし

清也はしばらく動けず、発言もできなかった。なにか、思っていた以上にとんでもない事態に巻きこまれていた自分の身がおそろしく、心臓がざわつく。

(プレイって、なんだそれ。ひとのこと、なんだと思ってんだ……)

本気の愛情表現でもおそろしいけれど、事実はそれ以上に醜悪だった。こんなことのために一年も悩まされ、こわされかけたのか。

清也のなかで、はじめて恐怖よりも怒りのほうが勝った。頭ががんがんして、脳のなかで血がふくれあがるような感覚がある。強烈すぎるそれにめまいを起こしそうになっていたせいで、画面の文字を認識するのが遅くなった。

: (Thrush_tm) うしろ! やばい‼ うしろ見て‼

はっとなった清也は、とっさに振り返るよりさきにＩＲＣ画面を最小にした。ほぼ同時に、肩に置かれた手の粘ついたやわらかさに鳥肌がたつ。

「佐光くん、ちょっといいかしら」

左由美だった。ごくりと喉を鳴らした清也がぎくしゃくとうなずき立ちあがる。

「主任、なんでしょうか」

「話があるから、会議室まできてくれるかしら」

「わかりました」

顎をしゃくった彼女のうしろに従うと、つぐみが心配そうな顔で見つめていた。ごくわずかにかぶりを振って合図し、こっそりとポケットに手をいれる。社用電話がスマートフォンでなくてよかった。ガラケーは手探りでもボタンを押すことは可能だ。うまくいってくれと思いながら、短縮にはいっているつぐみのナンバーを呼びだす。

「……はい、前川です」

無事つながったらしく、彼女はちらりと清也を見て、軽くうなずく。そして会話するふりをしたのち、電話を切らずに机のうえにおくのが見えた。

「なにしてるの、はやく」

「は、はい」

のろのろと歩いていた清也は左由美のきつい声にうながされ、あとに続く。一度だけ振り返ると、携帯になにかジャックのようなものを接続したつぐみが、親指を立てていた。

会議室にはいると、問題の平木部長が待ちかまえていた。会議用の長机の上座に悠々と腰掛け、煙草をくゆらせていた彼は「やっときたか」と不快そうに言った。

いったいどういうことなんだと怯《ひる》みそうになりつつ、清也は無表情に顔をこわばらせた。

「なんの、お話でしょうか」

めったに顔をあわせることのない部長は、ふさふさした髪をしている。彼のあだ名がハゲというのは、カツラ疑惑があるからだと聞いている。その、数十万かけたといううわさの頭をいじりながら、平木が口を開いた。

「先週末の件だけれどね。きみ、大事な相手に連絡をおこたったそうじゃないか」

「……はい?」

なんのことだ、と清也は目を瞠った。最近の仕事は須々木についているため、連絡はすべて、漏れがないようグループウェアやメールで彼に伝えている。

そう告げると「おかしいだろう」と平木が顔をしかめた。

「先週末、打ち合わせの予定が変更になったと、先方に言い忘れたのはきみだろう。花田《はなだ》くんは、佐光くんに指示したと言っている」

「えっ」

つぐみが受けたクレーム電話の件だと気づき、清也はぎょっとした。そんな指示はもらっていないし、知りもしない。そう言いかけたとき、左由美があまったるい口調で言った。

「わたしはたしかに指示をだしたわよ。証拠もあります。社用携帯のメールに、ちゃんと送っていたんだから」

がん、と頭を殴られた気がした。真っ青になった清也に対し「見ていないのか」と平木があざ笑うように言ってくる。

「だいたい、いつきみは須々木くんの配下になったんだ？　そもそもは花田くんの指示に従う立場だろう。それを無視しては命令系統がめちゃくちゃになる」

「え、でも」

反論しかけて、清也ははっとなった。

――すんなりいきすぎて不気味っつーか……うえに言うまでもなく、主任がＯＫしたんだよ。

須々木はそれで承認されたと思い、上層部への確認をしなかったのだろうか。すっと血の気が引く音がする。

はめられたことに気づき、清也は指さきが細かく震えだすのがわかった。

（こいつら、わかっててやったんだ）

執拗なまでにセクハラメールを送り続け、最近は返信すらしなくなった清也がほとんど読まなくなっていることを理解したうえで、あえて指示の連絡をいれた。おそらく左由美側の送信フォルダには、まともなものだけを残すかたちで。

ぐらり、と身体が揺れた。あまりにも卑怯《ひきょう》で悪辣《あくらつ》な行為に、清也のなかのなにかが歪みそうになる。口を開かない清也相手に、平木はさらに追いこもうというのか、饒舌に語りかけてきた。

「最近の若者は、まともに指示も聞けないのかね。社会にでるっていうのはそういうことじゃないだろう。ちゃんと縦割り構造があることを理解して、ぬかりなくやっていかなければならない——そうだろう？　花田くん」

「ええ……おっしゃるとおりだと思います……」

平木の隣に立つ左由美は、勝ち誇ったように笑っている。だがその腰が、妙に落ち着かない様子でもじもじしていて、清也は疑問に思った。

「もっと、きちんとしつけられないといかんな。誰の言うことを聞くべきなのか」

にい、と笑った平木の目つきに、清也は心底ぞっとなった。反射的に、逃げなければとそれだけを思ってドアのほうを見ると、素早く移動した左由美が立ちふさがり、うしろ手に鍵をかける。

平木が立ちあがったのが、椅子のきしむ音でわかった。五十代だと聞いているが、頑健な身体つきの彼は背も高く、圧迫感がある。

「……なにも、いびろうと思って言っているわけではないんだよ？」

前方には左由美が微笑んだまま退路を断ち、背後からはねっとりした声が近づいてくる。

清也はいままでの比でない恐怖に身がすくみ、声もでなくなっていた。

（なにこれ、なんだこれ）

たちの悪い恐怖映画かなにかのようだ。妙に熱い、肉厚の手のひらが首筋にふれてくる。

ざあっと鳥肌がたち、ぶるぶる震えていると、背後で平木がくっくっと笑った。

「今後はきちんと、花田くんの言うことを聞きたまえ。わかるだろう」

「部長のおっしゃるとおりになさいよ」

左由美もまた腕を伸ばし、清也の肩や胸をさすってくる。彼女の頬は上気していて、もう隠しようもなく腰をくねらせていた。そしてその下半身から、なにか異様な音がしている。

（だれか、たすけて……）

清也は歯の根ががちがち鳴る音を聞いた。喉がからからに渇《かわ》いていく。視界がぐねりと歪み、泣きだしそうになった瞬間だった。

「この会社でまともにすごしたければ、ちゃんと言うことを聞くことだ」

そうささやいた平木の手が、清也の後頭部にふれた。――一瞬で、とんでもなく汚された気がした。

きのうまで、利憲が何度も何度も撫でてくれた、やさしくあまやかしてくれた場所だ。それをこんな、汚らしい男にさわられた。

そのことで呼び起こされたのは、予想以上の怒りだった。

――おれ、すぐそばにはいないかもだけど、味方だから。それは忘れないで。

脳内によみがえった彼の言葉で力が戻り、清也はこわばっていた指をぎゅっと握りしめる。

「……わるな」

「うん？」

「おれにさわるな！　あんたみたいなヘンタイおやじがさわっていい場所じゃない！」

叫んで、清也は前後の腕を振り払った。驚いたように目を瞠る左由美を突き飛ばし、肩で息をしながらドアに飛びつくと大声をあげる。

「言っておくけど、メ、メールはサーバーにぜんぶ、データが残ってるし、ドライブレコーダーだって稼働してましたから！」

「な……？」

「円山町でなにしてたのか、そのときの会話もぜんぶ！　サーバー管理の人間は見て、知ってます！　おれに送ってたセクハラやいやがらせのメールも！　証拠はあるんだ！」

「なん、え？　どういうことだ？」

真っ青になったふたりは、本当に気づいていなかったのだろう。清也の言葉にただぽかんとするばかりで、こんなあさはかな連中にはめられるところだったのか、と情けなさに涙がでてきた。

「お、おい待て。どこにいく！」

鍵をあけ、でていこうとする清也に平木が飛びついてきた。離せ、ともみあうあいだ、左由美はただ呆然とその場に突っ立っているだけだ。

「花田くん、なにをしている！　彼を止めなさい！」

「え……だって……知られちゃったんですよ」

「だからなんだっ」

なぜか、左由美ははあはあと息を切らし、笑ってさえいるように見えた。そして腰のくねりはいっそうひどくなる。

「わた、わたしたちのしてたこと、ぜんぶ、みっ、見られて……ああ。うふっ……」

「なにを楽しんでいるんだ、このマゾ女っ！　ふざけてる場合か！」

平木の目は血走り、清也の襟首《えりくび》をつかむと「データを消せ、忘れろ！」とわめきたてる。そのまま何度もドアへと頭を打ちつけられ、一瞬、清也の意識が飛びかけた瞬間、唐突にふっとドアが開いた。

「うわ、あっ！」

つかみかかっていた部長ごと、倒れこんだささきの清也を受け止めたのは須々木だった。彼は清也の肩をつかんで身をよじり、情けなくうめく部長を床に転がす。そのとたん、彼のカツラがよじれ、なんだか平木は奇妙な動物のようにすら見えた。

「だいじょうぶか、佐光」

「あ……須々木さん。前川さんも、……？」

硬い表情で近づいてきたつぐみは、清也のぐちゃぐちゃになった髪を整えるように腕を伸ばし「おつかれ」と短く言った。そしてうずくまる左由美と、這《は》いつくばった平木に対して軽蔑の目を向けた。

「さきほどまでの会話、社長に聞いていただきましたから」

「なん……どうやって……」

「こうやって」

彼女がとりだした携帯には、外部端子が接続され、そのさきにはスピーカーのようなものがつながっていた。

「これを社長の個人電話に向けて、聞かせてさしあげました。エコーキャンセラーばっちりの、超高性能ですんで、大変よく音が拾えましたとも」

「なっ、なんでそんなもの、わざわざ」

「なんででしょうねえ。ってかオーディオオタクなめんな？」

にやあ、と笑ったつぐみは「備えあれば憂いなし」と高らかに言い放つ。

「もうすぐ、出先から戻ってこられるそうなので。花田主任と平木部長はこの会議室で待機しておくように、だそうです」

「だからどうして、平社員が社長の個人電話なんか……っ」

血走った目でパニックになっている平木に向け、つぐみはおそろしく冷たい目を向けた。

「……なんででしょうねえ？」

そのふてぶてしさに、笑いがこみあげてくる。ひく、ひく、と腹筋を震わせた清也は、ひいひいと引きつったような発作的なそれが止められなくなった。

「ひー……っひは、ひい」

「佐光さん？」

「あははは、あはははははは！」

ショック症状からくる反応だと自分でもわかっているが、気持ち悪い。ぐるぐると視界がまわり続け、そして異様なけいれんをした腹筋の動きを感じたとたん——清也は、その場で胃のなかのものを戻していた。

＊　＊　＊

汚したフロアは、同情的な目をした同僚たちが片づけてくれた。つぐみがマイクで社長にすべてを伝えるあいだ、当然ながら同じ空間にいたすべての人間が、あの異質なやりとりを耳にしていたのだ。

「とにかくもう、きょうは帰ってやすんでくださいよ」

「あとのことは、こっちでどうにかするからさ」

つぐみと須々木に口々に退社するようながされ、清也は重い足取りで帰途についた。まだあかるい電車のなか、窓ガラスに額を押しつけると、ぼんやり映った自分の顔が真っ青なのがわかる。

頭のなかがまっしろで、なんだか、なにもかもいやになっていた。

(あれで、終わったのかな)

まのあたりにした、異常としか言いようのない状況に、神経はすっかりズタボロだった。そして、あんな連中に振りまわされた一年を思うと、いまは解放された喜びよりも、むなしさのほうが強かった。

腰をもじつかせていた左由美の下半身から聞こえた異音。あれはおそらく、平木になにかいかがわしい道具でも使われていたのだろう。

そして清也もまた、その道具のひとつだったのだ。一年間、悩み苦しんだすべてが、ただのプレイのためのスパイス。最低な状態におとしめられていた事実に、感覚のすべてが麻痺していた。

(しにたい)

もう、なにもかもがいやだった。あれだけがんばりたかった会社も、辞めることしか思いつかない。気力のすべてが萎《な》えきっていて、頭もまともに働かなかった。

帰りたくない、このまま消えたい。まだむかむかする胃をさすりながら、清也はふっと自宅へ戻る路線から、思い立った駅で降車した。

そのまま、ただ気の向いたときに電車を降りては目のまえのものに乗りかえるのを繰り返した。だがいきあたりばったりのため、遠くへいく路線にはなかなかあたらず、ろくに駅名も見ないまま適当に降りた駅で定期分からの過剰料金を精算し、改札をでる。

(消えたいなあ。でも……最後に利憲くんの顔だけは、見たいなあ)

散漫なことを考えながら、すっかり秋模様の町並みを、だらだらと無目的に歩く。いつのまにやら見慣れない住宅街へと足を踏み入れていた。

(どこだろ、ここ)

世界のすべてが紗《しゃ》がかかったようにぼんやりしていた。夕暮れのせいだけでなく、文字がうまく読めない。ふと、吐いたあと顔を洗うとき、メガネをはずしていたことを思いだした。かけようか、と思って、メガネを手にしたまま躊躇《ちゅうちょ》する。このまま、もうなにも見たくないような、そんな気がして立ちつくしていると、利憲の声が聞こえた気がした。

「――清也くん?」

完全に自分はおかしくなったらしい。こんな知らない街で、会えるはずもないひとの声が聞こえ、あまつさえ幻覚まで見えてきた。そしてその幻覚は、小走りにどんどん近づいてくる。確認しようと、無意識のままメガネをかけた。

「ああ、やっぱ清也くんだ。どうしたの、こんなところで」

にっこりと笑う利憲の顔をじっと見つめる。細部まで、記憶にあるとおりの彼だ。幻覚ってすごいなあ、とぼんやり思いながら、清也は口を開いた。

「あ、……会いたくて」

「え？」

「すごいな、利憲くんだけは、見たかったんだ。もうぜんぶ、いやになったけど、おれ、あなたには会いたかったから。会えるって、すごい……」

言いながら、がたがたと身体が震えはじめる。利憲は顔をしかめ、そっと肩にふれてきた。あたたかい。けれど左由美にさわられ、胃の内容物を吐いた自分が汚く感じられ、思わず身を引きながら、清也は涙をこぼした。

「なにかあった？」

思いつめた顔をする清也にやさしく話しかけてくる利憲は、望んだとおりの表情をしている。清也がどんなふうでも受けいれてくれる、おおきなひとだ。一度は離れたけれど、ふれたくてたまらなくて、おずおずと清也は腕を伸ばした。この幻覚はやはり、さわれるらしい。

「ただ、会いたくて。おれ、あなたのこと好きだから」

「……え？　あ、まあ、おれも好きだけど」

驚いたように、利憲が目を瞠った。これは予想通りだ。たぶん本物に言ったら、こんな顔をされるだろうと思った。

（なんかもう、いいや……）

自暴自棄になっていた清也は、どうせ現実ではないのだからと、すべてをぶちまけることにした。なくすものなど、もうなにもないような、そんな気持ちもあったからだ。

「そういう意味じゃないです。女の子が男のひと好きになるような意味で、好きです」

「え……」

ぐす、と清也は洟をすすった。涙が止まらないし、メガネも曇っている。幻覚とはいえ、利憲のまっすぐな目にさらされるのはちょっとつらいから、ほっとした。

「ネカマやってて、女って嘘ついたけど、利憲くんのこと気持ちは嘘じゃなかった。でも、それ言わないまま、ともだち面《づら》して……何度もだましてごめんなさい」

「えと、まじで？　おれのこと好き？」

「……ごめんなさい」

迷惑に決まっているのに、ごめんなさい。

一気に告白をすませると、利憲は唖然としていた。これもまた、想像のとおりの反応だ。

だが、そのあとの彼はちょっと予想と違うことを言いだした。

「じゃ、なんでおれふられたの⁉」

「え」

涙ぐんでうなだれていた清也は、強く腕をつかまれて顔をしかめた。幻覚のくせに、痛い。そう思ってぼんやりしていると、利憲はなんだか怒った顔で、「なあ、なんで」とつめよってきた。たじろぎながら、清也は視線をさまよわせる。

「だって、会うなり、やばいって……あれ、がっかりしたからじゃ」

「おれ、顔見たあとでちゃんとサヤさん好きだって言ったじゃんよ！　会いたかったって！　でもごめんっつったじゃん！」

話が見えない、なにかがおかしい。だんだん不安になりながら、清也はつかまれた腕をじっと見た。日焼けした長い指が、がっつりとそこをつかんでいる。

（なんで、どゆこと？）

妄想ならもっと都合よく運んでいいはずなのに、話がまったくかみあっていない。骨がきしみそうなくらいの強さ。必死な形相。これは見たことがないものだ。

「あーもー、なんだよ、そっちじゃなかったの⁉」

「そ、そっちって」

「だから、一般的に好きだっつってごめんなさいは、ふられる話だろ！　だからおれは、おれなりにびびらせないようにって、いろいろ気をつけてたのにさ……」

けなげにともだちヅラして損したとわめかれ、じわじわと赤くなりながら、清也はおたおたと両手を振りまわした。

「だ、だ、だって、やばいとか、まじかよって言ったし」

――まじかよ、やばくね？

あのひとことは、いまでもけっこう胸に刺さっている。だが利憲は「それがなに」と怪訝そうに首をかしげた。

「だってすっげえ好みの顔してて、それがサヤさんでさ。性格だけでも好きだったのに、惚れるだろそんなの」

「だろ、って言われても……え？　惚れ？　え？」

完全に目をまわしたまま、清也は思わず自分の頬を自分でつねった。これも痛い……はずなのだが、混乱していて痛覚がよくわからない。利憲は「なにかわいいことしてるかなあ」とまるで怒ったように言った。

「利憲くん、あの、おれのことぶってくれないかな」

「なに言ってんの？　ちょっと、ほんとに平気？　熱でもある？」

額に手をあてられ、清也は目をしばたたかせた。

どういうことか、まるでわからない。さっきまで世界の終わりに立っていたのに、いまは天国にいる状態だ。もしかして死んだのだろうかと、そんなばかなことまで考えた清也は、はたと気づいた。

「あの、利憲くん」

「なんすかぁ」

「これ、現実？」

情けない声を発した利憲に問いかければ、彼は目をまるくした。

「清也くん、まだ夕方だけど酔ってる？」

「よ、酔ってない。でも、なんでここにいるの？　おれ、てきとうにふらふらしてて、ただ会いたいって思ってたら会えたし、てっきり幻覚見たのかと思って」

「なんだよそれ。ってか、もう、……この不思議ちゃんめ」

大きくため息をついた利憲が、抱きしめてくる。ぎゅうっと全身を包むようなそれに茫洋《ぼうよう》としていた意識がぜんぶ集約されていって、いきなりすべてがクリアになった。

夕空は、紫に染まっている。あたりは暗い。そしてここは路上で、なぜだか、見覚えがある気がする。

「……ここ、利憲くんの住んでるとこ？」

「そうだよ。ほら、すぐそこ、おれのマンション」

抱きしめられたまま問いかけると「あっち」とすこし腕をゆるめた利憲が指さす。たしかに先日泊めてもらったマンションが、そこにはあった。

完全に無意識のまま、清也は利憲の住んでいる街に訪れていたらしい。自分の行動が恥ずかしく、夕日に負けないほどに清也は赤くなった。

「でも、まだ、はやいよ」

「おれは外で打ち合わせがあったから、早めに直帰したの」

ひとつひとつ、清也の疑心を打ち消しながら、利憲は抱いた腕を離さない。じわじわと衣服ごしに彼の高い体温が伝わってきて、自分の身体が冷え切っていたことに気がついた。

息苦しくなりながら、あえぐように問いかける。

「あの、男……ですよ。もう知ってると思うけど、何度でも言いますけど、おっぱいもないですよ?」

それでもいいの、と重ねて問えば、利憲は熱っぽい息をついて「いいよ」とささやいた。

「つうかごめん、もうどっちでもよかったんだ。サヤさんのなかのひとなら、なんでも」

「……なんでも?」

「女の子だと思って好きになったのは事実だけどさ。はじめて会ったとき、清也くんぷるぷるして涙目でさ」

あまりにうちひしがれていて、かわいそうで、どうにかしてあげたいと思った。そんなふうに利憲は言った。

「目があった瞬間から、もうやべえって思ってて、……あー、だからまんま、口からでたんだけど」

あのやばいは、そういう意味だったのか。ようやく脳に言葉が届いて、清也は意味もなく何度もうなずく。

「おれ護ってあげたくなる子、ツボすぎんだよ……」

ささやく利憲の声があまい。さっきまで破れそうだった心臓が、ものすごい勢いで稼働している。耳が熱くて、それを利憲がそっとさわるから、もっと熱くなってしまう。

「じゃ、じゃあ、ほんとに好き？」

「好き。めっちゃ好き。かわいいかわいいって、おれ何度も言ったでしょ」

「えと、そうだけど、えと……っ」

あたふたする清也の身体をさらにきつく抱きしめてくる。本当にこのままでは心臓が破裂しそうだと思いながら、しつこく問いかける。

「ほ、ほんとにおれで、いいですか？　サヤ、じゃないですよ？　嘘ついてて」

「うーん。でもおれにとってサヤさんは清也くんだし、そこ気にしてんのそっちだけだと思うんだけどなあ」

こん、と額をぶつけられ、じっと目を覗きこまれる。頭のなかみがぜんぶ知られてしまいそうで、逃げたいのに、耳を包むみたいにして頭を抱えこまれているから、できない。

「……おれ的に『やばい』の内訳的なこと、していい？」

「な、なに？」

「すっごい、キスしたい」

いい、もだめ、も言う暇がなかった。至近距離にあった顔は、ほんのすこし首をかたむけるだけですぐにふれあう。目を瞠ったまま、するりと頭を撫でた手が後頭部から首筋にかかり、やわらかく押しつぶすようなキスを受けた。硬直していると、利憲が笑う。

「目、閉じてよ。照れるじゃん」

「ご、ごめ……ん、んんん……っ」

今度は重ねて、吸われた。ひとくちにキスといっても、いろいろあるらしい。

こすりつける、ぴったり押しあてる、もむように上下のそれをはさむ、ついばむ。

「やっぱりなあ」

「な……なにが……？」

これだけでも息をあげながら、清也はどうにか問いかける。

「清也くんのキス、かわいくて、すんごい気持ちいい」

楽しそうに笑われ、顔が赤くなった。思いがけない恋の成就に、清也が舞いあがっていると、頰を両手に包まれて、キスしたばかりの唇をふにふにと指でつつかれる。

「つうかね、そっちこそ勘違いだと困るよね」

「え」

「おれと同じ気持ちだって、証明してもらってもいい？」

歩いて数分の家にお持ち帰りしてもいいかと問われ、清也はゆであがったような顔のまま、こくこく、とうなずいた。

＊　＊　＊

部屋にあがり、リビングにはいるなり、利憲はきつく抱きしめてくる。嬉しいけれどまだ信じられず、茫然としている清也の耳に、くすくすという笑い声が聞こえた。

「なんかおとなしいよな」

「え……」

「これからなにされるか、わかってる?」

ぱっと赤くなり、あちこちを意味なく見まわしたあと、清也はうなずいた。

「……清也くん」

ささやかれ、顎に手が添えられる。ああ、キスされるんだ。すこしだけ覚えた予兆の仕種に目を閉じると、さきほどと同じ——いや、もっと気持ちのいいことをされた。

「ん、ん」

仰向《あおむ》いて自然に開いた唇に、舌がふれてくる。強引に踏みこむことはせず、狭間をぬるりつるりと撫でて、様子をうかがうようにつついてくる。くすぐったくて恥ずかしく、思わず口を開いてしまったのは、清也なりの「どうぞ」のサインだ。

「んー……っ！」

一気にはいりこんできたものが、口腔をいっぱいにする。抱きしめていた腕も強くなり、ぎゅっと両方の尻をつかんで身体が引き寄せられた。

（あ、うわ、うわ）

舌をかまれながら高ぶったものを押しつけられ、清也の目に涙が滲《にじ》んでくる。自分の身体もまた熱くなっていて、でもそのふたつの熱が重なっている事実をどうしてもまだ、呑みこみきれない。

「……どうしたの？」

身体をこわばらせた清也に気づいた彼が、キスをほどいて濡れた唇を拭ってくれる。やさしい仕種にときめきながら、清也はそれこそ、しつこく確認してしまう。

「あの、いいのかなって」

「なにが」

「ほんとに、男で、すが」

利憲くんは、ゲイだったんでしょうか。なんとなく丁寧語になりながら問うと「いやその自覚はまったくなかった」とあっさり彼は言った。

「いままではふつうに彼女いたしね。あ、ここ一年はいないよ？」

「は、はあ」

あわてたようにつけくわえられ、その勢いに清也は顎を引きながらうなずく。

「自分でもストライクゾーンの広さに驚いたけど、サヤさんは男でも美人だからありです」

またハンドルネームで呼んでいる。やっぱり混同しているのではないかと眉をひそめるが
「だってその名前、似合ってるし」と利憲はなぜか恥ずかしそうに言った。

「お姫さまのアバターが違和感ないんだもんなあ。違う意味で詐欺《さぎ》だと思ったけど。まつげ、すんごい長いし」

「炎症起こすから、あんまり嬉しくない……」

言いかけて、赤くなった目元をこする利憲の指に言葉が封じられる。そっとなだめる手つきにうっとりと目を閉じると、彼の声がすっとまじめなものに変わった。

「で、なにがあったの？　こんなんなるまで追いつめられて、どうしたの？」

びくっと震えて、清也は目を見開く。じっと見つめてくる利憲の顔中に『心配』と書かれていて、また涙がでそうになった。

「ちょっと、座ろっか」

腕を引いてうながされ、ソファに隣あわせに腰掛ける。その間も、利憲は清也の手を握って離さなかった。

「さっきね、ふつうのふりして話しかけたけど、清也くん、どっかいきそうだったよ」

「……うん」

「すげえ真っ青で、やばい顔してた。うちの近所にいるのも変だと思った。でもそこつっこんだら、ほんとにこわれそうだったから」

頬を包んで、なんでもないふりをしたのだと告げてくる彼の手に、清也も手をふれさせる。

「ごめん。おれ言ってることめちゃくちゃだったよね」

「まあね、現実？　とか訊いてきたし」

あえて軽い口調で言う利憲にちいさく笑って、清也は唇を震わせた。

「すっごい、すっごい怖くていやなこと、あって」

それだけ言うのにも、喉が苦しかった。「うん」とうなずいて頬を撫でる利憲にすがり、清也はあえぐように口を開閉させる。

そして、数時間まえに起きたできごとのすべてを語った。

順序だててしゃべることはできず、何度も時系列が飛んだ。衝撃的すぎて記憶から抜けている部分や、逆に忘れたいのに妙に鮮明に覚えていることもあって、たぶん利憲にはわかりづらかったのではないかと思う。

だが彼は、とにかくひたすらうなずき、ときに軽く言葉を添えてうながして、清也の語る最後までを聞いてくれた。

気がつけば、利憲の頬を撫でていた手は頭のうしろに添えられ、もう片方の手は腰にまわって、最後にはしっかりと両腕で抱きかかえられていた。

そしてあらかたを語り終えた清也に、利憲は言った。

「がんばったね」

「が、がん、がんばったの、前川さ……」

「いや、清也くんががんばった。自分でちゃんと拒否できて、えらかった」

その言葉に、清也は泣きじゃくった。自分の声を受け止めてくれるひとがいるのが、こんなに嬉しいものだと知ったのは、利憲に出会ってからだ。

「あ、あたまさわられたんだ」

「ん？」

「利憲くんが撫でてくれたのに、部長が……おれのあたま、さわった。それが、もう、いやで。ぜったい、やで。だから、突き飛ばせた」

これ？ と言いながら、そっと頭を撫でられる。肺の奥から息が漏れて、清也はぎゅっと利憲にしがみついた。

「そっか。清也くん、頭撫でられると好きになっちゃうんだもんな。そんなエロじじいにさわられたくは、ないよな」

うん、とうなずいたあとに、あれ、と思った。そんなことを彼に言ったことは、あっただろうか。だが疑問を口にするよりはやく、額に唇を押し当てられて、すべての思考が吹っ飛んだ。

「……おれのこと思いだしてくれて、ありがとう。すげえ嬉しい。現場にいられなくて悔しかったけどさ」

いたら殴ってやれたのに。本当に悔しそうに言う利憲の手は、内心を表すようにこわばっている。清也にふれているから力まないようにしているのがわかって、胸がきゅんとした。

手を伸ばし、そのこわばった腕にふれるとびくりとする。

「もっと、撫でてください」

じっと涙の残った目で見つめながら言うと「撫でるだけ？」と意地悪に笑われた。一瞬唇をかんだ清也は、すこし悔しくなりながらもうっとりする。

「またそういう顔する……」

どんな顔をしているのか、まるでわからない。けれど熱っぽい利憲の目が嬉しいから、もうなんでもいいやと自分から抱きついた。

「にしても、変態不倫カップルに巻きこまれるとか、災難だったなあ」

「……あはは」

気持ち悪くてたまらなかったことを、おそろしく軽い口調で言ってのけられ、思わず清也は笑った。利憲のこういうところが好きだ。清也ひとりでは抱えきれなかったり、消化できないようなことを、軽々と宙に放り投げてくれる。

「そんな連中に巻きこまれて、会社やめるとか、悔しいよな」

「うん」

「前川さんとか須々木さんも、社長に直訴《じきそ》してくれたみたいだし。清也くんもがんばらないとな？」

「はい。がんばります」

ようやく、自然に笑うことができた。重苦しかった胸がすっきりしていて、なにより利憲が抱きしめてくれるから、ちゃんとしていられる気がする。

「がんばるから、いっしょにいてくれますか？」

「もちろん」

額をぶつけて、ついでに唇に音をたててキスされる。おずおずと清也からも口を押しつけると、利憲が嬉しそうに「かわいー」と笑って、きつく抱きしめなおしてきた。

「あーでも、しかし、変態なあ……うーん」

「なんですか？」

なんだか微妙な顔をした利憲に「ついでにカミングアウトしていいですか」と言われ、なんとなく意味がわからないままうなずくと、ディープなことを言われてしまった。

「……わりと男の娘とかふつうに萌えるんだけど、これってやっぱ変態？」

「え……」

「つか、おれ的に清也くんて、かなり理想の男の娘だったんですが。ちょーお肌すべすべだしさ、脚きれいだし」

ちょっと照れたふうに言わないでほしい。どうしてこのひとは、顔はさわやかスポーツマン系イケメンなのに、中身はぐだぐだのオタクなのだろうか。

めまいを起こしながら清也はうわずった声を発した。

「二次元と三次元はべつではないのかと……！」

「そこの境目あいまいにした張本人が言わないでほしいなあ」

「それ、おれのせいですか⁉」

「いや、主におれの性的嗜好に問題があるのは自覚してる」

無駄に男らしく言いきられた。懐の深すぎる利憲に、どうしたらいいのかわからずにいると、彼の指がふわりと清也の唇にふれる。ふにふにともむ手つきが卑猥《ひわい》に感じて赤くなっていたら、指よりさらに卑猥な声が耳をすべっていった。

「やばいよね、清也くん唇すっげやーらかい……」

「ちょ、ま……う、ん、んふっ、まって」

「かわいいなあ……ほんと、食っちゃいたい」

待って、と何度も言ったのに、聞きいれられずまた唇を食《は》まれる。なめる、かむ、吸う。

利憲のキスは本当に、「食べられている」という言葉がぴったりだ。

（あれ、でも、やっぱりこれ）

そして、確信した。はじめてのはずなのに、この唇の動きに、覚えがありすぎる。

「あの、これ、なんか……」

「なに？」

「ま、まえに同じようなこと、した？」

経験などないはずなのに、どうして。不審がる清也に「まあいいじゃん」と押し倒してくる。だがうやむやにされたくはないと、清也は広い肩を押しとどめた。

「ちょ、だ、だめ、利憲くん、だめですからっ！」

「……っ」

思わず制止の言葉を吐いたとたん、利憲がぶるっと震えた。いったいなに、と目をまるくしていると、「あー……」とため息まじりにうめいた彼が、清也の肩に額を押しつけてくる。

「たまらん。優等生っぽい美人の敬語、ほんとたまらん……」

「ねえ、ほんとになに言ってんのっ⁉」

ときどき、利憲の感性がわからない。おたついていると、彼は不意に顔をあげ、真顔で問いかけてきた。

「清也くんってさあ、もしかしてあんま経験、ない？」

「う……そうです」

高校時代、彼女が弟に鞍替《くらが》えしてから女性不信の根っこが芽生えていた。自分とはキスもしようとしなかった彼女に裏切られたため、じつはまるっきり初体験だ。

そう打ちあけると、利憲は目をまるくした。

「え、はじめて……って、でも……」

言いづらそうに口ごもった利憲の疑問に、清也は声をひそめて答えた。

「主任とは、無理やりやらされそうになったときも、キスしてません。意識あるときにはすくなくとも、してない」

眠っていたときは、わからないけれど。いやな顛末を思いだし、ぶるっと震えた清也の身体を利憲は包むように抱きしめる。ほっと息をついて、清也は「おれも打ちあけていいですか」とちいさく問いかけた。

「なんでもどうぞ」

利憲がやさしく身体を揺すってくる。ほっとして、清也は肩に顔を埋《うず》め、白状した。

「おれ、その。しゅ、主任とのことだけじゃないです。高校時代の彼女と、弟の場面見てからずっと……だめ、だったんで」

「え？」

生理現象として、勃起《ぼっき》も射精もできなくはない。けれど弟と彼女が半裸でからみあっているのを目撃して以来、女性の身体を見るとどうしてか、萎えるようになってしまった。

「だからたぶん、最初のあの、酔った日も、してないって確信はあったんです。意識なくっても、ないなって」

はっきりと、性的関係を結んでいないと言いづらかった理由をようやく打ちあける。男としてはかなり屈辱的な事実で、息苦しささえ覚えたけれど、なぜかほっとした。

「でも、そんな事情とか打ちあけたら、また脅されるかもって思って」

「当然だろ、そりゃ言いたくないよ。……しんどかったね」

利憲は同情するように頭を撫でたあと、「でも、よかった」と、ちいさく笑った。

「え、なに？」

「だって清也くんのさ、……当たってるし？」

指摘されて気づくと、ぴったりとくっついた身体の中心が、恥ずかしいことになっていた。さきほどのキスで反応してしまったらしい。清也は真っ赤になり、利憲はくすくす笑う。

「これって、おれがすること、いやなわけじゃないんだよね？」

「ない、です」

「お、やった」

素直に喜ぶ彼に、思わず清也も笑ってしまう。利憲のこういうあけっぴろげなところも、意外性も、ときどき戸惑うけれども好きだ。

ただ、あまりに意外すぎるのは勘弁してほしいと思ったりも、する。

「じゃ、おれも、もうひとつ懺悔《ざんげ》。怒らないでね？」

「……今度はなんですか」

さきほどの男の娘うんぬんがあるだけに、清也はつい身がまえる。逃がさない、というように利憲が腰をきつく抱いて、耳に軽くキスをした。くすぐったくて首をすくめると、笑いを含んだ声でささやかれる。

「酔って泊まったとき、途中まで手ぇだしました。ごめんなさい」

「え」

「清也くんのファーストキス、俺がとっくにとっちゃってたんだよね」

「え……」

だから妙に、記憶にあったのか。怒るどころか赤くなる清也に、嬉しげな顔をした利憲は
「ますます大事にしないとなあ」とつぶやいた。

「あのときは、女の子じゃないよ、ってうめかれたから、やっぱ警戒されてんだと思ったんだけど。途中まで、すっごい気持ちよさそうにしてて、めちゃかわいくてさ」

さらに細かく、どのような状態だったのかまでを言葉で教えられ、清也はもう頭から湯気が噴きでそうだった。

「ていうか、それっ、それ痴漢……っ」

遅まきながらじたばたしはじめる清也に「いまさら、いまさら」と利憲は笑った。

「まあ痴漢したけど。でもそのわりにいやがってなかったし、反応してたし」

「だ、だって……夢かと思ってて」

「え、それ俺の夢とか見たってこと？　やべー、嬉しい」

またもや不思議な理由でにこにこされ、恥ずかしいやら、よくわからないやら。清也は複雑な顔のまま、脱力しきった身体を彼にもたれかけさせた。

利憲は清也を天然だ、不思議ちゃんだと言うけれど、彼もそうとうに不思議なひとだ。

「なんか……利憲くんおおらかすぎて、意味わかんない……」

「意味わかんないならまるめこまれとけば？」

あっさり言われ、それでいいのかなあ、と思うけれど、彼のおかげで幸せなのはたしかだ。

困り果てて、広い胸に顔を埋めていると、あのやさしい手が何度も頭を撫でてくる。

「正直ね、おれもあの主任ってひとと同じことしちゃってんなあ、って罪悪感はあったよ。ごめんね、意識ないときにいたずらして」

「う……」

怒るべきだと思うのに、こちらがなにか言うよりさきに謝られているし、どうすればいいのかわからない。なにより、利憲の声で「いたずら」と聞かされるとどきどきして——心臓以外の場所、とくに身体の先端部分が、手も足も、それからあの場所も、じんじんと脈打って痛くなる。

「でもさ、酔っぱらった清也くん、あぶねえなあって思ったのも本音」

「あぶないって、なんで、ですか」

「だって無防備だし、くにゃくにゃだしさ。あんなのすぐお持ち帰りされるよ。今後は気をつけよう？　なるべくおれ、いっしょにいるけどさ」

ね、と額をぶつけられ、清也が眉をさげたとたん、ちゅっと唇に音をたててキスされた。恥ずかしさとくすぐったい感触に、じわっと目が潤む。

「あ……あんな酔いかた、利憲くんのまえじゃないとしません」

「どうだかなあ」

「あと、あと……いくら酔っぱらっても、好きなひと、じゃないと、さわられて反応とか、しませ、……んんんん！」

熱烈なキスに口をふさがれ、清也はうめいた。尻のまるみを両方鷲《わし》づかみにされて、腰が浮きあがる。舌が引き抜かれるかと思うくらい吸われて、痛くて、なのに気持ちがいいから困る。

強引で率直で気持ちがよくて、利憲のキスは彼そのものだと思う。

「は……ふ、ぁん」

「……かっわいい声」

キスをほどいた瞬間、勝手に声が漏れた。利憲はにやっとしながら濡れた唇を拭う。彼の目元も赤らんでいて、それがなんだか色っぽく思えてくらくらした。

「清也くんはさ、自分が『サヤ』じゃないって言うけど、おれも『ダリ』じゃないよ。あんなゲームのなかの剣士みたいに、かっこつけてばっかいらんないし、できた男でもない」

「そんなこと……」

「あるって。だって好きな子の寝こみ襲う男だよ？　正直、あのセクハラ事件のこと聞いてなかったら、生足さらした清也くんの写真、撮ろうかとか思って相当迷ったし。翌朝、おれのシャツ着て萌え袖状態になってる清也くん見て、内心萌え散らかしてたし」

ふはは、と情けなく笑いながら利憲が言う。たぶん、引くなら引けと言いたいのだろうし、正直ちょっとどうかとも思うのに、清也は引くどころかむしろ、彼に抱きついて離れていかない手足をもてあましている。

（なんでこんなんで、どきどきしてんだろ、おれ）

真っ赤になった顔を彼の胸に埋めて、悶絶しそうな照れに耐えるしかできない。

「やだったかな、ごめん。でもさ、ほんとかわいかったから、ついエスカレートしちゃって」

許してね、と頭を撫でるのはずるい。ときどき耳のうしろをかすめる長い指が、すごく気持ちいい。たぶん利憲は、あまやかすようなこのスキンシップに清也が弱いことなどとっくにわかっているはずだ。

かわいい、と言われるたび、骨抜きにされていることも、むろん気づいているだろう。

（だって、しょうがないし）

いいこぶって、肉親にあまえることすらできなくなった中学生のころから、清也は勝手に自分にプレッシャーをかけ、できもしない完璧主義に陥っていた。けれど利憲には最初から最低なところを知られて、嘘もついていて、なのに一度として怒られることもなくぜんぶ、許されてしまっている。

「やっぱり……利憲くんは、ダリさんだと思う」

「だからあ。おれあんな、かっこよくないって」

苦笑する利憲に、清也はかぶりを振った。

「かっこいい、です。すごく。それに、たすけてくれたし」

「セクハラのこと？　でもあれ、主にがんばったの、前川さんで」

それも違う、と清也はまたかぶりを振る。たしかに社内でのできごとに手を貸してくれたのはつぐみだったし、それには感謝している。けれど彼女に助けを求めようと動けたのも、もとはと言えば利憲と出会い、相談にのってもらえたからだ。

学習性の無力感。そこからもう一度、一歩でてみよう、と手を引いてくれたのは彼だったし、土壇場で力をくれたのも、利憲の存在だ。

「利憲くんが、ぜんぶたすけてくれた。おれのこと、ぜんぶ見ても、ばかにもしなくて、引かないで、あたま、撫でてくれて」

「これ、そんなに好きなの？」と笑いながら、利憲が髪を梳く。ほう、と清也は息をついた。

「だいすき……」

あまったるくかすれた声に、抱きついたさきの男の手が、一瞬ぴくりと反応した。

「もっかい言って、それ」

ねだられて、なんとなく意味を察した清也はおずおず顔をあげる。笑っているかと思ったのに、真剣な目で見つめられているのがわかった。その目に吸いこまれそうな気分で、清也はささやくように告げる。

「大好き、です」

「……おれも」

ふ、と利憲が笑って、「すきだよ」とささやき返される。耳元で、たっぷり息をからめての声にするのはぜったいにわざとだと思う。ゆったり、腰と尻を往復する手がいやらしいのに気持ちよくて、身体がふるふると震えた。

「で、まあ、気持ちは確認しあったってことですが」

「……はい」

うっとりしながら目を閉じていると、利憲があらたまった声で問いかけてくる。

「もうちょっとさきまで確認してもらいたいんですが、いい?」

率直な催促に、清也は赤くなりながらも、思わず笑ってしまう。

「えと、はい。いい……です」

言った瞬間、今度こそもう離さないという勢いで押し倒され、清也はきれいに流された。

このひとなら、どこまで押し流されてもいいや、そんなふうに思いながら。

＊　＊　＊

ひとまえで裸になったこともなかったのに、いまの状況がよくわからない。

まず、風呂にいれられた。そしてあらぬところにあらぬことをされて、ぐでぐでになったところで抱えあげられ、寝室に持ち帰られた。

それからずっと、これまたあらぬ声をあげ続け、せっかくきれいに洗った身体は汗まみれになっている。

「ひ……ん、あ、ああ、あああ」

最初に、裸で手足をからめ、抱きあったままますごく長いことキスをされた。そのあと全身を手のひらで撫でられて、唇が続いた。喉と、腋と胸の境目あたりが感じることを知られたあとは、かなりしつこくされて、じたばた暴れるまでいじめられた。

そのあとで乳首を――それまでにもさりげなさを装ってふれられてはいたけれど――「ここも寝ているときにいたずらした」と教えられながら、じっくりと撫でまわされた。

「おっぱいちっちゃいから、とか、すごいしょんぼりした声で言ってて、かわいかったな」

「……んな、こと、覚えてないですっ……」

「そ？　でもこうしたら、すごい気持ちよさそうで」

こう、と言いながら、薄い胸の肉をよせ、マッサージでもするようにもんでくる。うっすら盛りあがった胸部の肉がやたら卑猥に思えて、清也は息を荒くした。

「あ、あ、あっ」

「やっぱ好きなんだ、これ」

「ちが、違う……」

長い前髪が頰を打つほどに首を振って否定したのに、喉奥で笑った利憲が左の乳首にきつく吸いついてきたとたん、清也はあられもない声をあげていた。

「やぁあ、ああ！」

「ね、ほら違わない……」

もっとするね、とささやいた彼が、小刻みに舌を使ってくる。尖《とが》らせた先端で押しつぶし、かと思えば舌裏のぬるりとした感触を突起に味わわせる。乳暈《にゅううん》ごとなめまわしてじっくりしめらせたあと、ふくれあがったそれをやさしくかむ。

「あっ、あっ、あっ、あっ」

そのたび、切れ切れの声であえいだ清也は、ふれられてもいないペニスを高ぶらせ、前後にかくかくと腰を振るのを止められなかった。

（あたま、ぼうっとする……）

意地悪く、腿《もも》のきわだけを撫でつづけていた利憲の手がいちど離れ、なにかぬるっとしたものをまとってふたたびふれてくる。

「なに……？」

「ん、大事な準備。痛くしないから、ね」

額に口づけられ、うん、と夢心地の清也はうなずいた。利憲がそう言うのなら、ぜんぶ預けられる。脚を開いてと言われても、抱えるように指示されても、恥ずかしいけれどちゃんと従った。

何度も何度も入り口をなぞられ、なにか細い管のようなものをさしこまれたかと思うと、ぬるついた液体を注入された。気持ち悪い、と泣きべそをかいたけれど、たくさんキスをされて乳首をいじられまくるうちに、それも慣れてしまった。

「ね、おれの指だから。怖くないでしょ？」

「は……う、うぅ……んっ、うんっ」

そしていざ指を挿入されるころには、清也の身体はくにゃくにゃになっていて、ほとんど抵抗なく最初の指を受けいれた。ゆっくりゆっくり、傷つけないようにだしいれされると、不思議な気持ちになる。

「なか、さわってる……」

「うん、いっぱいさわってる」

なんだかすごいことまで許してしまっている。そう思うと同時に、許容したのは、身体だけのことではないのだと理解した。

「このまんなかのとこ、清也くん好きだよね」

「ふ、くう……っ」

利憲はぬるぬるになった指で奥を探りながら、根元の膨らみを手のひらでやんわり刺激する。ひきつれた縫《ぬ》い目のような場所を何度も押さえられると、腰が勝手に跳ねてしまう。

「ね、この間もすっごい、嬉しそうにしたから」

「あ、あ、やだ……うれしくないっ、あ！」

「嘘つかない」

敏感すぎる場所を強くされると痛い。ぐりぐりと指を押しつけられるうち、なかにもぐりこんでしまうのでは――とありえない想像までしてしまう。怖い。そしてぞくぞくした。

「……耳も弱い」

「ふゃ、ぁあ……ん！」

ささやいたとたん舌を耳にいれられて、びくんと全身が跳ねた。

「隙間とか、くぼんだとことか、とにかく〝はいってくる〟の、感じるよね？　怖がってるのに、すっげえ濡れてくもん」

「……っ」

言いあてられ、清也はとっさに腕で顔を覆い、身を縮める。だがおかげで隙のできた腕のくぼみに指をすべらされ、またあられもない声をあげてしまった。

（ばれてる……）

本当の、奥の奥にもう利憲はとっくにいる。だから肉体が追いつくのを、いまは待っている状態なのだ。そしてそれを、利憲は清也よりさきに知っていた。

「やばいなもう。ぜんぶ開発したくなってくる」

「ひ……」

奥まで指をいれながら、利憲は清也のこわばった腕をつかみ、自分の脚の間へと導いた。そして、握らせるのではなく、最初に指を曲げさせ、筒状にしてからそこに差しいれてくる。

「あとでね、このなか、こうしてあげるから」

「うあ、ひっ……！」

そのままぐいぐいと腰を使われ、彼の狙いどおり、清也はそのいやらしさにすくみあがった。そして怯えながら、手のひらまで性器にされたような錯覚にめまいを起こし、感じた。

「やっ……あ、やだぁ……っ」

「って言いながら、手ぇ離さないよなあ」

「だっ……利憲くん、うえから押さえてるっ……」

「軽くね。じゃ、離すよ?」

宣言どおり、ぱっと手を離されてしまった。なのに清也の指はこわばったまま、ぬるついた彼のペニスを握りしめている。手のなかでびくびくするものが怖い、怖いのに、背後から抱きしめたままの彼の脈が伝わるそれを、離したくないと思ってしまう。

(だって、これ、おれをほしがってる)

こんなに強くて熱いものが、清也のなかで暴れたがっている。それくらい痛烈に欲されている。わかりやすい情欲の高ぶりを感じて、清也の全身に疼痛《とうつう》が走った。

「ね、おれと同じことして」

「あ、あ、……っあ」

うしろをいじりながら、清也のびしょ濡れになったものにまで彼は指をふれさせてきた。長いそれでやんわり握りしめるだけ。なのに、奥をぐちぐちとやわらげるもう片方の手が、あまったるく執拗に快感を押しつけるから、包みこんでくれる手のぬくもりを犯すように、勝手に腰が揺れる。

「うん、そう。おれの手、使って。もっといっぱい、おしり振って?」

「も、やだ、やだっ! 利憲くんやらしい、えっちっ」

「うわ、えっちとか言う? ちょっとほんとに清也くん、かわいすぎない?」

ものすごく、気持ちいい。気持ちいいけれど、刺激が強くて、いやらしすぎる。あまい声でからかわれ、清也はひくひくと喉を鳴らし、あえいだ。

「わか、んない、も、わかんないよっ……」

涙ぐみながら腰を振っている自分が、本当にばかみたいだ。恥ずかしいし、いつの間にか体勢が変わって、すごく脚も開かされて、ぜんぶ見られているしぜんぶ見せられた。

「や……もう、やだ……っ」

「やだとかいって、しっかり手も、動いてる、じゃん」

「え、う、うそ……」

「嘘じゃないし、ほら」

ねえ、と見おろすさきには、利憲のペニスをしごいている清也の手がある。無意識のまま熱心に撫でさすっていたことに気づき、脳が煮えそうになった。

「だっ、だって、同じことしろって……っ」

ぶわ、と涙があふれそうになった。さすがにもういやだと逃げかけた身体をうえから押さえつけられ、「ごめんごめん」と言いながらご機嫌取りをするようにソフトなキスをされた。

「かわいくていじめちゃった。いかせたげるから泣かないで、ね？」

「え……っ、えっ、え⁉」

「あ、おれ、フェラするほうは初心者だけど、こつはわかってるから心配しないでね」

毎度のあっさりかげんでそう言うなり、思いきり清也の脚を開かせた彼は、なんのためらいもなく、口にくわえた。がん、と頭を殴られたようなショックと、下半身からこみあげた強烈な快感に、清也は顔のまえで両腕を交差させ、自分の肩に爪をたてた。

遠慮もなにもなく、ペニスがしゃぶられる。そうしながら、どろどろになった身体の奥を三本の指でいじり倒され、乳首を中心に薄い胸の肉をつかむようにして捏ねられる。

「あ、あー……っ、あ、やだ、やっ」

「んーん？」

ぜんぶ弱い。ぜんぶ、好きなことだ。利憲が見つけた清也のいけないところ。びくっびくっと膝《ひざ》が跳ねあがり、腿を締めつけようとして、広い肩にぶつかる。そのまま胸をいじめたおすほうの腕の力で、もっとはしたなく脚を開かされる。

「う、あ、あっ」

「はは……清也くん、とろっとろ。やらしいな、かわいい」

ずるりと舌を這わせながら、利憲が笑う。もうその言葉に反論する気力もない。不規則に全身を波打たせ、ひんひんとすすり泣きながら清也はよがり悶えるしかできない。

それでも、一方的にされるのはいやで、必死になりながら名前を呼んだ。

「……しのり、くん、利憲、くぅ、うんっ」

「ん？　なに？」

あまったれきった声に、彼はちゃんと答えてくれた。なめしゃぶっていたものをやさしく指でこすり続け、快楽は途切れない。じたばたしそうなのをこらえ、腕で顔を覆ったままの清也は、その隙間から彼をじっと見つめた。

「い、いくの、や、いや……」

「やじゃないでしょ、こんなんして」

「ふあ！　で、でもやだ、いやっ、あっ」

こんな、のところで先端を強くこすられ、尻がベッドから浮きあがる。その動きのついでにまたもや深くを指でえぐられ、仰け反ったまま悲鳴をあげた。

頭のなかで光が明滅する。うえもしたも、自分がどんな格好をして、どんなふうに見られているのかもすべてが吹き飛ぶ。その勢いで、清也はせがんだ。

「い、れて、いれてください、お願い……っ」

「……え？」

「もう、指、やだ。ちゃ、ちゃんと、抱いてください……なんでもす、するから」

もういじめないで、快楽だけ与えてこわさないで。しゃくりあげながらつっかえつっかえ言うと、ぎくっと利憲の身体がこわばるのがわかった。愛撫の手も止まり、清也はさらに顔をくしゃくしゃにする。

「利憲くん、……だめ？」

「っだ、だめじゃない！　いい！　いいけどやばい！」

すごい勢いで言った彼が、清也のなかから指を引き抜き、覆いかぶさってくる。あっけにとられていると、顔を隠していた腕を両方ひとまとめにつかまれ、ばんざいをするように頭上に掲げられ、手首をぎゅっと握られた。

「え、え？」

清也は目をしばたたかせる。利憲は歯をきつく食いしばったあと、はあっと肩で息をした。

「ごめん、テンションあがりすぎた。ほんとやばい」

彼は、見たこともないくらいぎらついた目をしていた。よく見ると、清也の腕を縛《いまし》めたのとべつの手で自分のそれを握ったまま「ちょっと落ちつくから」とぜいぜいしている。なんだかなまなましい光景に赤くなっていると、利憲が肺からすべてを吐きだすような、大きな息をついた。

「清也くんまじで言葉責めやめて？　おれ暴走しちゃうし」

「し、してない、そんな……」

ふるふる、とかぶりを振るけれど、つかまれた腕のせいであまり身動きはできなかった。腕をあげるというのは、なにひとつ隠せない無防備な状態になる、ということだ。細い身体をうえからしたまで眺めた利憲は、また「はあっ」と息をついた。

「清也くんのあそこちっちぇーから、限界まで我慢してんのよ、これでも」

「ち、ちっちぇ……って」

「無理させたくないんだってば。だからしゃべって気ぃ散らしてたのに、煽《あお》られたら、元も子もないでしょ」

あれこれ卑猥なことを言ったりしたりしたのも、そのためだったらしい。単なる意地悪ではなかったのか、と赤くなりつつも、清也は彼が手で押さえつけつつも隠しきれてはいない、大きなものに目をやった。びくびくと、彼の長い指のなかで震えるそれに、喉が鳴った。

(なんか、すごい……)

怖いけれど、あれはたぶん、いいものだ。自分の身体がそう判断したのがわかる。利憲がまだ指をいれていてくれたらわかったと思う。さっきよりもっと、ずっと——なかがとろとろになっている。

「それ、あの……いい、よ。だいじょうぶだから」

「でもさ」

なにかを言おうとした彼の言葉を遮《さえぎ》るように、上目遣いで見つめながら清也は言った。

「おれ、ほしいって言った、よ……?」

うぐ、とまた利憲が変な声をだした。まずかったのか、とおろおろしていると「ああもう、知らね」とやけくそのような声でうめいた彼が清也の腰を抱えあげる。

「いれちゃうけど、痛くしたらごめんね」

「平気だと、思う」

清也は思わず笑った。ああだこうだと脅すくせに、こんなにやさしい。快楽を施すにあたっては意地悪なほどなのに、痛みだけはぜったい与えまいとしてくれる。あてがわれたものの脈が激しく、どきどきしている。でも、清也の鼓動も同じくらいにはやい。

「あのね、利憲くん」

「ん？」

そっと、汗ばんだ利憲の顔を撫で、そのまま首に抱きついた。

「おれ、しあわせ」

「……っかわ、いい、っつの！」

「あう……っ」

怒ったように吐き捨てて、利憲は腰を押しこんできた。ずん！　と身体のなかに衝撃があって、清也ははっと目を見開く。喉になにかがつまったようになって、息もできないまま全身がけいれんした。

「やっべ、勢いで、ぜんぶ……清也くん、平気？」

「か、……っは、あ」

「ごめん、息できる？　ね？」

おろおろしながら、利憲が背中をさすってくる。ちいさく咳《せ》きこんだ清也は、何度か口をぱくぱくと開閉した。震えすぎて、自分の身体が気持ち悪いくらいだ。

（でも、でも、違う）

心配そうに覗きこんでくる利憲に、そんな顔をしないでと言わなければ。そしてなにが起きたか、ちゃんと教えなければ。

「い……っ」

「痛い？　ごめ」

「いっちゃっ……た……っ」

真っ赤になりながらつぶやくと、利憲ははたと目をまるくし、「え」と間抜けな声を発した。そして結合部のすこしさき――清也の震えるペニスを見つめる。とろっとした白いものをあふれさせながら、まだひくついているそれの勢いはない。腹筋が震えるたび、不規則に弱く吐きだし続ける。

「え、これ……」

「まだ、い、てる……っ」

見られて、知られた。そう思ったとたん、身体のなかがものすごい勢いでけいれんした。利憲が「うわっ」と声をあげ、とっさに腰を引こうとする。反射的に、清也の脚が彼の腰にからまった。

「やだ、抜かないで……っ」

「せ、清也くん？　つか、やば、おれもいきそ」

ちょっとそれははやすぎる、と困惑する利憲に、今度は腕もからませる。ぴったりと胸をよせて、尖りきった乳首を彼にこすりつけるようにして、清也は濡れきった声で言った。

「いっていいから、いれてて」

「ちょ……」

「これ、これ好き……利憲くんが、いっぱいで、すご、すごい……っあ、あ、また、あっ」

ぐうん、と身体のなかで、快楽の圧があがる。またあふれる、と思ったとたん、腹のぬめりがひどくなり、利憲のそれを締めつける場所もきつくなる。

「っわ、なにこの……、え、っちょ、まじでひとりでいっちゃう!?」

「ご、めんなさいっ……だ、だらしなく、てっ」

「違うって、もうちょっとおれになんかさせろっつう……ああ、もう!」

あっけにとられていた利憲が、がばっと清也の両脚を持ち、開かせる。え、と思うよりはやく肩にそれを担がれて、大きく引いた腰を打ちつけられた。

「ひあ……ん!」

「ったくまじ、なんなの清也くんさあっ、エロすぎんだろ！　このエロ処女童貞っ！」

「ごめ、ごめんなさいっ、ごめんなさいっ」

「おれがひいひい言わすまえに、勝手にいっちゃうとか！　なんだよこの身体はっ」

吐き捨てながら、がつがつと突きまくられる。遠慮もなにもない強い動きに感じながらも、怒られた、軽蔑された、と清也は泣きじゃくった。

「す、捨てないで……」

「捨てないし、つか怒ってないし。ほらもう、顔隠さないでこっち見る」

「は、はいっ」

無意識でまた顔を覆っていた清也は、ぴしゃりと言われて手をおろした。とたん、かみつくようなキスに襲われ、下肢の奥と口腔とを同じリズムでめちゃくちゃにされ、濡らされる。もう息が続かないというくらいに貪られまくったあと、お互いにぜいぜいしながらキスをほどいた。

「あ、あ、……お、怒ってないの……？　っ、あん」

涙の残った目をしばたたかせ、全身を快楽にひくつかせながら問うと、清也の身体をほとんど二つ折りにするような状態のまま、利憲がにやっと笑う。

「清也くんが、寝こみ襲ったの怒ってないなら」

ない、とかぶりを振って、じっと見つめる。どきどき、と心臓がまた跳ねはじめた。今度のこれは期待にだ。やさしく動きながら、利憲は清也の顎を軽くかんだ。

「もうわかるっしょ。おれ、エロい子、大好きよ？」

「……ほ、ほん、とっ？」

「ほんと。だからもっと、エロくなって……ねっ、と！」

「ひんっ！」

ぱしんとお尻を手のひらにたたかれ、そのあと違うものでもたたかれた。仰け反ったとたん片足だけをおろされ、斜めによじれた身体をさらに揺さぶられる。高くあがったほうの脚にかみつきながら、利憲はふだんのあっさりさわやかな笑顔が嘘のように、獰猛《どうもう》に笑った。

「いっぱいエッチなことしたげるから、いっぱいいいって？」

「ん、ん、いく……っ、いく、あ、あぁ」

こくこくうなずいて、握った手の甲に歯を立てる。ときどきかみつき、歯形のあとをなめていると、「もー、清也くんは」とうめいた利憲に彼の指をくわえさせられた。そのとたん、びくんと腰が跳ねあがり、利憲を含んだ場所がきゅうんと窄《すぼ》む。

すこし塩からい気がする指をしゃぶりながらじっと見つめていると、肩で息をした利憲が笑いながら口腔をかきまわしてきた。同じリズムで、深い場所もまたぐちゃぐちゃにされる。

「ん、んむう、んううっ」

「う……っ」

びく、びく、と震えながら彼の指をかんだ。利憲の表情が崩れ、痛みをこらえるようなものになる。うめくような声も、汗の滲んだ顔も清也をぞくぞくさせ、つながった場所のけいれんがまたひどくなる。そして粘膜がわななくたび、快楽のステージがあがっていく。

「清也くん、もしかしておしゃぶり好き？」

「わか、んらい……」

「……好きだね、離しそうにないもん。あとでおれのなめる？」

朦朧《もうろう》としながら、うん、とうなずく。とたん、身体のなかにいるものがぐんと膨れあがり、清也は意味もなくかぶりを振って腰をくねらせた。

「ごめ……なんか、勝手に涙、でる……っ」

「いいよ、泣いちゃってても」

「ごめんなさい、すごく、すごくいい……いれてるの、好きとか、おれ、おかしい……っ」

やっぱりネカマなんか一年もやるから、どこかこわれているのだろうか。

（本当に、身体まで女の子みたいになっちゃってる）

不安になりながら利憲を見あげると、さっきまで清也が指をくわえていたほうの手の甲で、濡れた頬をやさしく撫でた。

「おかしくなっていいよ、清也くん。好きなだけしてやるから」

「……あ、やだ、奥……もっとくる、もっと、それ、だ、だめっ」

「だめじゃないだめじゃない」

足りないと思った場所に、必ずあれが当たる。逃げようとして、でも本当は逃げたくない心の裡《うち》を見透かすように、もがいた身体を捕まえて、抱きしめて、引き戻される。

「いっぱい突いてから、なかでいくから。そのまま、ぎゅってしてて」

「う、うん、うん」

いって、いって。ふだんより幼く高くなった声でせがむと、顔中にキスをした利憲が「ほんっとかわいい」とため息まじりに言う。

「ああ、ほんとにまじで、食っちゃいたい」

「たべ、て、食べて……っ」

わけもわからずうなずいて、必死に抱きつく。舌なめずりした彼が、伸びあがるみたいに腰を押しこんで、清也をまた泣かせた。エッチなこと言ってとか、もっとお尻あげてとか、初心者に無理難題を、楽しそうに告げて。

ぐちゃぐちゃのめちゃくちゃにして、食べつくす。

「あ、いく……いく、いく……っ」

しがみついて背中に爪を立てると、「おれも」とかすれた声で耳をかみ、いままでの比ではない複雑さとはやさで、とろけきった内側をいじめぬかれた。

腰骨にあたる、ひとの身体の痛み、抱きしめた肌の熱さ、重たさ。すべてがはじめてで、ひどく濃くて――いとおしい。

「清也くん、いい？　いくよ？　いい？」

うん、とうなずくと、体内でふくれあがる熱。もう、破裂する、こわれてしまう。

「こわし、て……っ」

喉奥からほとばしるような声でせがんだ瞬間、利憲が低くうめいて背中をこわばらせた。そのままふたりで駆けあがった高みから、清也は真っ逆さまに墜落し、痛いほどの官能の味をはじめて知ったのだった。

＊　＊　＊

ぱちん、という音がして、背を向けて座った利憲が避妊具を始末したのがわかった。ちょっとだけ現実に戻った清也は、まだ痺れたような両脚をきつく閉じあわせる。

（大変に、はしたない真似を、してしまいました……）

恥ずかしさに煩悶していると「どしたの」と利憲は笑う。

「おれ、変じゃなかった……？」

「変じゃないよ。ちょっと最後飛んじゃってたから、あせったけど」

後始末を終えた彼が全裸のままこちらを向く。さきほど、とんでもないことになって清也を泣かせまくったあれは、いまは静かな状態だけれど、直視できずに目をそらした。

「なに、恥ずかしい？」

「だって、おれ、すごいだめになってた……」

くすくすと笑う利憲にうなずくと「かわいいなあ」と頬を指の背で撫でられた。

「あのね、おれといっしょなら、好きなだけだめになっていいからさ。セックスってそういうもんでしょ」

「……そうなんですか？」

「そうそう。すくなくともおれはそれでいいし、おれとしか、しないだろ？」

うん、とうなずいたとたん「じゃ、いいじゃん」と笑って利憲は抱きしめてくれる。

「好きなひととするセックスは、悪いことじゃないからね」

セクハラを受けたせいで、性的なことに自信が持てない――なにが正しくて、どれがだめなのかわからなくなっていた清也を、彼はちゃんと見抜いていたらしい。

「たとえばですが、あの部長と主任みたいに、自分らのプレイに関係ない他人を、それも相手の意志も無視して巻きこむような変態は問題外。これはＯＫ？」

「うん」

「でもじゃあ、おれの男の娘好きが高じて、清也くんに女装させるっつーのは？」

うっ、と清也は一瞬顎を引く。だが言わんとすることはわかるし、と、ちょっと想像してみる。その隙を突くように、にやっと笑った利憲が声を低くしてささやいてきた。

「スカートはいた清也くんのこと、そのまんま押し倒して、いっぱいいれて、泣かせちゃうの、や？」

ぞくぞくするのは、このセックスのときだけ使う低い声のせいなのか、それでささやかれたことをリアルに想像してしまったからなのか。

「……っわ、かんない」

「即答しないってことは、いやじゃないんだよな」

ふふふ、と笑った利憲がなにを考えているのか、ちょっとわからなくて怖い。だがゆっくり肩を撫でている手の持ち主は、いやがることを強要したりはしないと知っているから、清也もすぐに緊張をほどいた。

「いまのはたとえ話だけどさ。パートナーが本気でいやがるようなことじゃなければ、なにしたっていいんだし、どうなったっていいんだから」

「……はい」

ほっとした清也が背中に腕をまわすと、じっと見つめられ、引きあうようにキスをした。

「あの……ほんとにおれ、だめになっててもいい?」

「うん、いいよ。すくなくともおれは、さっきの、すごいよかった」

「ほ、ほんと?」

「ほんと。おかげで調子に乗っちゃいました」

くしゃくしゃと髪を撫でる利憲は、ちからいっぱい清也をあまやかしてくれる。信じてもいいのかもしれない。安心して、なにを言っても許してくれるかも。

「あの、いま、ま、またしたいって、思ってるけど、いい……?」

おずおずと、からんだ脚をゆるく動かし、背中を撫でる。重なった腰の反応に気づいた利憲は一瞬ぴくりと眉を動かし、「んー」と思案するような声をだした。

「だ、だめ?」

「気持ち的にはオッケーですが、まだちょっとこっちがね」

「ごっ……ごめんなさい!」

萎えたそれを握らされ、清也は恥ずかしくなった。自分のほうがどうしてこんなにきりがないのか、やはりおかしいのかと身悶えしていると「違う違う」と利憲が笑う。

「ここはさ、『清也くんが大きくして』って、おれがおねだりするとこ」

「え……お、おねだり?」

「さっき言ったの、してくれたらすぐかもよ?」

唇を思わせぶりに撫でられ、全身が真っ赤になった。思わず握った手に力をこめると、ちゃんと反応している。そしてまた清也の手のひらがむずがゆく、全身が溶けていく。

「やばい顔するなあ、清也くん」

利憲の目もまた、あの鋭くて怖いものになっている。捕食者の目。清也をどうやって食べつくそうかと思っている目だ。けれどいまは、食べられたがってもいる。

じ、と握ったものを見ていると、ひくりと反応した。喉を鳴らした清也に彼は気づいて、くっと低く笑う。

「手、離して」

「あ……」

起きあがった利憲が、膝立ちになって清也を見おろした。身体中がびりびりするのを意識しながら、なにも言われないまま清也はよれたシーツに腕をつき、彼のまえに這いつくばる。顎を、指さきでくすぐられた。猫のように目がとろんとして、息が切れる。

「……あーん、して」

言われるよりさきに、勝手に開いていた唇へ、いとしいものの先端がこすりつけられた。つるつるして不思議な感触。ぞくぞく、背中が震える。口のなかいっぱいに唾液《だえき》があふれた。

「清也くん、じょうずに食べてくれたら、いいことしたげるよ」

耳をくすぐりながらの言葉に、腰がうねった。彼のくれる『いいこと』に期待する。想像しただけで、清也の股間がさらに力を持つのがわかった。

「もうエッチな顔になってる」

くすくすと笑われて、恥ずかしかった。けれど不安にも、怖くもならなかった。

たぶん、自分はこれをするのも大好きになる。以前の清也なら、すくみあがっていたと思う。なのにいま、これをなめたくてたまらない。

「言ったよね、清也くん、おしゃぶりきっと好きだって」

わかってるよ、とやさしく言われて、恥ずかしいのに嬉しい。セックスの快楽だけでなく、利憲の身体だから、なんでもしてあげたくなる。

（もう、もう……ぜんぶ、好き）

とろけきった頭で考えながら、清也はごくりと喉を鳴らし、唇をぐるりとなめたあと、濡れた舌を尖らせ、震えるそれを彼に向かって差しだした。

後頭部をやさしく撫でる指だけで、もう、いってしまいそうだった。

＊　＊　＊

それから数日、清也は会社を休んだ。

事件のダメージはやはり心身ともに大きかったらしく、利憲がいないと不安で身体が震える、という症状がおさまらなかったためだ。

彼は会社もあったのだが、なるべくはやく帰れるように努力してくれて、その間ずっと清也は利憲のマンションで寝起きし、彼のベッドで彼のにおいにつつまれたまま生活した。

会社のほうからも、有休扱いにしておくとの通達がきており、つぐみのよこした補足メールによると、やはり相当な大問題へと発展したそうだった。

結論から言うと、部長と主任は懲戒《ちょうかい》解雇となったわけだが、その顚末は清也の予想をはるかに超えた事態に発展していた。

「じつは先日の打ちあわせすっぽかしの件。相手を舐めてかかってたんで、佐光さんを追いつめるエサにしようとしたらしいんですけど……」

本来あの日に打ちあわせをする予定だったのは、香川に同じく若手の作曲家兼シンガーだったそうだ。しかしじつはその相手というのが、芸能界でもそうとうに幅をきかせている大物演歌歌手の息子で、親の七光りと言われたくないがために、名前を変えて活動していたらしい。

「すっぽかしってのも、タチが悪かったんですよ。相手さんは何度もサユババの携帯に連絡いれてたのに、それぜんぶ無視。おまけにまあ、業界せまいなって思ったんですが、そのひと香川さんと、とあるSNSでお知りあいになってたらしくて」

――《Kanarienvogel》の花田左由美って、かなりやばいって話、聞いたんだけど。おれの担当のひともセクハラされて、無理やり担当奪われたって知りあいから教えられて……。

香川にそう聞かされた彼は、どうにも妙だと感じ、その道のベテランである親に相談。まわりまわって社長のところへ直接「うちの息子になにしてるんだ」というお叱りがはいり、あわや会社自体が危険なことになるところだったそうだ。

「ま、そんなわけで完璧にトドメくらいましたよ、ふたりとも。ちなみに部長……もと部長の平木ハゲは、今回の件がばれて、奥さんと子どもに逃げられ、離婚裁判の準備真っ最中ですって。もちろん、部長の姉である社長の奥さまも大激怒で、親族からも勘当確定。サユババのほうは、よく知らんですけどね。場合によると結婚するんじゃないすか？」

「……濃すぎるなー」

ひととおりを語ったつぐみは「喉渇いた」と息をつき、シャンディガフをがぶがぶと飲み干した。

本日は、清也が休んでいる間に事後の処理でてんてこまいだったつぐみの慰労会だ。利憲がつぐみの好みを聞きいれ、今回はおしゃれイタリアンよりも、量と味で選んだカジュアルな飲み屋に集合した。

掘《ほ》り炬燵《ごたつ》式の完全個室タイプのため、なにを話そうと気が楽だ。

「もうちっとしたら、須々木さんも合流するかもって」

「わかりました。……ていうか大変だったよね。何日も休んじゃって、すみませんでした」

利憲の目が光っているため、ウーロン茶のグラスを手にした清也が詫びると、つぐみは軟骨の唐揚げを口に放りこみながら「あ、いーですいーです」と手を振った。

「吐くまで追いつめられた状況、全員聞いてましたしね。そんでじつは、佐光さんだけじゃなく、近いこととされてた若手男子やら、部長にセクハラされてた女子やらが、ぽろぽろと証言しまくってたんで」

「どんだけ手ぇ広くしてたんよ、あの変態カップル」

うんざりと利憲がうめき、「まー全部署ひとりずつって感じすか」とつぐみが吐き捨てる。

清也はやはり、ちょっとだけ青くなり、すぐに利憲がその背中をさすってくれた。

「会社側から、佐光さんに関しては詫びをだしたほうがいいのかって話にもなってまして」

「え、そんな。いらないけど」

「もらっといたほうがいっすよ。これで会社やめられて、よそでうわさ撒かれるより、内部でとどめてくれっていうおっさんらの駆け引きですから。そのほうが円満かと」

若いのに政治的な意味でこなれきっているつぐみは、さらっとそう言った。

「あのさ、前川さん、今回は印籠使ってないんだよね？」

「ん？　使ってませんよ？」

にこー、と笑ったつぐみにうさんくさいものを感じていると「まあちょっとだけぶっちゃけますと、クレーム電話のときにちょこっと」と彼女は悪い顔で笑う。

「ちょこっと、なに？」

「くだんの、香川さんのはいってるSNS、わたしも参加してたんで。ちょっと、ちょこーっとだけ、お互いの事務所についてのネタふるように、し向けました、ははは」

つぐみがほのめかすまでは、香川と問題の若手作曲家は、互いの素性を知らなかったのだそうだ。どのようにして会話を誘導したのか知るよしもないが、つぐみならやってのけるかもしれない……と清也は顔をひきつらせた。

「まあでも、結果としてはよかったんじゃないですか。平和になったし、わたしはオタ友増えたし、おふたりは無事にくっついたし」

「……う」

赤くなった清也は、この夜つぐみと飲み屋まえで再会したとたん「あ、やっちゃった？」と言われておおいにあわてふためいた。

「そ、そんなにわかりやすい？　おれ」

「幸せオーラというか、この言いかた変ですけど、新妻オーラというか、そんなんが漂いまくっております」

もしゃもしゃと海鮮サラダをほおばるつぐみの言うとおり、じつは数日ぶりに実家に戻ったところ、正廣にもまったく同じコメントをされたのだ。

――兄貴、彼氏んとこ泊まるのはいいけど、そのやりまくられた顔どうにかしろよ。

（は、恥ずかしい……）

自分でもゆるみきっている顔の自覚はあるだけに、どうすればいいのかわからない。涙目になって利憲をうかがうと「清也くん素直だからなあ」とひたすらのんきだった。

「まあ、慣れればだいぶ取り繕《とつくろ》えるようになるよ」

「そ、そうかな？」

「うん、だからがんばろうね」

さわやかそのもの、という顔で微笑まれ、どうしてもひきつってしまうのは、なにをどのようにがんばるのか想像してしまったからだ。

「あーあーばかっぷるみたくなーい」

わざとらしく目を覆ってみせるつぐみに、清也はうなだれる。無駄な努力と知りつつほんのすこしだけ、隣に座った利憲から距離をとろうとした。しかしすぐに、やさしい顔で強引な彼氏が肩を抱いてきて、そんなダダ漏れで真っ赤になる。

「しかしねえ、そんなダダ漏れで『つきあっちゃうとか?』はないっすわ、佐光さん」

「え……」

「すっごい哀しそうな顔で言っちゃって、あーこのひとほんと姫だわ、とか思いましたもん」

あのころ細かい事情など話していなかったのに、つぐみにはすべて気持ちが漏れていたらしい。

「でもねー、おれもきつかったよ。ふられたうえに、女の子斡旋《あっせん》されたのかと思った」

「そ、そんなつもりは」

嘆息した利憲にまでいじられ、清也はしどろもどろになる。

「だって、俺としては男のひと好きになるとか、すんごい、ハードル高くて……」

あのころはあきらめきっていたから、そのほうが自然かと思って。

せつなくつぶやいたのに、酔いのまわったつぐみに「だまれリア充」のひとことで蹴散らされた。

「現物が相手なのに、なに言ってんすか！　チャンスはあるでしょ、望みもあるでしょ、てか、かなったでしょ！　こっちは紙とかデータ相手に恋するオタクですよ⁉　爆発しろ！」

「か、彼氏いたんじゃないのっ？」

すっかり目の据わっているつぐみにこわごわと反論を試みるも、彼女はうつろな目で笑っただけだった。

「ふふ……諸般の事情で別れましたとも」

「え、ど、どうしたの」

「どうしたも、こうしたも……っ」

力強くうめくつぐみは、大変オタクならではの別れ話の顚末を口にした。

「このあいだね、彼……モトカレ？　いや、あんぽんたんが泊まりにきてたんですよ。で、その日わたしは出社予定で、ヤツは休みだったんで、鍵預けてでてったんですよ」

「う、うん」

「好きにしていいとは、そりゃ言いました。言いましたけどね……っ。アイドルの特番見たさに、わたしの撮りためておいた、《雷電戦隊ライジンガー・スペシャル》消しやがったんです！　あれは！　DVD収録版と違うからとっておいたのに！」

「……特撮も好きだったんだ」

「あたしの、あたしのライジンブラック瀕死の萌え回返せ……！」

わっと机に伏した彼女が蕩々《とうとう》と語ったところによれば、本放送時、つぐみのお気に入りキャラであるライジンブラックの戦闘シーンが残虐だというクレームがはいり、DVD収録版ではまるまると場面がカットされているらしい。

「血まみれでぜいはあ言ってる小野塚天《おのづかたかし》なんて、レアなのに！　せっかく、せっかくBDレコーダー、フルハイビジョン録画だったのにいいっ」

「……なんかよくわかんないけど、つらいんだね」

怒りが再燃したらしく、ぎりぎりと歯を食いしばるつぐみに、清也はどうしたものかとおたついてしまう。だが利憲は「腐女子怒らせると怖いのになあ」とのんびりした口調でグラスをかたむけていた。じっと清也が見つめると、しかたない、とばかりに苦笑する。

「わかったよ。清也くんがお世話になったし、ちょっと伝手あたってみっから」

「えっ」

「誰かしら、録画してんのいるだろ。業界が業界だし」

「まじですか！　うっそん、高知尾さんイケメン！」

「ははは」

けろっとあかるい顔になったつぐみに清也はどうしていいかわからなかったが、利憲に「無理に理解しようとしないようにね」とささやかれる。

「清也くんは多少ゲームかじっただけの一般人なんだから」

「ですよね。佐光さんてほんとふつーですもん」

「イッパンジンて……え、ふつーに、ふつーだけど」

独特のニュアンスがわからず戸惑う清也に、ふたりは「いいから、いいから」となまぬるく笑うだけだ。

やはりいまひとつつかめないなあ、と思いながら、ささみチーズをつついていた清也に、ご機嫌な顔になったつぐみが「そうだ」といそいそタブレット端末を取りだす。

「これ最近ネット配信されてるんですけど、すっごいできがいいんですよ。SIZ《シズ》の新作ひっさしぶりなんですよねえ。このあいだ、ラノベでデビュー作でちゃったから、もうアニメは無理かと思ったんだけど、相変わらず無料とは思えないクオリティで！」

「え、まじ？　SIZのってひさびさじゃん」

どれどれ、と利憲が覗きこむ。清也はきょとんと首をかしげた。

「SIZってなんですか？」

「あ、個人でアニメ制作してるネット作家。絵はちょっと地味なんだけど、話がいいなって思ってたら、案の定小説家になっちゃったんだよね」

そんなのもあるのか。感心して画面を覗きこむと、動画が動きだす。

サイレント映画のように台詞はなく、音楽と字幕のみでつづられるアニメーションは、数分と短いけれどたしかにすごかった。

「え、すごいね、おもしろい」

「でしょ。これシリーズになっていて、もう五作目なんですけど、これ、このキャラ」

つぐみが画面を指さしたのは、悪役である美形キャラだった。垂れ目で金髪の彼に、いまは夢中なのだという。

「このヴィルがもう、めちゃかっこいいんですよう……！　ちょっとアウトローでイケメンで、でもちょっとしたとこにさみしい感じがして……って待って、新作更新キタコレ！」

叫んだ彼女の言葉に共感はできなかったが、画面のなかのヴィルが動く姿に、清也は既視感を覚えた。

（……なんか、これ、正廣に似てる？）

清也は不思議な気持ちになって、じっとそれを見つめ続ける。隣で覗きこんでいた利憲が、わざとすねた声を発した。

「なに、なんかえらい熱心に見てるけど、こういうのタイプ？」

「いや、タイプっていうか男はダリさんしか興味ないです」

「え」

「え？」

自分が口走ったことの恥ずかしさに気づき、清也は真っ赤になる。そして利憲は、目を見開いたまま沈黙したあと、ばたり、と横に倒れた。

「と、利憲くん？」

「やばい……デレた、俺の嫁がデレた……っ。やばい、しぬ」

「え、なに、意味わかんない」

「清也くん、好きだあ！」

平然として見えたが、じつは相当酔っていたらしい利憲にいきなり抱きしめられ、清也は「ひわ！」と奇妙な声をあげる。

「あーもうかわいい。お持ち帰りしていい？」

「いや、あの、まって。ほんと待って、ごめんちょっと」

「じゃ、ちゅーだけ」

「利憲くん落ち着いて！」

涙目になってうろたえる清也と、まったく顔にでないまま酔っぱらいまるだしの利憲をよそに、手酌《てじゃく》で飲み続けるつぐみは「モニターどけやああ！」とうめいている。

（なに、この状況）

ほんのちょっとまえまで、人生が終わるかというくらい悩んでいたのに、声もだせず、誰にも届かないとあきらめていたのに、いまの清也のまわりは、騒がしすぎてしかたない。

そのとき、からりと個室を区切っていた引き戸が開かれた。

「おう、なんなの、このカオス……」

「須々木さん、たすけて！」

思わず声をあげると「おれ以外の男に声かけるとか、だめでしょ」と目の据《す》わった利憲がのしかかってくる。

「おもしろいことになってんなあ、佐光」

あっはっは、と笑う須々木はよくも悪くもそれこそ一般人で、この状態の意味などまったく気づきもしないらしい。

「……あんまり気にすること、ないって」

「え？」

しっかりと清也を床に押し倒した利憲の声に目を瞠ると、ちゃんと正気な彼が、いたずらっぽく笑っている。酔ったふりか、と眉をつりあげようとしたところで、にんまり笑う利憲にいやな予感がした。

けれど逃げるにはもう、遅い。

「酒癖悪いっすねー、高知尾さんて」

「そこはほっといていっすよ須々木さん」

「……おまえもほんと、隠さないオタクになったねえ、前川」

しみじみとつぶやく常識人のまえで羽交《はが》い締《じ》めにされたまま、清也は酔ったふりをする恋人からの熱烈なキスに、うめくだけだった。

カナリヤはうたい、蕩ける

二十五年間生きてきて、はじめて思うことながら、自分はもしかして淫乱というのではないだろうか。

佐光清也《さこうせいや》はそんな突拍子もないことを、わりと真剣に悩んでいた。ひそかなコンプレックスだった、この歳にして性体験がない——要するに童貞——という事実は、一年ほどまえから続いていた一連のトラブルを経て知りあった相手のおかげで、無事に解決した。

人間不信気味だった清也にも恋人と呼べる存在ができた、それ自体はある意味喜ばしい話だ。たとえその恋人が同性で、厳密に言えば童貞のまま処女を失った状態でも。というか十代なかばにして寝取られを経験したあげく、女性上司からの執拗なセクハラとストーキングという恐ろしい目にあわされたら、もう自分はゲイでいいです、という気にもなろうというものだろう。

だが、つい最近の初体験を捧げてからこっち、なんとなく、落ち着かない気分なのだ。もっと言えば身体《からだ》がずっと火照《ほて》ったような状態で、それがなかなか抜けなくて困っている。

同性相手のセックスだ。向き不向きはあれど、本来の機能的には無理があったりするはずなのに、すごい勢いで身体が順応しているのがわかる。ある意味では、恋人のおかげかもしれない。

アナルセックス――とずばり言ってしまうと大変、なまなましいが――の無理を無理でなくすために、いろいろと準備をしなければならない。臆したり引け目を感じたり、あまつさえ冷めたりすると最悪なのだが、その過程すら愉《たの》しむためのスパイスに変えて、清也の気持ちをそらさせない。

抱かれると抱かれた回数ぶんだけ快楽が深くなっていって、毎回毎回、もうだめ、もうこのさきはないというくらい感じるのに、そのたび気持ちよさが違う。鋭かったり、あまかったり、ゆるやかだったり、激しかったり。あんなにいろいろなことを、たったふたりでできてしまうのはすごいな、と変な感心までした。

たいてい、週末に会ってお泊まりの約束をするわけなのだが、金曜の昼を越えたあたりからずっとそわそわしっぱなしになり、同僚の前川《まえかわ》つぐみなどには「きょうもデートですか」と笑われてしまうこともある。

――佐光さん、わかりやすすぎますよねえ、ほんと。

そうして冷やかされるのも日常となれば、当然、同じ家に住み長年顔をあわせている相手に、ばれないわけがない。

週末という天国の時間がもうじき終わる日曜日の夜。帰宅した清也と廊下ではちあわせた弟、正廣《まさひろ》は、開口一番こう言った。

「なんつうか、隠せねえなあ」

「え、なにが……」

いきなり近づいてきたかと思いきや、清也の頭のうえで、すん、と高い鼻をひくつかせ、「やっぱり」と眉を器用に片方あげる。

「そのシャンプー、うちのじゃねえし。腰かばってるのもろこつすぎ。顔に、ヤリまくりました、って書いてあんじゃねえか」

「え、え、え」

かーっと赤くなった清也に、正廣は「おい」といやそうに顔を歪めた。

「しら切るなりしろよ。ラブホでてきたばっかの客でも、もうちっとすました顔してるっつの」

「そ、んな、見て、わかるのか」

「まるわかり。っつか兄貴ほんと嘘とかごまかすのへただよな。そんなんで、どうやって一年もネカマやってたんだよ」

「……ひとの古傷をえぐるのはやめてくれ」

「事実じゃん」

清也の顔がひきつったことなどまるでとりあわず、にやりと笑った弟はそのまま自室へ戻ろうとした。その高い位置にあるウエストに手をかけると「げっ」とうめいて立ち止まる。

「なにすんだよ、ゴム伸びんじゃねーか！」

一瞬下着が見えたことなどどうでもいい、弟のパンツがなんだろうと知ったことじゃない。凶悪な顔ですごまれて、ふだんの清也なら怯えただろう。だがそのときは必死すぎて、なにも見えていなかった。

「な、なあ、そんなにまるわかりなのか」

「あ？」

「せ、セックスしてきたばっかりですって、そんなにわかるものか？」

真剣に問いかける清也に対し、正廣は驚いた顔をしたのち、ややあってため息をつく。

「いや、そりゃ――」

「こういうのって、よくわからないんだけど。頻度が高すぎる気がするんだ」

顔を曇らせると、正廣がなにかを見極めようとするように目をすがめた。

「それ、兄貴はやりたくねえのに相手が強要してくるってことか？」

「それはないけど、でも、し、してばっかりっておかしくないんだろうか」

「しょうがないんじゃね？　覚えたてなんか、そんなもんだろ」

十代序盤で童貞など投げ捨てた剛胆な弟は、さっくりと言ってのける。だが清也は不安だった。いまの自分が利憲《としのり》との行為におぼれている自覚はあるから、怖くもあった。

「そうなのか？　毎週とかってそういうの、変じゃないのか？」

「ちょ、おい、そういうなまっぽい話を身内にだな」

「何回もしたくなるの、とか、おれおかしいのかな……」

やめろと顔をしかめた弟の言葉など聞こえもせず、清也はがっくりとうなだれる。この場をやりすごすためだろうか、大変に面倒くさそうな顔で、正廣は口を開いた。

「好きな相手なんだし、気分的にも高揚するだろうし。そんで相性もいいなら、そら天井知らずなんじゃね？　つきあいはじめなら、脳内麻薬もでっぱなしだろうしな」

「そ、そういうもんなのか？」

「まあ、そのうち消化できたら落ち着くから、やるだけやってりゃいいんじゃね」

「あの、でも、ずっと落ち着かなかったらどうすればいい？」

清也はしごくまじめに問いかけたのに、正廣はあきれかえったような目で兄を見た。

「そりゃ、彼氏に相手してもらうか、自分で処理するか、どっちかしかねえだろ。……つうか、いまさらだけどな、弟になに訊いてんだよ、あほか？」

「しょ……しょうがないだろ！　ほかに訊ける相手とか、ないし」

「兄貴、ともだちいねえもんなあ」

心底同情するように言われ、ぐっさりきたが事実だった。

「気になるならパートナーに直接訊けよ」

「そ、そんなの訊いたら恥ずかしいじゃないか」

「……弟にセックスの話するほうがよっぽどアレだっつーことに気づけよ、おい……」

遠い目になった正廣はのちに、このときの会話について、こう語った。

――ちょっとからかっただけなのに、あんときの兄貴はほんとにマジになってたからなあ。童貞こじらせるとやばいんだなあって痛感したわ。二度とあのネタでいじらないって誓った。

「とにかくまあ、他人を参考にしても意味ねえぞ、こういうの。確認したいことはなんでも、ダリさんとやらに訊け」

「でも、あの、きらわれたりしないか？　あきれられたり」

「兄貴の性格はいやってほど知ってんだろ、あっちも。だいたい週末だけじゃなく、平日だって大抵会って飯食ってるありさまで、そのクソ面倒くせえ性格知り尽くしてっだろ」

「けどやっぱ……」

「あーあー、ナイナイナイ、ダイジョブダイジョブ」

完全な棒読みで、正廣は「そんじゃ寝るわ！」と足早に部屋へと戻っていき、清也はまたもやまじめに――しかし一般的な部分とは大幅にズレた感覚で――悩んだのだった。

＊　＊　＊

そしてまた、週末を迎えた。すっかりお泊まりおうちデートが定番となったふたりは、会社が終わったのちに待ちあわせをし、利憲の家に向かうというといつものコースをたどったのだが、どこかしら浮かない顔をした清也に、めざとい彼氏はすぐに気づいた。

「なにか、あった？」

いつもどおりのやさしい声、やさしい表情。あまやかすような目つきで顔を覗《のぞ》きこまれたとたん、清也はかーっと赤くなった。利憲はそのわかりやすい変化に、くすりと笑う。

「清也くん、うまく言えないことあるならまずスキンシップしよ。お膝にどーぞ」

ぽんぽん、と長い脚をたたかれて、清也はますます赤くなる。

おいで、と両手を広げられ、おずおずと近づく。正面から抱きしめられ、肩に顔を埋《うず》める。

「これで顔見えないから平気だろ」と、利憲が笑った。

「違う意味で恥ずかしいんですが……」

「でも、いやじゃないだろ。清也くん、だっこ好きだしね」

きらいではないから、違うと言えない。あまえるのがへたくそで、こんなふうにわかりやすい子ども扱いをされたこともなかった清也を、利憲は徹底的にかまい倒してくれる。

広い肩に載せた頭を居心地のいい場所に移動させる。ほっと息をついた清也に、利憲が笑った。

「清也くんは顔は目元がきりっとしてるから猫系っぽいけど、じっさいにはわんこ系だよなあ。ずーっと、撫でて、って顔してくっついてくる」

「や、ですか？」

「いんや。おれ、犬派だから大歓迎」

にこにこ笑う利憲こそ、ぱっと見は気のいい大型犬のように見えるけれど、中身はとんだ狼だ。いや、むしろ搦《から》め手で静かに忍び寄るあたりは、大型の猫科動物かもしれない。

しばらくそのままじっと抱きしめあったあとに「で、どしたの」とやさしくうながされる。

「……すごい、くだらないことだけど、訊いてもいいですか？」

うん、なあに。ゆったりした口調で肩を抱かれていると、許されているんだなあ、と思う。

ほっとして、それでもいささか恥ずかしく、もぞもぞと足さきを動かしながら清也は言った。

「最近ちょっと、エッチしすぎ……じゃないですか？」

利憲は瞬時に身体をこわばらせ、あせったように清也の顔を覗きこんでくる。

「な、なんで？　いやだった？　ごめんおれ、気づけなくて」

「あ、あ、じゃなくて！」

ショックを受けたような利憲に「正廣に言われたんです」と声を張りあげた。

「言われたって、なんて」

「おれ、その……利憲くんちから帰ってくると、なんかその、えっちな顔……だって」

じっさいにはやりまくってきた顔、と言われたが、そこまでろこつなことは言えずに「だから控えたほうがいいのかなとか」と口ごもる清也だったが、なぜか利憲の声が不機嫌そうな低いものになった。

「……なんでそんな会話になったの？」

「なんで、っていうか。石けんのにおいしたらしくて、気づかれて」

「におい、かがれたの？」

腕の長さぶんだけぱっと身体を離され、清也は驚いた。利憲はずいぶん怖い顔をしている。どうしてだろう、と思いつつ清也が首をすくめると、彼は深々とため息をついた。

「あのね、おれの心が狭いんだと思うんだけどさ、正廣くんに対して、清也くんって変にこう、意識してない？」

「え？」

「いつも、正廣が、正廣が、って。わりと弟くんの言うことに過敏に反応するよね」

そうだろうか、と清也は首をかしげた。たしかにむかしからコンプレックスの対象であり、羨望の的でもあった相手だ。強く意識しているのは間違いないとは思う。だがそんなことは利憲はとっくに知っているし、気にしないでいいと言ってくれたのも彼だ。

なのになぜ、いまになって不快そうな顔をするのかわからずにいると、利憲はまたため息をついた。

「……わかんないの？　おれ、妬《や》いてんだけど」

「え、なんで？」

「なんでって、そりゃ、いっしょに住んでる男がやたらかっこいいとか聞かされたら、彼氏としては穏やかじゃないだろ」

彼氏という言葉に頬を染めつつも清也はますます混乱し、首をかしげる。

「あの、弟ですよ?」

利憲は眉をよせ、清也の頬を軽くつまんだ。

「弟っていっても、じっさいには〝またいとこ〟なんだろ? それに話聞いてると、かっこいいとか、やたら褒めてる気がするんだけど」

「え、単に客観的にモテるやつって言っただけで。べつに仲よくなかったし」

「以前は素直に話せなかったってだけだろ。憎まれ口たたくとか。最近はかなりいろんなこと打ちあけてるみたいだし、おれからすると、すごく信頼しあってると思う」

「それは、そうかもだけど……でも」

そもそも弟とたくさん話すようになったきっかけは、利憲とのことなのだ。それをいまさら口にするのは気恥ずかしい気がして――なにしろ目のまえの相手に対する片思いの相談をしていたわけだから――清也が口ごもると、利憲はじっとりした目で見つめてくる。

「でも、なあに」

「あ、いや、あの。……信頼してるって言っても、利憲くんほどじゃないです、よ?」

首をすくめて上目遣《うわめづか》いにうかがうと、「あざとい……でもこれが計算じゃないからおそろしい……」と、利憲はなにやら意味不明なことを口走った。

「なんですか？」

いいね、とにかく、おれといるときにほかの男の話は禁止。弟くんでも禁止」

ただとにかく微笑《ほほえ》む利憲の目が笑っていない。なんだか胃の奥がひんやりして、清也はおおあわてで何度もうなずいた。

（なんかよくわかんないけど、怖い）

こういうときの利憲には逆らっても無駄だというのは、もう学習した。とことんあまいしやさしいけれど、一度言いだすと引かない男なのだ。

「じゃ、もういまの話はいいよね」

「……はい」

なんだか肝心のことがうやむやに、流れていった気がする。けれどしっかりと膝に抱きかかえられたままの状態が心地よくて、清也もこれ以上蒸し返す気にはなれなかった。利憲の肩に顎を載せ、くたんと全身の力を抜く。しっかりした腕が自分をつかまえておいてくれるので、どこまでもリラックスできてしまう状態にうとうとしながら、見るともなしに壁のほうを向いていると、壁面ラックの一角、本棚の隅になにか見慣れない、カラフルなものを発見した。

「あれ、なんですか？」

「え、どれ？」

ずっと髪を撫でていた利憲は、急に身を起こした清也にちょっと残念そうにしながらも、とくに止めたりはしなかった。清也が膝のうえに乗りあげて背後に腕を伸ばすと、腰を支えて「危ないよ」などと笑っていたけれど、肝心のものを手にした清也が元の位置に戻ったところで顔をひきつらせる。

「あのこれ。先週は見なかったけど」

「わ、それはっ」

有名アニメキャラクターである女の子の絵がパッケージに書かれている。大きさは四六判書籍よりすこし大きい程度だ。一瞬、ゲームかＤＶＤの特装パッケージかと思ったけれど、なにか違和感がある。清也の見たことがあるアニメと、ちょっとずつディテールが違うし、色も妙なのだ。利憲も妙にあせっていて、変だ。

「や、ちょ、清也くんそれ」

「なんでそんな顔するんですか。変な利憲くん」

言いながら箱をひっくり返し、清也は目をまるくした。顔のアップだった前面と違い、背面にはその子の膝までの絵がある。そしてその制服のスカートはめくりあげられ、腿《もも》のあたりにはなにやらカラフルな物体の写真が添えられていた。卵形のプラスチックっぽい素材で、パッケージキャラクターの絵がプリントされている。

「……オモチャ？」

「あー……言っておくけど、おれが買ったんじゃないからね？　新年会で景品であたって、無理やり押しつけられただけだから」

　男ばっかの職場なんで悪のりで、と言い訳している利憲に、清也は首をかしげた。

「これ、どういうオモチャなんですか？　キャラグッズ、ですよね」

「……え」

「でも卵みたいなかたちで、大きさも半端だし……なんに使うんだろ……」

　首をひねった清也は「あ、もしかして痛マウスとかですか？」と問いかける。しかし、なぜか利憲は呆然としていた。はっとして、清也は顔をしかめた。

「まさか海賊版グッズとかですか？　版権扱うひとなのに、そういうのはよくない――」

「ちょ、清也くんそれ、マジで言ってる？」

「え、はい」

　こく、と清也がうなずくと、うわあ、というように利憲が目をしばたたかせ、そのあとなぜか悪い感じに笑った。

「な、なに？」

「ほんとに知らない？　それ」

「はい……なんですか？」

じんわりといやな予感がする。あとじさろうとしたけれど、依然身体は密着したまま、がっしりと腰をつかまえられて、清也は喉を鳴らした。利憲が、目を細める。

「これね、オナホ」

「え？」

「オナニーホール。要するに、マスターベーションするときの道具」

「え、うわっ……えええ！」

叫んで、清也は手にしていたそれを思わず放りあげ、しかし他人のものだったと気づいてあたふたとキャッチした。その取り乱しように、利憲がくっくっと笑いだす。

「見たことなかった？」

「あ、え、だってなんか……ふつうの文具商品に見えて、あれ？」

「最近は、見てもばれないタイプのが多いらしいよ。これは痛系オナホとおしゃれオナホの中間をねらった開発中の新商品だって」

「そ、そうなんだ」

情けなく眉をさげた清也に、利憲はますます笑いを深めた。箱を手に固まったままの清也をぎゅっと抱きしめて、くすくすと笑う。

「使ったことない？」

はい、とうなずく清也は首筋まで真っ赤になった。その首筋に顔を埋め、ぴったりと唇を肌に押しつける。

「……使ってみよっか」

「え？　でもこれ、ひとりで使うものですよね？」

なんでいま、と清也が目をしばたたかせる。利憲は軽くついばんでいた唇をこわばらせ、そのあと「ぶふっ」と噴きだした。息が直接首にかかって、清也は肩をすくめる。

「ふたりでも使えるよ」

まだぴんとこないまま、「いっこしかないのに？」と清也は首をかしげる。利憲は箱ごと清也をしっかり抱きしめると、またあのおおきなため息をついた。

「教えてあげるから。でもいっこ、約束できるかな」

「はい」

にこっと笑う利憲の顔に見ほれつつ、うっかりうなずいた清也は「内容聞くまえにうなずくとか、うかつ」と鼻をつままれた。

「なんか変なことですか？」

「変じゃないけどね。きょうあったことは、誰にも言わないこと。正廣くんにも、だめ。……内緒にできる？　おれと清也くんと、ふたりだけの秘密」

ささやきながら軽く唇をかまれる。利憲のキスに弱い清也はとろんとした目でうなずいた。

「じゃ、用意しよっか」

頬を唇でくすぐりながら告げる利憲が、こういうときなにを考えているのかについて、まったく学習できない自分を呪ったのは、およそ三十分ほどあとの話だった。

＊　＊　＊

（使うって、使うって、こういうことだったのか……っ！）

寝心地のいいベッドのうえで裸に剝《む》かれて、あまやかすようなキスと器用な指と舌の愛撫に頭のなかまでとろとろにされた清也は、背中からしっかり抱きしめてくる利憲の膝のうえで泣きじゃくっていた。

「どしたの？　痛い？」

「い、痛くない……ですけど……っ」

声をだすと、おなかいっぱいになっているせいで苦しい。うしろからいれられ、それも壁に背をもたれさせた利憲のうえに座りこむかたちだから自分の体重がかかって、いつもよりずっと深くに侵入を許している。

そしておまけに、おおきく開かされた脚の間には、利憲の手で装着され、しっかり握って圧力をくわえられている、謎の物体があった。

「あー、思ったより伸びがいい感じ」

エラストマーと呼ばれる合成樹脂でできた半透明のそれは、ケースからだしたときにはたしかに卵形だった。しかし手で引っ張れば伸びる程度のやわらかさがあって、底面に空いた穴の奥は、ぱっと見た感じ切子グラスのような複雑なカットが施されている。

そこにローションを注ぎこまれたとき、いやな予感がしたのだ。やっぱりやめたい、と口にしようとしたけれど、たくさんキスをされて、いいこいいこと頭を撫でられて、夢心地でいる間にもう、この有様だった。

「ひ、んっ。うご、動かさないで」

「動かしてないよ? 動いてるの、清也くんのほう」

ほがらかな声で指摘されたとおり、利憲は奥まで挿入したあと「待ってあげるから」と言って腰を突きあげてもこないし、例のものを清也のあれにかぶせたあとは、握りしめているだけだ。けれど力をくわえて伸ばされれば、もとのかたちに縮もうとする合成素材の性質のおかげで、ぬるぬるになった内部はじっとりと清也のペニスを刺激してくる。

利憲の手も、機械ではないし、完全に微動だにしない、というわけにいかない。一瞬だけゆるんだ指の圧力で、内部のでこぼこがはじくようにすべったり、圧着されていた部分に隙間ができて、ローションが流れこんだり——それはまるで、うねるなにかにゆっくりと咀《そ》嚼《しゃく》されているかのような、強烈な感触になっていた。

結果、清也はひとりで脚をもじつかせ、びくびくと震える腹筋を利憲にさすられながら、ときどきにはたまらずに腰をゆするはめになっていた。

「どんな感じ？」

「どんな、て……」

言えない、と清也は髪を振り乱した。じれったくて、むずむずして、身体が破裂しそうだけれど、それを口にするなんてとてもできない。

「もうや、やだ、利憲くん、これ、いやです……」

「んー。どうしたい？　清也くんの好きなようにしていいよ」

のんびりした声で言いながら、利憲は音を立ててうなじから背中にかけてキスをする。清也は唇をかみ、自分の身体を支える彼の腕に爪をたてた。

涙目のまま、のろのろと背後を振り返る。

「なんで、こんなのするんですか……？」

「清也くんが気持ちいいかなあと思って」

どこまでもやさしく笑っている利憲が、こういう時間にはとんでもなく意地の悪いところもある男だと、最近さすがにわかってきた。

でも彼は、清也が心底怯えたり、怖がったりすれば、たぶんすぐにやめてくれる。証拠に、頬に何度もキスをしながら、いっぱいに彼を埋め込まれたおなかを撫でてきた。

「いやなら、いやって言っていいよ。怒ったりしないから。楽しくないなら、意味ないんだから、ね？」

「……そう？」

「そう。おれのすることがいやなら、拒んでいいんだから。まえも言ったろ」

こく、と清也はうなずいた。まえにも本気で泣きだしたら行為を中断して、ただじっと抱きしめてくれたりもしたことを思いだし、ほっと息をつく。

身体を預けることは、危険と隣りあわせだ。裸で、無防備になっているし、恥ずかしいこともぜんぶ見せることになるし、無茶をされたらけがをしかねない。

パートナーが、ぜったいに自分を傷つけないと信じられなかったら、たぶんこんなことはできないのだ。とくに清也のような臆病で弱虫な人間にとっては。

「おれ、わ、わかんない……から」

「うん？」

「どうしたらいいか、わかんないから、利憲くんの好きに、してほしい」

背中におおきな鼓動を感じた。ぴったりと護るようにふれていた利憲の胸から伝わったものだ。動揺なのか、なんなのかまではわからない。ゆるやかに息を吐いて「きらわないでください」と清也はちいさくつぶやいた。

「きらうって、なんで？」

「おれ、利憲くんのこと好きすぎて、自分と境目なくなってるから……なんにも考えられなくなる」

いつも、怖い。それはたぶん、際限なく許して、どこまでもいってしまいそうな自分がいちばん怖いのだと思う。判断も思考もすべてゆだね、預けきって重たくなり、そうした果てにあきれられ、きらわれる不安があるからだろう。

「利憲くんのことだけしか、どうせ考えられないから、もういっそ、言いなりになっちゃいたい、です」

ごくりと利憲が息を呑《の》む音が聞こえた。そして抱擁する腕が強くなり、額を強く、うなじに押しつけられる。彼の前髪が肌をくすぐり、清也は肩をすくめた。

「清也くんはときどき、怖いなあ」

「いやですか?」

「んん、じゃなくて、おれも境目なくなりそう。……いま、こんなだしね」

ぐいっと突きあげられ、ゆるんでいた身体に衝撃が走る。「あ!」と清也が短く悲鳴をあげたとたん、まえもうしろも強烈すぎる刺激にのみこまれた。

「あ、あ、だめっだめっ、すぐいくっ」

「うん、いっていいよ。どうせまた、やるから」

「ま、また?」

「うん、いっぱいする……いっぱい、抱きたい。いいよね?」

清也は問いかけに答えなかった。その必要もなかった。利憲がすると言えば、そのとおりになる。そして清也は拒まないし、拒みたいとも思っていない。

「ふあ、あああっ」

ぬるついた段差が、清也の熱を包み、絞るように吸着しては離れる。身体の奥にはそのリズムと同じに動く、利憲がいる。激しすぎてわけがわからず、泣きじゃくった清也はいつの間にかシーツに身を這《は》わせていて、高くあげた腰の奥を強く何度も突かれるたび、「あ、あ」と短い声をあげ続けていた。

「清也くん、もういくよね？　ちゃんと教えて？　あと、このあいだ教えたこと、して」

「んっんっ、いく、いきます、あ……ん、んっ！」

覚えさせられたとおり、腰をひねってある部分に力をこめる。そうすると痛くないのに内部が彼を締めつけ、お互い同時にあまくとろけた息を吐くのだ。

（つながってる……）

身体が隙間なくふれあっているだけでなく、感覚までもがつながって、ひとつになっている。一体感がすごすぎて、ほろほろと崩れていく自意識ごと官能の波にのみこまれる。

「あ、うあ……っ」

シーツをかんでうめいていると、背後から伸びた大きな手が清也の後頭部に触れた。うなじのほうからそっと、髪に指をからめながら梳《す》きあげられて、ぞくぞくと背中が震える。

「いっていいよ、清也くん、いっぱいだして」

「あん……んっ、い、っあ……あー……！」

やわらかく命令するような許しに、清也は何度もうなずいた。そしてぶるるっと身体を震わせ、彼がかぶせたもののなかに、とろけそうな安堵《あんど》とあまい恐怖のいりまじったものを、吐きだした。

＊　＊　＊

数時間後、ちょっともう無理、と宣言した利憲がベッドに伏した清也のうえに倒れこんで、長くみだらな行為は終わった。

冒頭に悶々と考えていた疑念に関しては、事後にぐったりしたまま連れられた風呂場のなかで打ちあけると、大変にあっさりと、一蹴されてしまった。

「なに言ってんの。清也くんは淫乱じゃないだろ。……はい、右腕あげて」

「え……で、でも」

きょうもこんなんなっちゃったし、と真っ赤になっていれば、力のはいらない清也の身体を自分にもたれさせ、楽しげに洗いながら利憲が言う。

「感じやすいし感受性高いから、あれこれすると反応いいけどね。むしろかなりお堅いと思うよ。まじめだし」

今度は背中、と風呂のタイルのうえで体育座りをさせられ――冷たくないようにまたもや利憲の脚のうえに座っていた――清也は納得できないまま顔をしかめた。その顔を覗きこみ、利憲は苦笑する。

「まあ、言語の解釈の問題でもあるけど、淫乱ってのは性的に道徳感がないことだし、ぶっちゃければ相手は誰でもいいって話になるだろ。清也くんは真逆じゃん」

「……うん？」

「セクハラだったかもしれないけど、色っぽい美人にホテルに連れこまれても反応できなかったりするのはね、むしろ身持ち硬いって言うんじゃない？」

清也のまえに左由美《さゆみ》に目をつけられた男は、それなりに愉しんでいたらしいじゃないかと指摘され、それはたしかに、と思った。だがちょっとだけ、言葉尻に引っかかる。

「利憲くん、あのひとのこと色っぽい美人だと思う？」

「え、客観的に容姿は悪くない……」

驚いた顔をした利憲は、清也の言葉の意味を悟るなり、ぱあっと顔をあかるくした。

「あ、それってやきもち？」

「ち、ちがっ……」

「そっか、清也くん、やきもち焼いたのかあ。かわいいなあ、もう！」

泡まみれの手で「よしよし」と楽しそうに頭を撫でられ、顔まで泡だらけになった清也は「やめて！」とわめきながらも、胸のなかが軽くなるのを知る。そしてだめ押しのように利憲は笑った。

「ま、もし淫乱でもさ。おれ限定ならそれでよくない？　エッチすんの、いやじゃないだろ」

「うん、……利憲くんとするのは、好き、です」

思いきって自分から抱きつくと、めずらしく利憲が赤くなった。その顔はかわいい、と思ってじっと見ていると「あんまりそういう目で見ない」と額をたたかれる。

「疲れてんのに、またしたくなるだろ」

清也はその言葉に目をしばたたかせ、赤くなる。石けんでぬるついた肌がまた急に火照ってきて、軽いしびれが走った。反応に気づいた利憲が、ふっと目の色を変える。

「……やっぱりちょっと、清也くんて、やばいかな？」

彼の言う「やばい」がどういう意味かはもう知っているから、怯えない。近づいてくる、大好きな顔を、唇がふれる直前までじっと見つめて、清也はもうどうなってもいいと、吐息をあまくこぼした。

あとがき

一年ちょっとおひさしぶりに信号機シリーズです。前作『リナリアのナミダ』にて、ちらっと登場の佐光清也と、名前のみ登場だった『ダリさん』のお話。佐光弟、正廣の話とはまったくテンションの違う話になって、自分でも「こうきたか」という感じがしております。

じつは前回、エピソードのラストで清也とダリの名前をだした時点では、まだこのふたりがカップルになるかどうかは決めてませんでした。が、感想などで「お兄ちゃんはダリさんとどうなります!?」という質問も多く、よーしだったらいっそやっちゃるか、と思った次第です。しかしもっとも予想外だったのが、攻めキャラ『ダリさん』こと利憲の存在でした。

正直この信号機シリーズ、初期から「オタクキャラやりたいな」的なコンセプトであの専門学校の設定を考えたわりに、そこまでベタベタのオタキャラにできず、友人曰く「どっちかっていうとオシャレサブカル系男子」の域を抜けておりませんでした。けっきょくそれは、今回ラストに名前だけ登場したSIZこと史鶴《しづる》が創作者として存在したからかも、と思い、利憲、ならびに新キャラのつぐみには、オタ属性を予定より増量してみたわけですが、まんまと「大人になってオタクこじらせたひと」と相成りました。そしてエロいひとになりました……。

まじめにストーリーの話にふれると、前作がドシリアス系だったので、もうちょっと軽いノリにしたい、と思い、事件的なことは極力さっくりいってみましたが、女版ムラジくんとも言うべきチートキャラのつぐみにかなり助けられました（笑）。いずれにしろ、今回も濃いキャラ満載だったなあと思いますが、恒例の「受けを好きすぎてやばい攻め」というシリーズコンセプトは保たれたと思います。

受けキャラもいっそ真反対に、と思って、ぴるぴる小動物な佐光兄ができあがったわけです。まじめこじらせたキャラは好物なので、こちらは安定のかわいこちゃんになったかなあ、と。

さて紙面もあまりありません。今回も素敵な挿画をくださったねこ田さん、毎度ながらキャラデザインの秀逸さというか、イメージばっちりさにうなっております。表紙の小物も、毎回すばらしいです。次回もどうぞ、よろしくお願いします……！

そして毎度の担当さま、もう詫びる言葉も尽きかけている有様ですが、本当にお世話になりました。がんばります……。チェック協力Rさんに橘さん、ほか友人たちにも感謝。

今年はじつはデビュー十五周年です。その一冊目から刊行がズレ、昨年のスケジュール崩壊を取り戻しきれていない自分にほとほと情けなくもなりましたが、どうにか関係者の皆様のご助力で、この本も刊行にこぎつけました。

今年はＢＬとは違うお仕事で単行本などだして頂くこともあり（男女の恋愛小説『トオチカ』よろしくです）、またルチルさんでも十五周年の企画などなど進行中でありますため、いろいろがんばりたいと思っています。

皆様どうぞ、本年もよろしくお願いいたします。

✦初出　ナゲキのカナリヤ―ウタエ―……………書き下ろし
カナリヤはうたい、蕩ける……………書き下ろし

崎谷はるひ先生、ねこ田米蔵先生へのお便り、本作品に関するご意見、ご感想などは
〒151-0051 東京都渋谷区千駄ヶ谷 4-9-7
幻冬舎コミックス　ルチル文庫「ナゲキのカナリヤ―ウタエ―」係まで。

幻冬舎ルチル文庫
ナゲキのカナリヤ―ウタエ―

2013年1月20日　第1刷発行

✦著者	崎谷はるひ　さきや はるひ
✦発行人	伊藤嘉彦
✦発行元	株式会社 幻冬舎コミックス 〒151-0051 東京都渋谷区千駄ヶ谷 4-9-7 電話 03(5411)6432[編集]
✦発売元	株式会社 幻冬舎 〒151-0051 東京都渋谷区千駄ヶ谷 4-9-7 電話 03(5411)6222[営業] 振替 00120-8-767643
✦印刷・製本所	中央精版印刷株式会社

✦検印廃止

ISBN978-4-344-82720-2　C0193　Printed in Japan